IVAN TOURGUENEF

DIMITRI ROUDINE

SUIVI

DU JOURNAL D'UN HOMME DE TROP

ET DE TROIS RENCONTRES

PARIS

COLLECTION HETZEL

— J. HETZEL — LIBRAIRIE CLAYE —

18 RUE JACOB

DIMITRI ROUDINE

PARIS. — IMPRIMERIE J. CLAYE, RUE SAINT-BENOIT, 7

IVAN TOURGUENEF

DIMITRI ROUDINE

SUIVI DU JOURNAL D'UN HOMME DE TROP

ET DE TROIS RENCONTRES

PARIS

COLLECTION HETZEL

— J. HETZEL — LIBRAIRIE CLAYE —

18 RUE JACOB

1862

DIMITRI ROUDINE

I

C'était une calme matinée d'été. Le soleil montait
dans le ciel limpide, et la rosée brillait dans les
champs. Une fraîcheur odoriférante s'élevait du vallon
à peine éveillé ; l'oiseau matinal chantait joyeusement
dans la forêt encore humide et silencieuse. Un petit
village de mince apparence couronnait le sommet
d'une colline peu élevée que le seigle en fleur recouvrait de haut en bas. Sur l'étroit sentier de traverse
qui conduisait vers le village, une femme vêtue d'une
robe de mousseline blanche et coiffée d'un chapeau
de paille rond s'avançait. Elle tenait une ombrelle à
la main. Suivie d'un petit domestique habillé en Cosaque, elle marchait à pas lents comme une personne
qui jouit de sa promenade. Tout alentour, de longues vagues chatoyantes, tantôt d'un vert argenté,

tantôt mouchetées de rouge, couraient avec un léger murmure sur les grands seigles ondoyants. Les alouettes chantaient dans les cieux.

La jeune femme venait de son château, qui se trouvait à une verste environ du village où aboutissait le sentier; elle s'appelait Alexandra Pawlowna Lissina. Elle était veuve, sans enfants et passablement riche, et demeurait avec son frère, capitaine en retraite, nommé Serge Pawlowitch Volinzoff. Il était garçon et administrait les biens de sa sœur. Alexandra Pawlowna parvint au village, s'arrêta devant la première cabane, basse et chétive habitation, et appela son petit Cosaque pour lui dire d'aller demander des nouvelles de la maîtresse du logis. L'enfant revint bientôt accompagné d'un vieux paysan infirme, à barbe blanche.

— Eh bien? demanda Alexandra Pawlowna.

— Elle vit encore..., répondit le vieillard.

— Peut-on entrer?

— Pourquoi pas? certainement.

Alexandra Pawlowna entra dans la cabane. On y était à l'étroit, la chambre était enfumée, la chaleur suffocante... Quelqu'un s'agitait et gémissait sur le poêle[1]. Alexandra Pawlowna jeta un regard autour d'elle, et distingua dans la demi-obscurité la figure jaune et ridée d'une vieille femme dont la tête était enveloppée d'un mouchoir quadrillé. Un lourd caftan

---

1. Les paysans russes couchent habituellement sur leurs poêles, qui touchent presque au plafond.

la recouvrait jusqu'à la poitrine ; elle respirait avec effort et remuait faiblement ses mains amaigries. Alexandra Pawlowna s'approcha de la vieille et posa ses doigts sur son front. Il était brûlant.

— Comment te sens-tu, Matrenne ? lui demanda-t-elle en s'inclinant sur le poêle.

— Mon Dieu...! mon Dieu...! gémit la vieille en reconnaissant Alexandra Pawlowna. — Cela va mal, très-mal, ma bonne âme ! La petite heure de la mort a sonné pour moi, ma colombe.

— Dieu est miséricordieux, Matrenne. Peut-être te remettras-tu. As-tu pris les médicaments que je t'ai envoyés ?

La vieille se mit à geindre et ne répondit pas. Elle n'avait pas entendu la question.

— Elle les a pris, répliqua le vieillard qui s'était arrêté à la porte. Alexandra Pawlowna se retourna vers lui.

— N'y a-t-il que toi auprès d'elle ? lui demanda-t-elle.

— Il y a sa petite-fille ; mais vous le voyez, elle s'en va toujours. Elle ne peut tenir en place. Elle est si remuante ! Elle est trop paresseuse pour donner seulement à boire à sa grand'mère. Moi-même, je suis vieux. Qu'y faire ?

— Ne faudrai-t-il pas la transporter à l'hôpital ?

— Non. Pourquoi donc à l'hôpital ? On meurt partout. Elle a assez vécu. Il paraît que Dieu le veut ainsi. Elle ne bouge pas du poêle. Comment irait-elle à l'hôpital? Il faudrait la soulever et elle en mourrait.

— Ah! soupira la malade, — ma belle dame, n'abandonne pas ma petite orpheline. Nos maîtres sont loin, et toi...

La vieille se tut, tant elle éprouvait de difficulté à parler.

— Sois sans inquiétude, répondit Alexandra Pawlowna. — Tout sera comme tu le désires. Je t'apporte ce qu'il faut pour faire du thé. Si tu en as envie, bois-en... Vous avez un samovar ¹, n'est-ce pas? continua-t-elle en regardant le vieillard.

— Un samovar? Nous n'avons pas de samovar, mais nous pouvons en emprunter un.

— Eh bien! il faut absolument vous en procurer un; autrement j'enverrai plutôt le mien. Dis aussi à la petite qu'il ne faut pas qu'elle s'éloigne, dis-lui que c'est honteux.

Le vieillard ne répondit rien, mais il prit le paquet de thé et de sucre.

— Eh bien! adieu, Matrenne, dit Alexandra Pawlowna, je reviendrai te voir. Voyons, ne désespère pas et prends bien exactement ta médecine...

La vieille souleva sa tête et avança ses lèvres vers Alexandra Pawlowna.

— Donne-moi la main, petite dame, dit-elle à voix basse.

1. Sorte de bouilloire nationale qu'on trouve presque partout en Russie.

Alexandra Pawlowna ne lui donna pas la main, mais s'approcha d'elle et la baisa au front.

— Sois bien attentif, dit-elle au vieillard en s'en allant, à lui donner la potion telle qu'elle est prescrite, et fais-lui boire du thé.

Le vieux s'inclina.

Alexandra Pawlowna respira plus librement en se retrouvant en plein air. Elle ouvrit son ombrelle et se disposait à retourner à la maison, quand un homme d'une trentaine d'années apparut subitement en tournant le coin de l'isba, conduisant un petit drochki [1] de course très-bas; il portait un vieux paletot gris, et avait sur la tête une casquette de même étoffe. Ayant aperçu Alexandra Pawlowna, il arrêta vivement son cheval et se retourna vers elle. Son visage était large et blême; il avait de petits yeux d'un gris pâle et une moustache très-blonde, le tout à peu près de la nuance de ses vêtements.

— Bonjour, dit-il, avec un sourire nonchalant; je voudrais bien savoir ce que vous faites ici.

— Je visite une malade... Et vous-même, d'où venez-vous, Michaël Michaëlowitch?

Celui qu'on appelait Michaël Michaëlowitch regarda son interlocutrice dans les yeux et sourit de nouveau.

— Vous avez bien fait d'aller visiter une malade, continua-t-il : mais ne vaudrait-il pas mieux la faire transporter à l'hôpital?

1. Petite voiture découverte à quatre roues.

— Elle est trop faible...

— Du reste, n'avez-vous pas l'intention de fermer votre hôpital?

— Le fermer, pourquoi? Quelle singulière idée! Comment vous est-elle venue en tête?

— C'est que vous voilà en rapport avec la Lassounska et que vous êtes probablement sous son influence. D'après ses paroles, les hôpitaux, les écoles, ne sont que des niaiseries, des inventions inutiles. La bienfaisance doit être individuelle et la civilisation aussi; tout cela est l'affaire de l'âme... C'est ainsi qu'elle s'exprime, il me semble. Je voudrais bien savoir qui la fait chanter de la sorte.

Alexandra Pawlowna se mit à rire.

— Daria Michaëlowna est une femme d'esprit; je l'aime et l'estime beaucoup, mais elle peut se tromper et je ne crois pas à chacune de ses paroles.

— Et vous faites bien, répondit Michaël Michaëlowitch sans descendre de son petit drochki, car elle n'y croit pas trop elle-même. Je suis fort content de vous avoir rencontrée.

— Pourquoi cela?

— Jolie question! Comme s'il n'était pas toujours agréable de vous rencontrer. Aujourd'hui vous êtes aussi fraîche et charmante que cette matinée.

Alexandra Pawlowna rit de nouveau.

— Pourquoi riez-vous?

— Ah! pourquoi? Si vous pouviez voir de quelle mine froide et nonchalante vous débitez votre compliment! Je suis étonnée que vous ne bâilliez pas sur la dernière parole.

— Une mine froide... Il vous faut toujours du feu, et le feu n'est bon à rien nulle part. Il s'enflamme, fume et s'éteint.

— Et réchauffe, ajouta Alexandra Pawlowna.

— Oui... et brûle.

— Eh bien! quel mal y a-t-il qu'il brûle! Il ne faut pas s'en plaindre. Cela vaut mieux que de...

— Je voudrais voir ce que vous diriez si vous étiez une fois bien et dûment brûlée, lui répondit avec dépit Michaël Michaëlowitch en frappant le cheval avec les rênes. — Adieu!

— Arrêtez, Michaël Michaëlowitch, s'écria Alexandra Pawlowna. Quand viendrez-vous nous voir?

— Demain. Bien des choses à votre frère. — Et le drochki partit.

— Quel singulier personnage! pensa-t-elle. En effet, tel qu'il était là, voûté, couvert de poussière, des mèches de ses cheveux jaunes s'échappant en désordre sous sa casquette rejetée en arrière, il ressemblait à un grand sac de farine.

— Alexandra Pawlowna reprit lentement le chemin de son habitation. Elle marchait les yeux baissés. Le pas rapproché d'un cheval la força de s'arrêter et de lever la tête... C'était son frère qui venait à cheval à sa rencontre. A côté de lui marchait un jeune homme, d'une taille peu élevée, vêtu d'une mince redingote déboutonnée, d'une cravate étroite, d'un léger chapeau gris, et qui tenait une petite canne à la main. Il y avait déjà longtemps qu'il souriait à Alexandra Pawlowna, tout en voyant bien qu'elle était plongée dans ses réflexions et qu'elle ne remarquait rien ; ce fut seulement quand elle s'arrêta qu'il s'approcha joyeusement et lui dit presque avec tendresse :

— Bonjour, Alexandra Pawlowna, bonjour.

— Ah! Konstantin Diomiditch! Bonjour, répondit-elle. Vous venez de chez Daria Michaëlowna?

— Précisément, précisément, répliqua le jeune homme avec une figure rayonnante, de chez Daria Michaëlowna. Elle m'a envoyé vers vous. J'ai préféré venir à pied... La matinée est si belle! Il n'y a que quatre verstes de distance. J'arrive et ne vous trouve pas à la maison. Votre frère me dit que vous êtes allée à Séménowka et qu'il se prépare lui-même à visiter ses champs. Je l'accompagne et nous allons à votre rencontre. Oh! que c'est agréable!

Konstantin Diomiditch parlait le russe purement et grammaticalement, mais avec un accent étranger qu'il aurait été difficile de déterminer. Il avait quelque chose d'asiatique dans les traits du visage : un nez long et bosselé, de grands yeux immobiles à fleur de tête, de grosses lèvres rouges, un front fuyant, des cheveux d'un noir de jais. Tout en lui dénotait une origine orientale. Pourtant son nom de famille était Pandalewski et il appelait Odessa sa patrie, quoiqu'il eût été élevé dans la Russie Blanche aux frais d'une veuve bienfaisante et riche. Une autre veuve l'avait fait entrer au service. En général, les femmes d'un âge équivoque protégeaient volontiers Konstantin Diomiditch. Il savait rechercher et mériter leur protection. Il vivait maintenant en qualité d'enfant adoptif ou de commensal chez une riche propriétaire, nommée Daria Michaëlowna Lassounska. Il était caressant, serviable, sensible et secrètement sensuel, possédait une voix agréable, touchait convenablement du piano et avait l'habitude de dévorer des yeux la personne avec laquelle il s'entretenait. Il s'habillait avec soin et portait ses habits plus longtemps que personne. Son large menton était rasé avec soin et ses cheveux peignés restaient toujours bien lisses.

Alexandra Pawlowna écouta son discours jusqu'à la fin, puis se tourna vers son frère.

— Je rencontre tout le monde aujourd'hui ; tout à l'heure j'ai causé avec Lejnieff.

— Ah ! vraiment ?

— Oui, figure-toi-le dans son drochki de course, vêtu d'une espèce de sac en toile, tout couvert de poussière... Quel original !

— Original, c'est possible ; mais c'est un excellent homme.

— Comment, lui, monsieur Lejnieff ? demanda Konstantin tout étonné.

— Oui, Michaël Michaëlowitch Lejnieff, répondit Volinzoff ; mais, adieu, ma sœur, il est temps que j'aille aux champs. On sème le sarrasin chez toi. M. Konstantin t'accompagnera jusqu'à la maison.

1.

Volinzoff mit son cheval au trot.

— Avec le plus grand plaisir, s'écria Konstantin en présentant son bras à Alexandra Pawlowna.

Elle le prit et tous les deux suivirent la route de l'habitation.

II

Konstantin était heureux et fier d'avoir Alexandra Pawlowna à son bras. Il avançait à petits pas, il souriait avec satisfaction, et ses grands yeux orientaux devenaient même tout humides, ce qui du reste leur arrivait assez souvent. Il lui coûtait peu de s'émouvoir, et même de verser des larmes. Et qui ne serait heureux d'avoir au bras une jeune et jolie femme? Tout le gouvernement de *** proclamait d'une voix unanime Alexandra Pawlowna charmante, et le gouvernement de *** ne se trompait pas. Le nez droit d'Alexandra, légèrement retroussé, aurait suffi à lui seul pour tourner la tête au plus sage des mortels, sans parler de ses yeux bruns et veloutés, de ses blonds cheveux dorés, des jolies fossettes de ses joues arrondies et de mille autres perfections. Mais ce qu'il y avait de plus séduisant en elle, c'était l'expression de son gracieux visage : confiant, bienveillant et modeste, il touchait et attirait les cœurs. Alexandra avait le regard et le rire d'un enfant; les dames la trouvaient *simplette*. Que peut-on désirer de plus?

— Vous dites que Daria Michaëlowna vous a envoyé chez moi? demanda-t-elle à Konstantin.

— Oui, sans doute, sans doute, elle m'a envoyé, répliqua-t-il avec une affectation marquée et en prononçant les *s* comme des *th* anglais; elle m'a ordonné de vous prier instamment de vouloir bien dîner aujourd'hui chez elle; elle le désire beaucoup et attend un nouvel hôte avec lequel elle veut absolument vous faire faire connaissance.

— Qui donc?

— Un certain Mouffel, baron et gentilhomme de la chambre de Saint-Pétersbourg. Daria Michaëlowna l'a rencontré dernièrement chez le prince Garine et elle en parle toujours avec de grands éloges, comme d'un jeune homme aimable et instruit. M. le baron s'intéresse aussi à la littérature, ou pour mieux dire... — ah! quel ravissant papillon; daignez lui accorder votre attention... — pour mieux dire, à l'économie politique. Il a écrit un article sur une certaine question très-intéressante, et désire le soumettre au jugement de Daria Michaëlowna.

— Un article sur l'économie politique?

— Pour ce qui regarde le style, Alexandra Pawlowna, vous savez, je pense que Daria Michaëlowna s'y entend. Joukofski[1] la consultait, et Roxolan Médiarowitch, mon vénérable bienfaiteur qui demeurait à Odessa... Ce nom vous est certainement connu?

---

1. Célèbre poëte russe.

— Du tout, je ne l'avais jamais entendu prononcer.

— Vous n'avez pas entendu parler d'un homme pareil? C'est singulier! Je voulais dire que Médiarowitch, cet homme si extraordinaire, avait également une haute opinion des connaissances linguistiques en russe que possède Daria Michaëlowna.

— Mais n'est-ce pas un pédant que ce baron? demanda Alexandra Pawlowna.

— Non, aucunement. Daria Michaëlowna prétend qu'on n'a qu'à le regarder pour s'assurer qu'il est homme du meilleur monde. Il parle de Beethoven avec une éloquence telle que le vieux prince même en ressent de l'enthousiasme... J'avoue que j'aurais entendu cela avec plaisir, car la musique, c'est mon fort. Daigneriez-vous accepter cette jolie fleur des champs?

Alexandre Pawlowna prit la fleur, mais la laissa bientôt retomber sur le chemin. Il ne restait plus qu'environ deux cents pas pour arriver à son habitation. Nouvellement bâtie et encore toute blanche, la maison apparaissait soudain derrière un épais couvert de tilleuls et d'érables antiques, en souriant avec hospitalité à travers ses larges et claires fenêtres.

— Que m'ordonnez-vous de répondre à Daria Michaëlowna? dit Konstantin tant soit peu mortifié du sort de la fleur qu'il avait offerte; viendrez-vous dîner? Elle invite également votre frère.

— Nous irons sans faute. Et que fait Natacha?

— Natalie Alexiewna va bien, grâce à Dieu. Mais nous avons dépassé le chemin qui mène chez Daria

Michaëlowna, dit Alexandra. Permettez-moi de prendre congé de vous.

Konstantin s'arrêta.

— Vous ne voulez pas entrer un instant? demanda-t-elle d'une voix mal assurée.

— Je le désirerais de grand cœur, mais je crains d'être en retard. Daria Michaëlowna a envie d'entendre une nouvelle fantaisie de Thalberg; il faut que je m'y prépare et que je l'étudie. J'avoue que je doute fort, d'ailleurs, que ma conversation vous procure quelque plaisir.

— Mais, pourquoi pas?

Konstantin soupira et baissa les yeux d'une manière expressive.

— Au revoir, Alexandra Pawlowna, dit-il après un instant de silence. Il salua, et fit un pas en arrière.

Alexandra Pawlowna se retourna, puis rentra chez elle. Konstantin suivit son chemin. En un clin d'œil toute douceur avait disparu de son visage, pour faire place à une expression d'assurance, presque de rudesse. Sa démarche même était changée. Il faisait des pas plus longs et marchait plus lourdement. Il fit deux verstes en agitant sa canne, mais tout à coup il sourit de nouveau en voyant près de la route une jeune paysanne bien tournée qui pourchassait des veaux dans un champ d'avoine. Konstantin s'approcha de la jeune fille avec toute la prudence d'un chat et entra en conversation avec elle. Elle se tut d'abord, rougit, releva le bras pour cacher sa bouche dans la manche de sa chemise, détourna la tête et dit :

— Passez votre chemin, monsieur, passez.

Konstantin la menaça du doigt et lui commanda d'apporter des bleuets.

— Et qu'as-tu besoin de bleuets? Veux-tu te tresser une couronne? reprit la fille. Allons, passez votre chemin, allez...

— Écoute, ma charmante beauté...

— Voyons, me laisseras-tu tranquille? répéta la jeune fille. Voilà les petits maîtres qui arrivent.

Konstantin Diomiditch regarda autour de lui. En effet, Vania et Pétia, les fils de Daria Michaëlowna, accouraient sur la route. Ils étaient suivis de leur précepteur Bassistoff, jeune homme de vingt-deux ans, qui venait seulement de terminer ses études. Bassistoff était grand de taille, avait le visage commun, le nez fort, les lèvres épaisses, et les yeux petits et enfoncés comme ceux du cochon; mais quoique laid et maladroit, il était plein d'honneur et de franchise. Il s'habillait négligemment et laissait pousser ses cheveux non par coquetterie, mais par insouciance. Il aimait à manger et à dormir, mais il aimait aussi un bon livre, une conversation intéressante, et il détestait Konstantin de tout son cœur.

Les enfants de Daria Michaëlowna adoraient Bassistoff et ne le craignaient nullement. Il s'était mis sur un pied familier avec tous les habitants de la maison, au grand déplaisir de la maîtresse du logis, qui pré-

tendait pourtant que les préjugés n'existaient pas
pour elle.

— Bonjour, mes gentils enfants ! dit Konstantin Diomiditch ; comme vous allez vous promener de bonne
heure aujourd'hui ! Quant à moi, continua-t-il en
s'adressant à Bassistoff, j'ai déjà fait une grande course ;
c'est ma passion de jouir ainsi de la matinée.

— Nous venons de voir comment vous jouissez de
la nature, lui dit Bassistoff.

—Vous êtes un matérialiste, et vous vous imaginez
déjà Dieu sait quoi. Je vous connais.

Konstantin s'irritait facilement en parlant à Bassistoff
ou à des inférieurs, et il avait alors une prononciation
claire et même sifflante.

— Il paraît que vous demandiez votre chemin à
cette fille ? ajouta Bassistoff en portant ses yeux à
droite et à gauche. Il sentait le regard de Konstantin
fixé sur lui, et il en était troublé.

— Je vous répète que vous êtes un matérialiste, et
rien de plus. Vous ne voyez absolument que le côté
prosaïque des choses.

— Enfants ! s'écria tout à coup Bassistoff d'un ton
de commandement, — voyez-vous ce saule sur la
prairie : qui de nous y arrivera le premier... Un,
deux, trois !

Les enfants s'élancèrent à toutes jambes vers le
saule, Bassistoff partit sur leurs traces...

— Ce paysan ! pensa Konstantin. Il abrutira ces gar-
çons. Puis, jetant un regard satisfait sur sa personne

proprette et soignée, il frappa deux fois de ses doigts
écartés la manche de son habit, secoua son collet et
continua sa marche. Arrivé dans sa chambre, il en-
dossa une vieille houppelande du matin, et s'assit au
piano avec un visage soucieux.

III

La maison de Daria Michaëlowna Lassounska passait, à peu près, pour la première de tout le gouvernement de ***. Très-vaste et construite en pierre,
d'après les dessins de Rastrelli, dans le goût du siècle
passé, elle s'élevait majestueusement sur le sommet
d'une colline au pied de laquelle coulait une des principales rivières de la Russie du centre. Daria Michaëlowna était une grande dame riche et veuve d'un
conseiller intime. Konstantin disait qu'elle connaissait
toute l'Europe, et que toute l'Europe la connaissait.—
Pourtant l'Europe la connaissait peu, et à Pétersbourg
même elle ne jouait qu'un rôle très-secondaire; mais,
en revanche, tout le monde à Moscou la connaissait
et allait chez elle. Elle appartenait à la haute société
et passait pour une femme un peu singulière, d'une
bonté douteuse, mais douée de beaucoup d'esprit. Elle
avait été très-jolie dans sa jeunesse. Les poëtes alors
lui écrivaient des vers; les jeunes gens étaient amoureux d'elle et des hommes considérables lui faisaient
la cour. Mais vingt-cinq ou trente années s'étaient

écoulées depuis, et toute trace des anciens charmes de
Daria avait disparu. — Est-il possible, se demandaient
involontairement tous ceux qui la voyaient pour la
première fois, — est-il possible que cette femme maigre et jaune, au nez pointu, qui pourtant n'est pas
vieille encore, ait jamais été belle? — Est-il possible
que ce soit pour elle que vibraient autrefois toutes les
lyres? — Et chacun s'étonnait intérieurement de ce
changement. Il est vrai que, toujours selon Konstantin, les yeux magnifiques de Daria Michaëlowna
s'étaient merveilleusement conservés.

Chaque été, Daria Michaëlowna venait s'établir à la
campagne avec ses enfants (une fille de dix-sept ans et
deux fils de neuf et dix ans), et tenait maison ouverte,
c'est-à-dire recevait des hommes, surtout des hommes
non mariés. Elle ne pouvait souffrir les femmes de
province : aussi avait-elle à supporter leurs médisances. Elles traitaient Daria Michaëlowna d'orgueilleuse,
de dépravée, de femme tyran, et disaient surtout que
les libertés qu'elle se permettait dans la conversation
étaient très-choquantes. Il est vrai que Daria Michaëlowna n'aimait pas à se gêner à la campagne, et que,
dans le libre sans-façon de son commerce, elle laissait
percer la légère nuance de mépris d'une lionne du
grand monde pour les créatures passablement obscu-
res et insignifiantes qui l'entouraient... Elle avait
même une manière d'être assez leste et presque rail-
leuse avec ses connaissances moscovites; mais là, du
moins, la nuance de mépris ne paraissait jamais.

A propos, lecteur, avez-vous jamais remarqué que tel homme extraordinairement distrait au milieu de ses inférieurs perd subitement cet air distrait une fois admis dans le cercle de ses supérieurs? Pourquoi cela? Mais qu'importe? de semblables questions ne mènent jamais à rien.

Lorsque Konstantin Diomiditch eut appris par cœur sa fantaisie de Thalberg, et qu'il quitta sa petite chambre proprette pour descendre au salon, toute la société y était déjà rassemblée. La maîtresse de la maison s'était établie sur un large divan, les pieds repliés sous elle et tournant sous ses doigts une nouvelle brochure française. D'un côté de la fenêtre, la fille de Daria Michaëlowna était assise devant un métier de tapisserie,— de l'autre côté se tenait mademoiselle Boncourt, la gouvernante, vieille fille sèche, d'une soixantaine d'années, qui portait un tour de cheveux noirs sous un bonnet à rubans bigarrés, et avait de l'ouate dans les oreilles. Bassistoff lisait le journal dans un coin, près de la porte. Pétia et Vania, ses élèves, jouaient aux dames tout près de lui, et un certain Africain Siméonowitch Pigassoff, petit monsieur grisonnant et ébouriffé, s'appuyait contre le poêle, les mains derrière le dos. Son teint était basané, ses yeux petits et vifs. — C'était un homme étrange que ce M. Pigassoff. Irrité de tout et contre tous, — surtout contre les femmes, — il faisait des sorties du matin au soir, quelquefois avec beaucoup d'à-propos, quelquefois d'une manière fort plate,

mais toujours avec passion. Son irritabilité finissait
par aller jusqu'à l'enfantillage : son rire, le son de sa
voix, en un mot toute sa personne semblait imprégnée
de bile. Daria Michaëlowna le recevait volontiers ; les
sorties de Pigassoff la divertissaient. Il avait la passion
de tout exagérer. Était-il, par hasard, question de
quelque malheur ; lui disait-on que la foudre avait
incendié un village, que l'eau avait emporté un moulin, qu'un paysan s'était fracassé la main d'un coup
de hache, — il ne manquait jamais de demander avec
une aigreur concentrée : — Et comment s'appelle-
t-*elle?* voulant demander par là le nom de la femme
qui était cause du malheur, parce que, selon sa conviction, il n'y avait qu'à bien aller au fond des choses
pour trouver que tout malheur était amené par une
femme.

Un jour, il se jeta aux pieds d'une dame qu'il connaissait à peine, mais qui l'avait ennuyé à force de
prévenances, et se mit à la supplier humblement,
mais avec les traits empreints de fureur, de l'épar-
gner, disant qu'il n'avait rien à se reprocher vis-à-vis
d'elle, et qu'il ne retournerait plus dans sa maison.
Un cheval emporta une fois une des blanchisseuses de
Daria Michaëlowna sur une descente, la jeta dans un
ravin, et faillit la tuer. Depuis ce temps, Pigassoff
n'appelait plus l'animal que « son bon petit cheval, »
et trouvait que la montagne et le ravin étaient des
lieux fort pittoresques. De sa vie, Pigassoff n'avait eu
de succès : c'était une des raisons qui l'avaient aigri.

Il était né de parents pauvres. Son père, qui n'avait
occupé que des postes insignifiants, savait à peine lire
et écrire, et ne s'était nullement occupé de l'éducation de son fils. Sa mère, qui le gâtait, mourut de
bonne heure. Pigassoff s'éleva tout seul. Il entra dans
l'école du district, puis au gymnase, apprit le français, l'allemand et même le latin. Étant sorti du gymnase avec d'excellents attestats, il se dirigea vers Dorpat, où il lutta constamment contre la misère, mais
où il suivit son cours jusqu'au dernier jour. Il se distinguait par la patience et l'opiniâtreté; mais c'était
surtout le sentiment de l'ambition qui était tenace en
lui. Il semblait défier le sort dans son désir d'être
introduit dans la bonne société, et de ne pas être dépassé par les autres. C'était par ambition qu'il travaillait assidûment, et qu'il était entré à l'université de
Dorpat. La pauvreté l'irritait et développait en lui
l'observation et la ruse. Il s'exprimait avec originalité,
et s'était approprié dès sa jeunesse un genre particulier d'éloquence bilieuse et amère. Ses pensées ne
s'élevaient pas au-dessus du niveau commun, mais il
parlait de façon à faire croire qu'il avait beaucoup
d'esprit. Parvenu au grade de candidat, Pigassoff résolut de se vouer à l'enseignement, parce que c'était la
seule carrière qui lui permettait de marcher de pair
avec ses camarades, parmi lesquels il essayait de choi-
sir ses intimes dans la haute société, cherchant à leur
complaire et même à les flatter, quoiqu'il ne cessât de
médire d'eux.

Mais, à vrai dire, il ne possédait pas le fonds nécessaire pour remplir ce rôle dans la société. S'étant instruit seul, sans le secours d'un maître et sans être
dominé par l'amour de la science, son instruction
était restée bornée. Il échoua cruellement dans sa
thèse, tandis qu'un étudiant, qui occupait la même
chambre que lui et dont il s'était toujours moqué,
triompha d'emblée. Celui-ci était un jeune homme
d'une intelligence ordinaire, mais qui avait reçu une
éducation solide et régulière. Cet échec remplit Pigassoff de rage; il jeta tous ses livres et tous ses cahiers
au feu, et entra au service civil.

Dans les commencements, tout alla assez bien.
Pigassoff était un employé à bien figurer partout, pas
très-réglé, mais suffisant, et de plus audacieux. Il ne
demandait qu'à faire son chemin le plus vite possible ;
malheureusement il s'embrouilla, s'attira des reproches, et fut obligé de quitter le service. Il passa trois
ans dans un bien qu'il avait acheté, et épousa tout à
coup une riche propriétaire à demi civilisée, qui se
laissa prendre à l'appât de ses manières dégagées et
railleuses. Mais Pigassoff, dont le caractère avait été
trop aigri, se fatigua bientôt de la vie de famille. Après
avoir vécu quelques années avec lui, sa femme s'en-
fuit secrètement à Moscou, et vendit à un adroit spé-
culateur une propriété où Pigassoff venait à peine
d'achever des constructions. Frappé au vif par ce dernier malheur, il intenta un procès à sa femme, et le
perdit. Il achevait sa vie en solitaire, visitait ses voi-

sins dont il se moquait même en leur présence,
et qui le recevaient avec un certain demi-rire forcé.
Il ne lisait jamais, et il était possesseur d'environ
cent âmes; ses paysans n'étaient pas trop malheureux.

— Ah! Konstantin! s'écria Daria Michaëlowna aussitôt que Pandalewski entra dans le salon; Alexandrine viendra-t-elle?

— Alexandra Pawlowna m'a donné l'ordre de vous
remercier et de vous dire qu'elle se fait un véritable
plaisir d'accepter, répondit Konstantin Diomiditch en
saluant à droite et à gauche, et en passant dans ses
cheveux supérieurement bien peignés une main gras-
souillette et blanche dont les ongles étaient coupés en
triangles.

— Et Volinzoff sera-t-il aussi des nôtres?

— Il viendra aussi.

— Ainsi donc, Africain Siméonowitch, continua Daria Michaëlowna en se tournant vers Pigassoff, selon
vous, toutes les jeunes filles sont affectées?

Les lèvres de Pigassoff grimacèrent de côté, et il fut
pris d'un tressaillement nerveux au coude.

— Je dis, commença-t-il d'une voix mesurée, — il
parlait toujours lentement et clairement quand il était
dans un accès de méchanceté, — je dis que les jeunes
filles en général, — je me tais naturellement sur le
compte des personnes présentes...

— Sans que cela vous empêche d'y penser aussi,
interrompit Daria Michaëlowna.

— Je les passe sous silence, répondit Pigassoff. En général, toutes les jeunes filles sont affectées au plus haut degré dans l'expression de leurs sentiments. Qu'une demoiselle s'effraye, par exemple, ou se réjouisse, ou se chagrine, elle commencera sans faute par donner à sa taille une cambrure élégante (ici Pigassoff se recourba d'une manière difforme et étendit les bras), puis elle s'écrie : Ah! ou bien elle se met à rire ou à pleurer. Il m'est cependant arrivé (Pigassoff se mit à rire avec complaisance) de rencontrer un jour l'expression d'une sensation véritable, non contrefaite, et cela chez une jeune fille remarquablement affectée.

— Comment est-ce donc arrivé?

Les yeux de Pigassoff brillèrent.

— Je lui ai enfoncé par derrière un pieu dans le côté. Elle jeta un cri perçant, et moi de lui dire : Bravo! bravo! Voilà la voix de la nature, voilà un cri naturel! Tenez-vous-y à l'avenir.

Tout le monde éclata de rire.

— Quelles bêtises dites-vous là, Africain Siméonowitch? s'écria Daria Michaëlowna. Est-ce que je vais croire que vous avez donné des coups de pieu dans le côté d'une jeune fille?

— C'était un pieu, ma parole d'honneur! un très-grand pieu, dans le genre de ceux qu'on emploie pour la défense des forteresses.

— Mais c'est une horreur ce que vous dites là, monsieur! s'écria mademoiselle Boncourt en jetant un regard courroucé sur les enfants qui riaient à gorge déployée.

— Il ne faut pas le croire, dit Daria Michaëlowna. Ne le connaissez-vous pas?

La vieille Française, cependant, ne pouvait de sitôt calmer son indignation, et elle grommelait toujours entre ses dents.

— Vous pouvez ne pas me croire, continua Pigassoff avec sang-froid, — mais je vous affirme que j'ai dit la pure vérité. Qui le saurait, si ce n'est moi? Après cela, vous n'avez qu'à ne pas croire non plus que notre voisine Tchépouzoff, Hélène Antonowna, m'a dit elle-même, elle-même, remarquez-le bien, comment elle avait fait mourir son propre neveu.

— Voilà encore des imaginations!

— Permettez, permettez! Écoutez et jugez vous-même. Notez bien que je ne désire nullement la calomnier, j'aime Hélène Antonowna au moins autant qu'on peut aimer une femme. L'almanach est le seul livre qu'on trouve dans sa maison, et elle ne sait lire qu'à haute voix. Encore cet exercice la fait-elle transpirer et se plaindre ensuite que les yeux lui sortent de la tête... En un mot, c'est une bonne créature et ses femmes de chambre sont grasses. Pourquoi la calomnierais-je?

— Allons! s'écria Daria Michaëlowna, — voilà Africain Siméonowicht qui a enfourché son dada. Il va s'y tenir jusqu'au soir.

— Mon dada... Les femmes en ont de trois espèces

dont elles ne descendent jamais. A moins qu'elles ne dorment.

— Quels sont donc ces trois dadas?

— La récrimination, l'allusion et le reproche.

— Savez-vous, Africain Siméonowitch, répliqua Daria Michaëlowna, que ce n'est sans doute pas sans raison que vous vous attaquez ainsi aux femmes? Il faut qu'une d'elle vous ait...

— Offensé, voulez-vous dire, interrompit Pigassoff.

Daria Michaëlowna se troubla un peu : elle se rappela le mariage de son interlocuteur et se contenta de hocher la tête.

— Une femme m'a véritablement offensé, continua Pigassoff. — Et pourtant elle était bonne, très-bonne.

— Qui donc?

— Ma mère, répondit Pigassoff en baissant la voix.

— Votre mère? De quelle manière a-t-elle pu vous offenser?

— En me mettant au monde.

Daria Michaëlowna fronça les sourcils. — Il me semble, dit-elle, que notre conversation prend une tournure peu divertissante... Konstantin, jouez-nous la nouvelle fantaisie de Thalberg. Peut-être les sons de la musique vous calmeront-ils, Africain. Orphée domptait les animaux féroces.

Konstantin s'assit au piano et joua fort convenablement. Natalie Alexiewna commença par écouter avec attention, puis elle se remit à son ouvrage.

— Merci, c'est charmant! dit Daria Michaëlowna.

2

J'aime Thalberg. *Il est si distingué*[1] ! A quoi pensez-
vous, Africain Siméonowitch?

— Je pense, dit lentement celui-ci, qu'il y a trois
espèces d'égoïstes : ceux qui vivent eux-mêmes et
laissent vivre les autres ; ceux qui vivent eux-mêmes
et qui ne laissent pas vivre les autres, et enfin les
égoïstes qui ne vivent pas eux-mêmes et ne laissent
pas vivre les autres... La plupart des femmes appar-
tiennent à la troisième catégorie.

— Comme c'est aimable ! Je ne m'étonne que d'une
chose, Africain Siméonowitch, c'est de votre confiance
présomptueuse dans vos propres jugements, comme
si vous ne vous trompiez jamais.

— Qui est-ce qui dit cela ? Moi aussi, je me trompe ;
tous les hommes se trompent. Mais savez-vous quelle
est la différence entre l'erreur des hommes et l'erreur
des femmes? Non, vous ne le savez pas ! Voilà en quoi
elle consiste : un homme pourra dire, par exemple,
que deux et deux ne font pas quatre, mais cinq ; une
femme dira que deux et deux font une bougie de cire.

— Je crois vous avoir déjà entendu débiter cela...,
mais permettez-moi de vous demander quel rapport
il y a entre votre pensée, à propos des trois espèces
d'égoïsmes, et le morceau que nous venons d'entendre.

— Aucun. Je n'ai même pas écouté la musique.

— Allons, je vois, mon petit père, que tu es incor-
rigible et bon à jeter aux orties, répliqua Daria Michaë-

---

[1]. Les mots en italique sont en français dans l'original.

lowna. Mais qu'aimez-vous donc, si la musique ne vous plaît pas? Est-ce la littérature, par hasard?

— J'aime la littérature, mais pas celle du moment.

— Pourquoi cela?

— Voici pourquoi : il n'y a pas longtemps que je traversais l'Oka sur un bac avec un certain monsieur. Le bac aborda à une côte escarpée; il fallut transporter les voitures à bras. La calèche du monsieur était fort lourde. Tandis que les bateliers s'efforçaient de la traîner sur la côte, le monsieur resta sur le bac à pousser de tels gémissements que j'en eus presque pitié... Voilà, me dis-je, une nouvelle application de la division du travail. Ce monsieur ressemble à la littérature actuelle : d'autres s'échinent et font l'affaire, elle gémit.

Daria Michaëlowna sourit.

— Et voilà ce qu'on appelle production littéraire de notre époque, continua l'infatigable Pigassoff, profonde sympathie pour les questions sociales, et Dieu sait quoi encore... Ah! que ces grands mots me pèsent!

— Mais ces femmes sur lesquelles vous tombez ainsi, — elles, du moins, ne se servent pas de ces grands mots.

Pigassoff haussa les épaules.

— Si elles ne les emploient pas, c'est qu'elles ne savent pas s'en servir.

Daria Michaëlowna rougit légèrement.

— Vous commencez à dire des impertinences, monsieur Pigassoff, répondit-elle avec un rire forcé.

Il y eut un instant de profond silence.

— Où est donc Zolotonocha? demanda tout à coup un des enfants à Bassistoff.

— Dans le gouvernement de Poltava, mon petit ami, répliqua Pigassoff. — Au centre même de la Khokhlandia[1]. (Il profita de l'occasion pour changer le sujet de la conversation.) Puisque nous parlons de littérature, continua-t-il, je dirai que si j'avais de l'argent de trop, je me ferais poëte petit russien.

— Voilà du nouveau, fameux poëte! s'écria Daria Michaëlowna. Est-ce que vous parlez le petit russien?

— Pas le moins du monde; mais ce n'est pas nécessaire.

— Pas nécessaire! et comment?

— Voici comment : Il s'agit seulement de prendre un morceau de papier sur le haut duquel on écrit : Méditation; puis on rassemble un certain nombre de mots sans aucun sens, mais ayant une intonation petite russienne et une intention patriotique; on les fait rimer tant bien que mal et on publie. Le petit Russien lit, s'appuie sur son coude et pleure sans faute. — C'est une âme si impressionnable!

— Mais, au nom du ciel, s'écria Bassistoff, que dites-vous donc là? Cela n'a pas le sens commun. J'ai habité la petite Russie, j'aime cette langue, je la connais... Ce que vous débitez là est incroyable.

— Possible, le Khokhol n'en pleure pas moins.

1. Petite Russie. — Le Khokhol, petit russien, est ainsi nommé à cause d'une mèche de cheveux qu'il conserve sur le sommet de la tête; tout le reste est rasé.

Langue, dites-vous... Existerait-il par hasard une langue petite russienne? J'ai une fois demandé à un Khokhol de me traduire la première phrase venue, celle-ci, par exemple : la grammaire est l'art de parler et d'écrire correctement. — Savez-vous comment il l'a traduite, et de quelle langue il s'est servi? De langue russe, seulement en changeant les *i* en *y* et en prononçant d'une façon gutturale et dure à vous écorcher les oreilles. Quelle est donc cette langue, selon vous? Est-ce une langue indépendante? Plutôt que d'admettre cela, je me résignerais à piler mon meilleur ami dans un mortier.

Bassistoff allait répondre.

— Laissez-le donc, s'écria Daria Michaëlowna; ne savez-vous pas qu'on n'en tire jamais que des paradoxes?

Pigassoff sourit méchamment. Un domestique vint annoncer Alexandra Pawlowna et son frère.

Daria Michaëlowna se leva pour aller au-devant de ses hôtes.

— Bonjour, Alexandrine, s'écria-t-elle. Que vous avez bien fait de venir! — Bonjour, Serge Pawlitch.

Volinzoff serra la main de Daria Michaëlowna, et s'approcha de Natalie Alexiewna.

— Aurons-nous aujourd'hui votre nouvelle connaissance le baron? demanda Pigassoff. On dit que c'est un grand philosophe qui vous lance du Hegel à jet continu.

Daria Michaëlowna ne répondit pas; elle fit asseoir Alexandra Pawlowna sur le divan et s'établit à côté d'elle.

— Philosophie, continua Pigassoff; — point de vue

2.

le plus élevé! C'est ma mort que ce point de vue élevé. Et comment peut-on voir de haut? Ira-t-on monter sur une tour pour examiner un cheval quand il sagit de l'acheter?

— Votre baron ne vous apporte-t-il pas un certain article? demanda Alexandra Pawlowna.

— Il apporte un article, répondit Daria Michaëlowna avec une négligence calculée; — un article sur les rapports du commerce et de l'industrie en Russie... Mais ne craignez rien, nous n'allons pas le lire à présent... Ce n'est pas pour cela que je vous ai invités. Le baron est aussi aimable que savant. Il parle si bien le russe! c'est un vrai torrent... *il vous entraîne.*

— Il parle si bien le russe, murmura Pigassoff, qu'il mérite qu'on le loue en français.

— Grognez toujours, Africain Siméonowicth, grognez... cela va très-bien à votre chevelure hérissée... Mais pourquoi n'arrive-t-il pas? Messieurs et mesdames, voulez-vous que nous allions au jardin? continua Daria Michaëlowna en regardant autour d'elle. Il nous reste encore près d'une heure avant le diner et il fait un temps magnifique.

Tout le monde se leva et se dirigea vers le jardin.

Le jardin de Daria Michaëlowna s'étendait jusqu'à la rivière. Il était orné de bosquets d'acacias et de lilas, et coupé par plusieurs allées de vieux tilleuls d'un sombre doré, tout imprégnées de parfums, au travers desquelles on apercevait de lointaines échappées d'un vert d'émeraude.

Volinzoff, Natalie et mademoiselle Boncourt s'étaient enfoncés dans les profondeurs du jardin. Volinzoff marchait à côté de la jeune fille, mais sans lui parler. Mademoiselle Boncourt restait un peu en arrière.

— Qu'avez-vous fait aujourd'hui? demanda enfin Volinzoff à Natalie en frisant les pointes d'une moustache châtain foncé.

Les traits de Natalie rappelaient ceux de sa mère, mais leur expression était moins vive et moins animée. Ses beaux yeux caressants avaient un regard triste.

— J'ai assisté, répondit-elle, aux sorties de Pigassoff, j'ai fait de la tapisserie, j'ai lu.

— Et qu'avez-vous lu?

— J'ai lu... l'histoire des Croisades, répondit Natalie après un moment d'hésitation.

Volinzoff la regarda. — Ah! dit-il, cela doit être intéressant. Il arracha une branche et commença à la faire tournoyer dans les airs. Ils firent encore une vingtaine de pas.

— Quel est ce baron dont votre mère a fait la connaissance? demanda de nouveau Volinzoff.

— C'est un gentilhomme de la chambre. Il vient d'arriver. Maman en fait grand cas.

— Votre mère se laisse facilement entraîner.

— Cela prouve qu'elle a encore le cœur jeune, répondit Natalie.

— C'est vrai. Je vous renverrai bientôt votre cheval. Je voudrais parvenir à lui faire prendre le galop d'emblée, et j'y réussirai.

— Merci... mais j'ai peur d'abuser de votre complaisance. Vous l'avez dressé vous-même... On dit que c'est difficile.

— Vous savez, Natalie Alexiewna, que je suis toujours heureux de vous rendre le moindre service... je... Mais ce ne sont pas de telles bagatelles...

Volinzoff s'embrouillait.

Natalie lui jeta un regard amical et lui dit encore : Merci !

— Vous savez, continua Serge Pawlitch après un silence prolongé, qu'il n'y a pas de chose que... Mais pourquoi vous dis-je cela? vous avez tout compris.

La cloche sonna en ce moment.

— Ah ! la cloche du dîner ! s'écria mademoiselle Boncourt, rentrons. — Quel dommage ! pensa dans son for intérieur la vieille Française pendant qu'elle gravissait les degrés du perron à la suite de Volinzoff et de Natalie, quel dommage que ce charmant garçon ait si peu de ressources dans la conversation !... Ce qui peut se traduire ainsi : Tu es gentil, mon garçon, mais tu es pas mal bête.

Le baron ne vint pas dîner. On l'attendit une demi-heure. A table la conversation ne marchait pas. Serge Pawlitch ne faisait que contempler Natalie à la dérobée. Il était assis à côté d'elle et ne se lassait pas de lui verser de l'eau dans son verre. Pandalewski cherchait vainement à fixer l'attention de sa voisine Alexandra Pawlowna. Il fondait presque à force de douceur, mais celle-ci avait de la peine à ne pas bâiller. Bassistoff roulait des boulettes de pain et ne pensait à rien. Pigassoff lui-même se taisait, et quand Daria Michaëlowna lui fit observer qu'il n'était pas aimable ce jour-là, il répondit d'un ton morose : Quand donc suis-je aimable ? Ce n'est pas mon affaire... Il ajouta avec un amer sourire : Prenez patience ; moi, voyez-vous, je suis du kvass[1], du simple kvass russe, tandis que votre gentilhomme de la chambre...

— Bravo ! s'écria Daria Michaëlowna. Pigassoff est jaloux ; il est jaloux d'avance.

Mais Pigassoff ne répondit rien et se contenta de la regarder en dessous. Sept heures sonnèrent et tout le monde retourna au salon.

— Il paraît qu'il ne viendra pas, dit Daria Michaëlowna.

On entendit au même instant le roulement d'une voiture. Un petit tarantass[2] entrait dans la cour. Quelques instants après, un domestique vint présenter à Daria Michaëlowna une lettre sur un plateau d'argent.

Elle la parcourut jusqu'au bout, et, se tournant vers le laquais :

— Où est, lui dit-elle, le monsieur qui a apporté cette lettre ?

— Il est dans la voiture. Madame ordonne-t-elle qu'on le reçoive ?

— Oui. Priez-le d'entrer.

---

1. Boisson fermentée fort goûtée en Russie.
2. Calèche sans ressorts posée sur un train très-long.

Le domestique sortit.

— Quel ennui ! ajouta Daria Michaëlowna. Le baron a reçu l'ordre de retourner immédiatement à Pétersbourg. Il m'envoie son article par son ami, un certain M. Roudine. Le baron devait me le présenter ; — il le prise beaucoup. Mais quel guignon ! j'espérais que le baron s'établirait ici...

Le domestique annonça : M. Dimitri Nicolaïtch Roudine.

IV

Le nouveau venu pouvait avoir trente-cinq ans. Il était grand de taille, mais un peu voûté. Ses cheveux étaient bouclés, son teint basané, son visage peu régulier, mais expressif et intelligent. Un humide éclat brillait dans ses yeux bleus foncés, petillants de vivacité ; son nez était large et droit, ses lèvres fortes et bien dessinées. Il portait des habits usés et étroits comme s'il avait grandi depuis qu'il les possédait.

Il s'approcha rapidement de Daria Michaëlowna, lui fit un salut profond, et dit qu'il y avait déjà longtemps qu'il désirait avoir l'honneur de lui être présenté, et que son ami le baron regrettait beaucoup de n'avoir pu prendre lui-même congé d'elle.

La voix fluette de Roudine ne répondait ni à sa taille, ni à sa large poitrine.

— Veuillez vous asseoir. Je suis enchantée de vous

voir, dit Daria Michaëlowna. Puis elle le présenta à
toutes les personnes qui se trouvaient là, et lui demanda s'il habitait le pays, ou s'il y venait seulement
en voyageur.

— Mon bien est dans le gouvernement de T***, répondit Roudine en tenant son chapeau sur ses genoux. — Il n'y a pas longtemps que je suis ici ; j'y
suis venu pour affaires, et je demeure en ce moment
dans votre ville de district.

— Chez qui?

— Chez le médecin. C'est un ancien collègue de
l'Université.

— Ah ! vous demeurez chez le médecin... On en
dit le plus grand bien. Il paraît qu'il est très-habile
dans son art. Y a-t-il longtemps que vous connaissez
le baron ?

— Je l'ai rencontré cet hiver à Moscou, et je viens
de passer près d'une semaine chez lui.

— C'est un homme très-intelligent que le baron.

— Oui, très-intelligent.

Daria Michaëlowna se mit à respirer un nœud
qu'elle avait fait avec son mouchoir de poche et
qu'elle avait imbibé d'eau de Cologne.

— Êtes-vous au service ? demanda-t-elle.

— Qui ? moi ?

— Oui, vous.

— Non... J'ai donné ma démission.

Il y eut un moment de silence. La conversation redevint générale.

— Permettez-moi, commença Pigassoff en se tournant vers Roudine, de satisfaire ma curiosité en vous demandant si vous connaissez le contenu de l'article envoyé par M. le baron.

— Je le connais.

— Cet article traite des rapports du commerce... non, je me trompe, de l'industrie et du commerce dans notre pays... Il me semble que c'est ainsi que vous avez daigné nommer l'article, Daria Michaëlowna.

— C'est bien là le sujet, repondit Daria Michaëlowna en portant la main à son front.

— Je suis certainement mauvais juge dans ces questions-là, continua Pigassoff, mais je dois avouer que le titre même de l'ouvrage me paraît fort... Comment puis-je dire cela délicatement ? fort obscur et embrouillé...

— Pourquoi cela vous paraît-il ainsi ?

Pigassoff sourit en jetant un regard à Daria Michaëlowna.

— Le trouvez-vous clair ? ajouta-t-il en tournant de nouveau son visage de renard vers Roudine.

— Moi ? Oui.

— Vous devez naturellement le mieux savoir que moi.

— Avez-vous mal à la tête ? demanda Alexandra Pawlowna à Daria Michaëlowna.

— Non. Ce n'est rien... c'est nerveux.

— Permettez-moi de vous demander, recommença

Pigassoff d'une voix nasillarde, si votre connaissance,
M. le baron Mouffel... c'est ainsi qu'on l'appelle, je
crois ?

— En effet.

— M. le baron Mouffel s'occupe-t-il spécialement
d'économie politique, ou bien consacre-t-il à cette
science intéressante les heures de loisir dérobées aux
plaisirs du monde et aux devoirs du service ?

Roudine fixa son regard sur Pigassoff.

— Le baron n'est qu'un amateur dans ces matières,
répondit-il en rougissant légèrement, mais il a dans
son article beaucoup d'aperçus justes et curieux.

— Je ne puis disputer avec vous, car je ne connais
pas son travail. Mais, oserai-je le demander ? l'œuvre
de votre ami le baron de Mouffel traite plutôt de dissertations générales que de faits, n'est-ce pas ?

— On y trouve des faits et des dissertations générales relatives aux faits eux-mêmes.

— Vraiment, vraiment ! Je vous dirai que, selon
moi, — et je puis placer mon mot à l'occasion, ayant
passé trois ans à Dorpat, — toutes ces prétendues réflexions générales, ces hypothèses, ces systèmes... excusez-moi, je suis un provincial et vais droit au but,
ne valent jamais rien. Ce ne sont que des abstractions ;
ce n'est fait que pour égarer les gens. Présentez-moi
des faits, messieurs, c'est là votre devoir.

— Vraiment ! répliqua Roudine ; mais ne doit-on
pas expliquer le sens des faits ?

— Les dissertations générales ! continua Pigassoff,

3

mais c'est ma mort que ces digressions, ces points de
vue, ces conclusions ! Tout cela est basé sur ce qu'on
appelle les convictions. Chacun parle de ses convictions, exige encore qu'on les respecte, qu'on les col-
porte. Ah ! ah !

Et Pigassoff agita son poing en l'air. Pandalewski se
mit à rire.

— Fort bien ! dit Roudine. — D'après vous, il n'y
aurait pas de convictions?

— Non, il n'en existe pas.

— Telle est votre conviction ?

— Oui.

— Comment dites-vous donc qu'il n'y en a pas ?
Voilà, pour ne pas aller plus loin, que vous en expri-
mez une.

Tout le monde se mit à sourire et à échanger des
regards.

— Permettez, cependant, répliqua Pigassoff...

Mais Daria Michaëlowna frappa des mains et s'é-
cria : — Bravo, bravo ! Pigassoff est battu, bien battu !
Et elle prit doucement le chapeau des mains de Roudine.

— Daignez attendre encore avant de vous réjouir,
madame ; un peu de patience ! s'écria Pigassoff avec
dépit. Il ne suffit pas de dire des bons mots avec un
ton de supériorité : il faut prouver, réfuter... Nous
nous sommes éloignés du sujet de la discussion.

— Permettez à votre tour , observa Roudine avec
sang-froid ; la chose est toute simple. Vous ne croyez

pas à l'utilité des dissertations générales, vous ne croyez pas à la conviction...

— Je ne crois pas, non, je ne crois pas. Je ne crois à rien.

— Très-bien, vous êtes alors un sceptique.

— Je ne vois pas la nécessité d'employer un mot aussi savant. Du reste...

— N'interrompez pas ! s'écria Daria.

— Kizz, kizz, kizz ! se disait en ce moment Pandalewski avec une vive satisfaction.

— Ce mot exprime ma pensée, continua Roudine. Vous le comprenez : pourquoi ne pas s'en servir? Vous ne croyez à rien. Pourquoi alors croyez-vous aux faits ?

— Comment, pourquoi? voilà qui est charmant ! Les faits sont des choses connues, chacun sait ce que sont ces faits... Je les juge d'après l'expérience, d'après mon propre sentiment.

— Oui, mais votre sentiment ne peut-il porter à faux ? Ne vous dit-il pas que le soleil tourne autour de la terre? Mais peut-être n'êtes-vous pas d'accord avec Copernic? Peut-être ne croyez-vous pas en lui ?

Un sourire glissa de nouveau sur tous les visages, et tous les yeux se fixèrent sur Roudine. « C'est un homme d'esprit, » se disait chacun.

— Vous avez le don de tourner tout en plaisanterie, dit Pigassoff; c'est certainement très-original, mais cela n'avance guère les choses.

— Je regrette qu'il n'y ait eu que trop peu d'originalité dans tout ce que j'ai dit jusqu'à présent, répondit Roudine. Tout cela est parfaitement connu depuis longtemps et a été répété mille fois. Mais il ne s'agit pas de cela...

— Et de quoi donc? interrompit Pigassoff avec quelque impudence. — Dans toute discussion il avait l'habitude de commencer par railler son adversaire, puis il devenait grossier, et enfin boudait et se taisait.

— Voilà ce dont il s'agit, continua Roudine. J'avoue que je ne puis entendre sans une peine sincère des gens intelligents attaquer devant moi...

— Les systèmes, ajouta Pigassoff.

— Eh bien! oui, les systèmes, si vous voulez. Pourquoi ce mot vous offusque-t-il tant? Chaque système est basé sur la connaissance des lois générales, principes de vie...

— Oui, mais, je vous le demande, comment les connaître, comment les découvrir?

— Permettez. Elles ne sont naturellement pas accessibles à tous, et l'homme se trompe facilement; mais vous conviendrez sans doute avec moi que Newton, par exemple, a découvert quelques-unes de ces lois fondamentales. Il est vrai que c'était un homme de génie; mais les découvertes du génie sont justement grandes en ce qu'elles deviennent accessibles à tous. Cette tendance à rechercher les principes généraux dans les phénomènes particuliers est un des caractères radicaux de l'esprit humain, et toute notre civilisation...

— Ah ! ah ! c'est là que vous tendez, repondit Pigassoff d'une voix traînante. Je suis un homme pratique, je m'enorgueillis du titre d'homme pratique, et je ne donne pas dans toutes ces finesses métaphysiques ; je ne veux pas m'y laisser entraîner.

— C'est votre droit. Mais remarquez cependant que ce désir d'être un homme exclusivement pratique est déjà une espèce de système, de théorie...

— Civilisation, dites-vous ! continua Pigassoff sans écouter. C'est avec cela que vous voulez nous émerveiller. A quoi est-elle bonne cette civilisation tant prônée ! Je n'en donnerais pas un sou pour mon compte.

— Mais que vous discutez mal ! Africain Siméonowich, interrompit Daria Michaëlowna, qui était intérieurement fort satisfaite du calme et de l'exquise politesse de sa nouvelle connaissance. C'est un homme comme il faut, pensa-t-elle en regardant Roudine avec une expression bienveillante ; il faut l'apprivoiser.

— Je ne veux pas défendre la civilisation, continua Roudine après s'être tu un instant. Elle n'a que faire de ma défense. Vous ne l'aimez pas... chacun son goût. De plus, cela pourrait nous mener trop loin. Permettez-moi seulement de vous rappeler le vieux dicton : « Tu te fâches, Jupiter, donc tu as tort. » Je veux dire que toutes ces attaques contre les systèmes, les idées universelles, etc., sont surtout affligeantes parce qu'en niant les systèmes on est généralement

amené à nier la plupart du temps le savoir, la
science, et à perdre la foi qu'elles inspirent, c'est-à-
dire la foi en soi-même, en sa propre force. Cette
confiance est nécessaire aux hommes. On ne peut
vivre d'impressions seules. C'est une mauvaise chose
que de redouter la pensée et de ne pas croire en elle.
Le scepticisme ne conduit qu'à la stérilité et à la faiblesse...

— Ce ne sont là que des paroles, murmura Pigassoff.

— C'est possible ; mais permettez-moi de vous
faire observer qu'en disant « ce ne sont que des paroles, » nous cherchons souvent à échapper à la nécessité absolue de dire quelque chose de plus sensé
que ces mêmes paroles.

— Comment? dit Pigassoff en fronçant le sourcil.

— Vous comprenez ce que je veux dire, répondit
Roudine avec une impatience involontaire qu'il ré-
prima aussitôt. Je le répète, si un homme n'a pas de
principes arrêtés auxquels il croit, s'il n'a pas un terrain pour s'y appuyer solidement, comment pourra-
t-il se rendre compte des besoins, de la destinée, de
l'avenir de son pays? Comment pourrait-il savoir ce
qu'il doit faire lui-même, si...

— Je vous cède la place ! dit brusquement Pigassoff
en saluant et en se retirant dans un coin sans regarder
personne.

Roudine lui jeta un regard, sourit légèrement et
se tut.

—— Ah! le voilà en fuite, s'écria Daria Michaëlowna. Ne vous inquiétez pas, Dimitri... Pardon! continuat-elle avec un sourire affable, comment s'appelait votre père ?

— Nicolas.

— Ne vous inquiétez pas, Dimitri Nicolaïtch, personne ne s'y est trompé ici. Il voudrait vous faire accroire qu'il ne veut plus discuter avec vous quand il sent qu'il ne le peut plus. Mais rapprochez-vous plutôt de nous pour causer...

Roudine avança son fauteuil.

— Comment ne nous sommes-nous jamais rencontrés jusqu'à présent? continua Daria Michaëlowna. Cela m'étonne... Avez-vous lu ce livre? C'est de Tocqueville.

Daria tendit le livre français à Roudine. Il le prit, en tourna plusieurs feuillets et le replaça sur la table en répondant qu'il n'avait pas lu précisément cet ouvrage-là, mais qu'il avait souvent réfléchi sur les questions que traitait Tocqueville. La conversation était engagée. Au commencement, Roudine semblait hésiter, ne trouvant pas les mots qui pouvaient rendre sa pensée ; mais il s'échauffa enfin et parla avec abondance. Au bout d'une heure, sa voix était la seule qu'on entendît dans le salon. Tout le monde s'était groupé autour de lui. Pigassoff seul restait dans un coin auprès de la cheminée. Roudine s'exprimait avec esprit, avec feu et bon sens; il avait beaucoup de savoir et beaucoup de lecture. Personne ne s'était attendu à trouver en lui un homme remarquable. Il était si mal vêtu, on parlait si peu de lui! Il semblait à tous étrange et même incompréhensible qu'un homme de tant d'esprit pût ainsi apparaître subitement à la campagne. Roudine les étonnait d'autant plus; on peut même dire qu'il les ensorcelait tous, à commencer par Daria Michaëlowna... Elle était fière de sa nouvelle connaissance, et songeait déjà d'avance à la manière dont elle allait le patronner dans le monde, car, malgré son âge, elle était très-enthousiaste dans ses premières impulsions. Alexandra Pawlowna, à vrai dire, n'avait compris que peu de chose aux discours de Roudine, mais elle n'en était pas moins surprise et enchantée. Son frère partageait ses sentiments. Pandalewski observait Daria et était jaloux. Pigassoff se disait à lui-même : « Pour cinquante roubles je pourrais acheter un rossignol qui chanterait encore mieux! » Mais Bassistoff et Natalie étaient les plus fortement impressionnés. La respiration de Bassistoff en était presque arrêtée; il restait assis, bouche ouverte, écarquillait ses yeux et écoutait, comme il n'avait jamais écouté de sa vie. Quant à Natalie, son visage se couvrait d'une faible rougeur, et son regard, devenu à la fois plus profond et plus clair, se fixait immobile sur Roudine.

— Comme il a de beaux yeux! lui chuchota Volinzoff.

— Oui, fort beaux.

— Mais c'est dommage que ses mains soient si grandes et si rouges.

Natalie ne répondit rien.

On servit le thé. La conversation devint plus générale; mais à la façon soudaine dont chacun se taisait
dès que Roudine ouvrait la bouche, on pouvait juger
de l'impression qu'il produisait. Il prit tout à coup
envie à Daria Michaëlowna d'entreprendre Pigassoff.
Elle s'approcha et lui dit à demi-voix : « Pourquoi
vous taisez-vous donc et souriez-vous méchamment?
Essayez donc encore une fois de lutter avec lui. » Puis,
sans attendre sa réponse, elle fit un signe de la main
à Roudine.

— Il y a encore un trait en lui que vous ne connaissez pas, dit-elle en montrant Pigassoff : c'est un
implacable ennemi des femmes. Il les raille sans
cesse. Tâchez donc de le corriger de ce travers.

Roudine regarda Pigassoff involontairement de haut
en bas : il avait la tête de plus que lui.

Celui-ci manqua étouffer de colère; son visage
bilieux devint encore plus blême.

— Daria Michaëlowna se trompe, répondit-il d'une
voix mal assurée. Je ne raille pas les femmes seulement, mais le genre humain en général.

— Qu'est-ce qui a pu vous en donner une aussi
mauvaise opinion? demanda Roudine.

Pigassoff le regarda dans le blanc des yeux.

— C'est probablement la connaissance de mon
propre cœur dans lequel je découvre chaque jour des
misères nouvelles. Je juge des autres d'après moi-
même, ce qui est peut-être injuste. Je suis plus

3.

mauvais que les autres. Que voulez-vous? l'habitude
est prise.

— Je vous comprends et je sympathise avec vous,
répondit Roudine. Quelle est l'âme noble et pure qui
n'a éprouvé la soif de l'humilité vis-à-vis de soi-
même? Mais on ne saurait s'arrêter à cette situation
sans issue.

— Je vous remercie humblement pour le certificat
de noblesse que vous octroyez à mon âme, répondit
Pigassoff, mais je ne me plains pas de ma situation;
elle n'est pas mauvaise. J'y connaîtrais une issue que
je ne sais vraiment si j'en userais.

— Mais cela s'appelle, — pardonnez-moi l'expression, — préférer la satisfaction de son amour-propre
au désir d'être et de vivre dans la vérité.

— Je le crois bien, s'écria Pigassoff; l'amour-propre, — je comprends ce mot-là, et vous le comprenez, j'espère, et aussi tout le monde. Quant à la
vérité, où est-elle?

— Vous vous répétez, je vous en avertis, remarqua
Daria Michaëlowna.

Pigassoff haussa les épaules. — Je demande où est
la vérité. Les philosophes eux-mêmes ne le savent
pas. Kant dit : la voilà; mais Hégel répond : non, tu
radotes; la voici.

— Vous savez donc ce qu'en dit Hégel? demanda
Roudine sans lever les yeux.

— Je répète, continua Pigassoff en s'échauffant, que
je ne puis comprendre ce qu'est la vérité. Selon moi,

elle n'est pas dans ce monde; le mot s'y trouve, il est vrai, mais la chose n'y est pas.

— Fi donc, fi! s'écria Daria Michaëlowna. Comment n'avez-vous pas honte de parler ainsi, vieux pécheur que vous êtes? Il n'y a pas de vérité! A quoi bon alors vivre en ce monde?

— Dans tous les cas, répondit aigrement Pigassoff, il vous serait plus facile de vivre sans la vérité que sans votre cuisinier Stepane, qui est passé maître dans son art. Et dites-moi, de grâce, qu'avez-vous donc besoin de la vérité? Peut-elle servir à arranger des chiffons?

— Plaisanter ainsi n'est pas répondre, interrompit Daria Michaëlowna.

— Je ne sais si la vérité crève les yeux [1], mais il paraît que c'est ce que fait la sincérité, murmura Pigassoff en retournant avec colère dans son coin.

Quant à Roudine, il parla de l'amour-propre et avec grand sens. Il prouva que l'homme sans amour-propre est nul, que ce sentiment est le levier d'Archimède avec lequel on peut déplacer le monde, mais qu'en même temps celui-là seul est digne du titre d'homme qui sait maîtriser son amour-propre, comme le cavalier son cheval, et sacrifie sa personnalité au bien général. L'égoïsme, ajouta-t-il, est le suicide. L'homme égoïste se dessèche comme l'arbre solitaire et sans fruits; mais l'amour-propre, comme

1. Allusion au proverbe russe : « La vérité crève les yeux. »

tendance active vers la perfection, est la source de toute grandeur. Oui, l'homme doit briser l'opiniâtre égoïsme de sa personnalité, afin de pouvoir se manifester librement.

— Ne pourriez-vous me prêter un petit crayon? demanda Pigassoff à Bassistoff.

Bassistoff fut un instant à comprendre cette question.

— Un crayon, pourquoi faire? répondit-il enfin.

— Pour écrire cette dernière phrase de M. Roudine. Elle est à conserver. Si on ne l'inscrivait pas, on pourrait l'oublier, et ce serait un grand malheur.

— Il y a des choses dont on ne doit ni rire ni plaisanter, répliqua Bassistoff avec chaleur en se détournant de Pigassoff.

Pendant ce temps, Roudine s'était approché de Natalie. Elle se leva, son visage exprimait le trouble. Volinzoff, qui était assis à côté d'elle, se leva aussi.

— Voici un piano, dit Roudine; jouez-vous?

— Oui, répondit Natalie, mais voilà Konstantin Diomiditch qui joue beaucoup mieux que moi.

Celui-ci releva la tête et montra ses dents.

— C'est mal à vous de dire cela, Natalie Alexiewna. Vous êtes tout aussi forte que moi.

— Connaissez-vous le *Erlkonig* de Schubert? demanda Roudine.

— Certainement, certainement, répondit Daria Michaëlowna. Mettez-vous au piano, Konstantin. Vous aimez la musique, Dimitri Nicolaïtch?

Roudine ne fit qu'incliner légèrement la tête et passa la main dans ses cheveux comme s'il était prêt à écouter. Konstantin joua.

Natalie se tenait debout à côté du piano. Elle était en face de Roudine, dont le visage prit une expression inspirée dès les premiers accords. Ses yeux d'un bleu foncé erraient lentement au hasard et se reportaient de temps en temps sur Natalie. Konstantin s'arrêta.

Roudine ne dit rien. Il s'approcha de la fenêtre ouverte. Une obscurité pleine de parfums s'étendait sur le jardin comme un voile vaporeux. Les arbres exhalaient une fraîcheur énervante. Les étoiles scintillaient doucement. Cette nuit d'été semblait caressante et caressée.

Roudine jeta un regard dans le jardin et se retourna.

— Cette musique et cette nuit, dit-il, me rappellent mes années d'étudiant en Allemagne, nos réunions, nos sérénades...

— Vous avez été en Allemagne? demanda Daria Michaëlowna.

— J'ai passé une année à Heidelberg et presque autant à Berlin.

— Et vous portiez le costume des étudiants? On dit qu'ils s'habillent d'une façon particulière.

— Je portais à Heidelberg de grandes bottes à éperons et une tunique à brandebourgs. Je laissais aussi tomber mes cheveux sur mes épaules... A Berlin, les étudiants s'habillent comme tout le monde.

. — Racontez-nous quelque chose de votre vie d'é-
tudiant, demanda Alexandra Pawlowna.

Roudine commença son récit. Il n'eut pas beaucoup de succès. Ses descriptions manquaient de couleur. Il n'avait pas le don de faire rire. Il abandonna
bientôt le récit de ses aventures à l'étranger pour des
réflexions générales sur le but de la civilisation et de
la science, sur les universités et sur la vie universi-
taire en général. Il esquissa un vaste tableau en traits
larges et énergiques. Tous l'écoutaient avec l'attention la plus profonde. Il parlait en maître, d'une
manière irrésistible, et pourtant il manquait parfois
de clarté.

Mais ce vague même ajoutait encore au charme particulier de sa parole. La trop grande richesse des idées
semblait empêcher Roudine de s'exprimer avec exactitude et précision. Les images succédaient aux images, les comparaisons naissaient les unes des autres,
tantôt pleines d'une hardiesse inattendue, tantôt em-
preintes d'une vérité saisissante. Son improvisation im-
patiente était toute d'inspiration et ne rappelait jamais
la subtilité satisfaite d'un bavard exercé. Il ne cherchait pas ses expressions. Les mots lui venaient d'eux-
mêmes sur les lèvres, libres et obéissants, et on aurait
dit que chacun d'eux s'exhalait droit de son cœur
tout brûlant encore de tout le feu de sa conviction.
Roudine possédait au plus haut degré ce qu'on pourrait nommer la musique de l'éloquence. Il lui suffisait

de toucher à une des cordes de l'âme pour les faire vibrer toutes.

Plus d'un auditeur ne comprenait peut-être pas parfaitement, mais sa poitrine se soulevait puissamment, un voile semblait se déchirer à ses yeux, quelque chose de rayonnant lui apparaissait dans le lointain.

Les pensées de Roudine, toutes tournées vers l'avenir, imprimaient sur sa physionomie un éclat de jeunesse impétueuse.

Debout près de la fenêtre, ne regardant personne, il parlait, inspiré par la beauté de la nuit, l'attention et la sympathie générales, ainsi que par la présence des jeunes femmes. Entraîné par sa propre émotion, il s'élevait à l'éloquence et à la poésie. Le son bas et concentré de sa voix augmentait encore le prestige. On aurait dit que ses lèvres exprimaient des choses supérieures auxquelles il ne s'attendait pas lui-même.

Roudine parlait de ce qui donne une signification éternelle à la vie passagère de l'homme. Je me souviens, dit-il en terminant, d'une légende scandinave. Le tsar et ses guerriers sont assis autour d'un feu dans une grange longue et obscure. La scène se passe la nuit, en hiver. Un petit oiseau entre tout à coup par une porte ouverte et s'envole par une autre. — «Cet oiseau, dit le tsar, est semblable à l'homme sur cette terre : il sort de l'obscurité pour rentrer dans l'ombre, et ne séjourne qu'un instant dans la chaleur et la lumière.» — « Tsar, répondit le plus âgé des guerriers, l'oiseau ne se perd pas dans l'obscurité, il sait y trouver son nid. » — Notre vie est rapide sans doute; mais tout ce qui est grand s'accomplit par l'homme. La conscience d'être l'instrument des forces supérieures doit le dédommager de toutes les autres joies; dans la mort même il trouve sa vie, son nid. — Roudine s'arrêta et baissa les yeux avec un trouble involontaire.

— Vous êtes un poëte! dit à demi-voix Daria Michaëlowna.

Tout le monde approuva le compliment, à l'exception de Pigassoff. Il avait pris tranquillement son chapeau, sans attendre la fin du discours de Roudine, et s'en était allé en murmurant à l'oreille de Pandalewski, qui se trouvait près de la porte : — C'est trop fort, je m'en vais chez les imbéciles.

Personne, au reste, ne songea ni à le retenir, ni à remarquer son absence.

On se mit à table pour souper, et une demi-heure après tout le monde s'était séparé.

Daria Michaëlowna engagea Roudine à rester pour la nuit. Alexandra Pawlowna s'en retourna en voiture avec son frère. Elle poussait de fréquentes exclamations, et s'étonnait de l'esprit extraordinaire de Roudine. Volinzoff lui donnait raison, tout en lui faisant observer qu'il s'exprimait parfois un peu confusément, c'est-à-dire... d'une manière qui n'était pas toujours intelligible, ajouta-t-il, désirant probablement expliquer sa pensée; et son visage s'assombris-

sait, et son regard semblait devenir plus triste en
errant vers le coin de la voiture.

— C'est un homme fort habile, dit Pandalewski à
haute voix, au moment où il détachait ses bretelles
brodées de soie en se déshabillant ; puis, jetant tout à
coup un regard sévère au petit Cosaque qui lui servait de valet de chambre, il lui ordonna de sortir sur-
le-champ.

Bassistoff ne dormit pas ; il resta tout habillé, et
écrivit à un de ses amis de Moscou une longue lettre
qui l'occupa jusqu'au matin.

Natalie non plus ne dormit pas de la nuit. Couchée
dans son lit, et la tête appuyée sur sa main, elle laissait errer son regard dans l'obscurité ; ses tempes
battaient, un lourd soupir s'échappait par moments
de son sein oppressé.

V

Le lendemain matin Roudine, à peine habillé, vit
apparaître un domestique qui l'invita, de la part de
Daria Michaëlowna, à passer dans son boudoir pour y
prendre le thé. Roudine trouva la maîtresse de la
maison seule. Daria Michaëlowna lui souhaita le bonjour d'un air fort aimable, s'informa s'il avait bien
passé la nuit, lui versa, de ses propres mains, une
tasse de thé qu'elle sucra elle-même, lui offrit après
une cigarette, et répéta encore qu'elle était bien

étonnée de n'avoir pas fait sa connaissance plus tôt.
Roudine s'était assis un peu à l'écart, mais Daria
Michaëlowna lui montra un petit siége à côté de son fauteuil, et le questionna sur sa famille et sur ses projets.
Daria Michaëlowna parlait négligemmeut, et écoutait
d'une manière distraite ; mais Roudine comprenait
très-bien qu'elle cherchait à lui plaire, et le flattait
presque. Ce n'était pas non plus sans raison qu'elle
avait arrangé cette entrevue matinale et qu'elle s'était
habillée avec cette simplicité de bon goût.

Cependant, elle cessa bientôt de questionner son
hôte, et se mit à parler d'elle-même, de sa jeunesse,
des personnes qu'elle avait connues.

Roudine écoutait avec intérêt. Dans les récits de
Daria Michaëlowna, c'était toujours sa personnalité
qui dominait et effaçait tout le reste, et Roudine connut bientôt tout ce qu'elle avait dit à tel personnage
important ou obtenu de lui, et son influence auprès
de tel écrivain renommé. A en juger par la conversation de Daria Michaëlowna, toutes les célébrités contemporaines n'avaient pensé qu'à se rapprocher d'elle
et à mériter sa bienveillance.

Elle en parlait simplement, sans enthousiasme ; elle
les vantait comme des choses à elle, en traitant quel-
ques-uns d'entre eux d'originaux. Elle en parlait
comme d'une riche monture qui rehausse la beauté
d'une pierre précieuse. Leurs noms formaient comme
une constellation brillante autour du nom principal :
celui de Daria Michaëlowna.

Roudine écoutait, fumait sa cigarette et se taisait. Il n'interrompait que rarement et par de légères remarques le bavardage de la dame. Quoiqu'il fût naturellement éloquent et qu'il aimât à parler, il savait écouter, et ceux que sa rapidité d'élocution n'intimidait pas devenaient facilement expansifs en sa présence, tant il mettait de bienveillance à suivre le fil du discours d'autrui. Il avait ce grand fond de bonhomie indifférente que possèdent ceux qui se sentent supérieurs aux autres. Mais dans les discussions il laissait rarement le dernier mot à son adversaire, et l'écrasait de sa dialectique impétueuse et passionnée. Daria Michaëlowna parlait russe, et paraissait fière de sa parfaite connaissance de sa langue maternelle; elle laissait pourtant souvent échapper des gallicismes et des mots français. Elle cherchait à employer des locutions simples et populaires, mais n'y réussissait pas toujours. L'oreille de Roudine ne s'offensait guère de la bigarrure du langage qui coulait des lèvres de Daria Michaëlowna. Celle-ci se lassa enfin, et appuyant sa tête sur le coussin du fauteuil, elle laissa errer son regard vers Roudine.

— Je comprends, commença celui-ci d'une voix lente, je comprends pourquoi vous passez tous vos étés à la campagne. Ce repos vous est nécessaire, après la vie agitée de la ville. Le calme des champs vous rafraîchit et vous donne de nouvelles forces. Je suis sûr que vous sympathisez profondément avec les beautés de la nature.

Daria lui jeta un regard à la dérobée.

— La nature.... oui, oui, certainement. Je l'aime beaucoup, mais savez-vous, Dimitri Nicolaïtch, qu'un peu de société est nécessaire à la campagne. Ici je n'ai presque personne. Pigassoff est l'homme le plus spirituel de l'endroit.

— Ce monsieur d'hier qui s'est mis en colère? demanda Roudine.

— Celui-là même. A la campagne, du reste, il n'est pas à dédaigner. Il fait rire quelquefois.

— Il n'est pas bête, répondit Roudine, mais il est dans une mauvaise voie. Je ne sais si vous êtes de mon avis, Daria Michaëlowna; mais selon moi, dans la négation complète et générale, il n'y a pas de salut. Niez tout, et vous passerez facilement pour un homme d'esprit; c'est un procédé connu. Les gens simples seront aussitôt disposés à en conclure que vous valez mieux que ce que vous niez; mais c'est souvent faux. D'abord, on peut trouver des taches partout, et ensuite, quand même vous parleriez sensément, tant pis pour vous... Votre esprit, tourné exclusivement vers la négation, s'appauvrit et se dessèche. Vous satisferez votre amour-propre, mais vous vous priverez des véritables jouissances du cœur et de l'âme. La vie et tout ce qui la compose échappent à votre observation superficielle et bilieuse; vous arrivez à l'hypocondrie, au marasme, et finissez par faire rire, tout en inspirant la pitié. Celui-là seul qui sait aimer a le droit de censurer et de réprimander.

— Voilà M. Pigassoff enterré, dit Daria Michaëlowna. Vous êtes vraiment passé maître dans l'art de définir les hommes. Du reste, Pigassoff ne pourrait probablement pas vous comprendre. Il n'aime que sa propre personne.

— Il la gourmande pour avoir le droit d'injurier les autres, répliqua Roudine.

Daria Michaëlowna se mit à rire. — Pour passer du malade au bien portant, dit-elle en estropiant le proverbe, que pensez-vous du baron?

— Du baron? C'est un excellent homme, il a un bon cœur et beaucoup de savoir; mais il n'a pas de caractère, et restera toute sa vie un demi-savant et un mondain, ce qui veut dire un dilettante, ou, pour parler sans détours, une nullité... C'est dommage.

— Je suis de votre avis, répondit Daria Michaëlowna. J'ai lu l'article... entre nous... cela a assez peu de fond.

— Qui voyez-vous encore ici? demanda Roudine après un moment de silence.

Daria Michaëlowna fit tomber la cendre de sa cigarette avec son petit doigt.

— Il n'y a presque plus personne. Alexandra Pawlowna Lipina, que vous avez vue hier; elle est très-gentille, mais voilà tout. Son frère... est très-bien; c'est un parfait honnête homme. Quant au prince Garine, vous le connaissez. C'est tout. Il y a encore deux ou trois voisins, mais qui n'ont aucune espèce de valeur. Ou ils se donnent des airs importants et

affichent des prétentions énormes, ou ils sont tour à
tour trop timides et trop audacieux. Ils n'ont aucune
mesure. Pour les dames, vous savez que je ne les vois
pas. Nous avons encore un voisin qu'on dit très-civi-
lisé et même savant, mais c'est un terrible original.
Alexandrine le connaît; il paraît qu'elle n'est pas indifférente à son égard. Vous auriez dû vous occuper
d'elle, Dimitri Nicolaïtch, Alexandrine est une charmante créature: il faut seulement la développer un
peu... oui, il faut absolument la développer.

— Elle est très-sympathique, remarqua Roudine.

— C'est tout à fait une enfant, Dimitri Nicolaïtch,
une véritable enfant. Elle a été mariée, mais c'est
tout comme. Si j'étais homme, je ne serais amoureux
que de femmes pareilles.

— Vraiment?

— Sans doute; ces femmes-là ont au moins la fraîcheur, chose qu'il n'y a pas moyen de contrefaire.

— Et le reste, on peut donc le contrefaire? demanda
Roudine en se mettant à rire, ce qui lui arrivait assez
rarement. Quand il riait, son visage prenait une expression étrange, qui lui donnait presque l'air d'un vieillard : ses yeux se ridaient, son nez se plissait... Et
quel est cet original dont vous parlez, et pour lequel
madame Lipina n'est pas indifférente? demanda-t-il.

— Un certain Lejnieff, Michaëlowitch, un propriétaire des environs.

Roudine fit un geste de surprise. — Lejnieff, Michaël
Michaëlowitch, demanda-t-il, est un de nos voisins?

— Oui. Est-ce que vous le connaissez?

Roudine ne répondit pas tout de suite.

— Je l'ai connu autrefois... il y a longtemps de cela. Il paraît qu'il est riche? continua-t-il en jouant avec la frange du fauteuil.

— Il est riche, quoiqu'il s'habille horriblement mal et se serve d'un drochki de course, comme un intendant. J'ai désiré l'attirer chez moi. On dit qu'il a de l'esprit. Je suis en pourparlers avec lui pour une affaire d'arpentage... Vous savez que je gère mes biens moi-même.

Roudine inclina la tête.

— Oui, moi-même, continua Daria Michaëlowna. Je ne donne pas dans les folies étrangères; je m'en tiens à notre usage russe; et vous voyez que les choses n'en vont pas plus mal, ajouta-t-elle en étendant la main vers les objets qui l'entouraient.

— J'ai toujours été convaincu de l'extrême erreur de ceux qui refusent l'esprit pratique à la femme, fit galamment observer Roudine.

Daria Michaëlowna sourit agréablement. — Vous êtes fort indulgent, répondit-elle; mais que voulais-je donc dire? De quoi parlions-nous? Oui, de Lejnieff. J'ai une affaire d'arpentage avec lui. Je l'ai invité plusieurs fois à venir chez moi, et je l'attends aujourd'hui même, mais Dieu sait s'il viendra... C'est un si grand original!

Le rideau qui cachait la porte se souleva doucement pour livrer passage au maître d'hôtel. C'était un homme de haute taille, gris et chauve. Il portait un habit noir, une cravate blanche et un gilet blanc.

— Qu'est-ce que tu veux? demanda Daria Michaëlowna; puis se retournant légèrement vers Roudine, elle ajouta à demi-voix : N'est-ce pas qu'il ressemble à Canning?

— Michaël Michaëlowitch Lejnieff est arrivé, dit le maître d'hôtel : faut-il le recevoir?

— Ah! mon Dieu! s'écria Daria Michaëlowna; comme il est prompt à l'appel! Faites-le entrer.

Le maître d'hôtel sortit.

— Voilà enfin cet original qui est venu, et encore mal à propos, dit Daria. Il interrompt notre conversation.

Roudine allait se retirer, mais Daria Michaëlowna le retint.

— Où allez-vous? Nous pouvons nous expliquer en votre présence, et je désire que vous le définissiez comme vous avez défini Pigassoff. Ce que vous dites est comme gravé avec un burin. Restez.

Roudine voulut dire quelque chose, mais il réfléchit et resta.

Michaël Michaëlowitch, que le lecteur connaît déjà, venait d'entrer dans le boudoir. Il portait le même paletot gris, et tenait la même vieille casquette dans ses mains hâlées. Il salua tranquillement Daria Michaëlowna, et s'approcha de la table à thé.

—Vous avez enfin daigné venir chez moi, monsieur Lejnieff, dit Daria Michaëlowna. Asseyez-vous, je vous prie. J'ai entendu dire que vous connaissiez Monsieur, continua-t-elle en montrant Roudine.

Lejnieff jeta un regard à ce dernier et sourit d'un air tant soit peu singulier.

— Je connais M. Roudine, dit-il en s'inclinant légèrement.

— Nous avons été à l'université ensemble, observa Roudine à demi-voix et en baissant les yeux.

— Nous nous sommes rencontrés plus tard, dit froidement Lejnieff.

Daria Michaëlowna les regarda tous les deux avec quelque étonnement et pria Lejnieff de s'asseoir. ·

— Vous avez désiré me voir au sujet de l'arpentage? lui dit-il.

— Oui, au sujet de l'arpentage, et aussi pour le plaisir de vous voir. Nous sommes proches voisins et presque parents.

— Je vous suis très-reconnaissant, répondit Lejnieff. Pour ce qui regarde l'arpentage, nous avons complétement terminé l'affaire avec votre intendant; je consens à tout ce qu'il propose.

— Je le savais.

— Mais il m'a dit que nous ne pourrions pas signer les actes avant que j'eusse une entrevue personnelle avec vous.

— Oui; c'est dans mes habitudes. A propos, permettez-moi de vous demander s'il est vrai que tous vos paysans soient à la redevance.

— C'est vrai.

4

— Et vous prenez la peine de vous occuper de l'arpentage? C'est très-beau.

Lejnieff resta un instant sans répondre.

— Vous voyez que je suis venu pour l'entrevue personnelle, reprit-il.

Daria Michaëlowna sourit. — Je vois que vous êtes
venu. Vous dites cela d'un ton! Il paraît que vous
n'aviez pas grande envie de venir chez moi!

— Je ne vais nulle part, répliqua flegmatiquement
Lejnieff.

— Nulle part? Mais vous allez chez Alexandra Pawlowna.

— Il y a si longtemps que je connais son frère.

— Son frère! Du reste, je ne force personne...
Mais excusez-moi, Michaël Michaëlowitch, je suis plus
âgée que vous, et j'ai le droit de vous gronder : pourquoi donc vivez-vous comme un sauvage? Est-ce ma
maison en particulier qui vous déplaît, ou bien vous
suis-je désagréable?

— Je ne vous connais point, Daria Michaëlowna,
vous ne pouvez pas m'être désagréable. Votre maison
est charmante, mais je vous avoue franchement que
je n'aime pas à me gêner. Je n'ai pas d'habit convenable, pas de gants; je n'appartiens pas à votre cercle.

— Par la naissance, par l'éducation, vous nous
appartenez, Michaël Michaëlowitch. Vous êtes des
nôtres.

— Laissons de côté la naissance et l'éducation, Daria
Michaëlowna, il ne s'agit pas de cela.

—L'homme doit vivre avec ses semblables, Michaël
Michaëlowitch. Quel plaisir avez-vous à vivre comme
Diogène dans son tonneau?

— D'abord, il y était fort bien; ensuite, comment
pouvez-vous savoir que je ne vis pas parmi les
hommes?

Daria Michaëlowna se pinça les lèvres.

— C'est différent, dit-elle. Il ne me reste qu'à
regretter de ne pas avoir eu l'avantage d'être admise
au nombre des personnes que vous fréquentez.

— Il me semble, interrompit Roudine, que M. Lejnieff porte beaucoup d'exagération dans ce sentiment
louable en lui-même : — l'amour de la liberté!

Lejnieff ne répondit pas et se contenta de jeter un
regard à Roudine. Il y eut un moment de silence.

— Je puis donc, reprit Lejnieff en se levant, considérer notre affaire comme terminée, et dire à votre
intendant de m'apporter les pièces.

— Vous le pouvez... mais il faut avouer que vous
n'êtes guère aimable... J'aurais dû vous refuser.

— Mais cet arpentage vous est beaucoup plus avan-
tageux qu'à moi!

Daria Michaëlowna haussa les épaules. Vous ne
voulez pas même déjeuner avec nous? demanda-t-elle.

— Mille remerciements, je ne déjeune jamais, et je
suis pressé de rentrer.

Daria Michaëlowna se leva. — Je ne vous retiens
plus, dit-elle en s'approchant de la fenêtre, je n'ose
pas vous retenir.

Lejnieff se mit en devoir de saluer.

— Adieu, monsieur Lejnieff, pardonnez-moi de vous avoir dérangé.

— Vous ne m'avez pas dérangé, répondit Lejnieff en sortant.

— Qu'en pensez-vous? demanda Daria Michaëlowna à Roudine. J'ai entendu dire que c'était un original, mais cela dépasse les bornes.

— Il souffre de la même maladie que Pigassoff, répondit Roudine : le désir d'être original. L'un se pose en Méphistophélès, l'autre en cynique. Il y a dans tout cela beaucoup d'égoïsme, beaucoup d'amour-propre, peu de vérité, et peu d'amour. C'est aussi dans un autre genre une espèce de calcul. On prend le masque de l'indifférence et de la paresse pour faire dire aux autres : — Voilà un homme qui a bien des talents qu'il cache en lui! Mais regardez-y bien, — il ne possède aucun talent.

— Et de deux! dit Daria Michaëlowna, vous êtes un homme terrible pour la définition. On ne peut vous échapper.

— Vous croyez? répliqua Roudine. Du reste, continua-t-il, pour être juste, je ne devrais plus parler de Lejnieff. Je l'ai aimé!... aimé comme un ami... Puis, à l'occasion de différents malentendus...

— Vous vous êtes brouillés?

— Non, nous ne nous sommes pas brouillés; nous nous sommes quittés, et, selon toute apparence, quittés à jamais.

—C'est pour cela que j'ai remarqué que vous n'étiez pas à votre aise pendant sa visite... Je vous suis pourtant très-reconnaissante de la matinée d'aujourd'hui. Le temps s'est passé fort agréablement pour moi. Mais il faut savoir ne pas abuser. Je vous congédie jusqu'au déjeuner, et je vais à mes affaires. Il est probable que mon secrétaire, — vous l'avez vu, c'est Konstantin qui est mon secrétaire, — m'attend déjà. Je vous le recommande. C'est un excellent jeune homme, très-serviable et tout à fait enthousiasmé de vous. Au revoir, cher Dimitri Nicolaïtch. Que je remercie le baron de m'avoir fait faire votre connaissance !

Daria Michaëlowna tendit la main à Roudine. Il commença par la serrer, puis la porta à ses lèvres, et passa dans la salle à manger, et de là sur la terrasse. Il y rencontra Natalie.

VI

Au premier abord, la fille de Daria Michaëlowna pouvait ne pas plaire. Maigre et brune, elle n'avait pas encore atteint son entier développement et se tenait un peu courbée. Mais ses traits, quoique trop accentués pour une jeune fille de dix-sept ans, étaient nobles et réguliers. Son front pur et uni avait une beauté toute particulière, que faisait encore ressortir la finesse de ses sourcils légèrement arqués. Elle par-

4.

lait peu, écoutait bien et regardait attentivement, presque fixement, comme si elle eût voulu se rendre compte de tout. Elle demeurait souvent immobile, laissant retomber ses bras et s'abandonnant à ses réflexions; son visage exprimait alors le travail intérieur de sa pensée.

Un sourire imperceptible apparaissait sur ses lèvres et s'évanouissait aussitôt, ses grands yeux sombres se levaient doucement. — Qu'avez-vous? lui demandait mademoiselle Boncourt, qui recommençait à la gronder, sous prétexte qu'il n'est pas convenable qu'une jeune fille soit pensive et se donne des airs distraits. Mais Natalie n'était pas distraite, elle étudiait au contraire avec zèle, lisait et travaillait volontiers, quoique rien ne lui réussît du premier coup. Elle sentait profondément et fortement, mais en secret; elle avait rarement pleuré dans son enfance: maintenant elle ne soupirait même presque plus, et ne faisait que pâlir faiblement lorsqu'elle éprouvait un chagrin. Sa mère la regardait comme une jeune fille sage et raisonnable, et l'appelait en plaisantant : *mon honnête homme de fille*, mais elle n'avait pas une haute opinion de ses facultés intellectuelles.

« Par bonheur, ma Natalie est froide, disait-elle; — ce n'est pas comme moi... tant mieux! Elle sera heureuse. » Daria Michaëlowna se trompait. Du reste, il est rare qu'une mère comprenne bien sa fille.

Natalie aimait Daria Michaëlowna, mais n'avait pas une entière confiance en elle.

— Tu n'as rien à me cacher, lui dit un jour sa
mère ; mais si cela était, tu me ferais des mystères.
Tu as bien ta petite tête...

Natalie regarda sa mère et se dit : « Pourquoi donc
n'aurais-je pas ma tête ? »

Lorsque Roudine la rencontra sur la terrasse, elle
allait dans sa chambre avec mademoiselle Boncourt
pour mettre son chapeau et descendre au jardin. On
avait cessé de traiter Natalie en enfant ; mademoiselle
Boncourt ne lui donnait plus depuis longtemps ni
leçons de mythologie, ni leçons de géographie, mais
elle lui faisait lire chaque matin soit un chapitre
d'histoire, soit un récit de voyage, ou quelque autre
livre instructif. Daria Michaëlowna choisissait ces lectures comme si elle avait suivi un plan quelconque.
Le fait est qu'elle lui donnait simplement tout ce que
lui envoyait son libraire français de Saint-Pétersbourg,
à l'exception des romans d'Alexandre Dumas et Cie,
qu'elle se réservait pour elle-même. Lorsque Natalie
lisait des ouvrages historiques, le regard de mademoiselle Boncourt devenait particulièrement aigre et
sévère derrière ses lunettes ; la vieille Française pré-
tendait que l'histoire n'était remplie que de choses
dangereuses à connaître.

Mais Natalie lisait aussi des ouvrages dont mademoiselle Boncourt ne soupçonnait pas l'existence ;
elle savait tout Pouchkine par cœur.

Natalie rougit légèrement en rencontrant Roudine.

— Vous allez vous promener ? lui demanda-t-il.

— Oui, nous allons au jardin.

— M'est-il permis de vous accompagner ?

Natalie jeta un regard à mademoiselle Boncourt et répondit :

— Certainement, monsieur, avec plaisir.

Roudine prit son chapeau et suivit ces dames.

Natalie était d'abord un peu intimidée en marchant à côté de Roudine, mais elle se remit facilement. il commença à l'interroger sur ses occupations et sur les objets qui lui plaisaient à la campagne. Natalie répondit, non pas sans quelque embarras, mais du moins sans cette timidité inquiète que l'on prend si souvent pour de la modestie.

— Vous ne vous ennuyez pas à la campagne? demanda Roudine en lui jetant un regard de côté.

— Comment peut-on s'ennuyer à la campagne? Je suis très-contente d'être ici... J'y suis fort heureuse...

— Vous êtes heureuse. Voilà un grand mot! Du reste, cela se comprend, vous êtes jeune.

Roudine prononça cette dernière parole d'une manière un peu étrange; on ne savait trop s'il enviait Natalie ou s'il la plaignait.

— Oui, la jeunesse ! continua-t-il. Tout le but de la science est de nous donner à force de travail ce que la jeunesse nous accorde gratuitement.

Natalie regardait Roudine avec attention : elle ne le comprenait pas.

— J'ai causé durant une partie de la matinée avec votre mère, poursuivit-il; ce n'est pas une femme ordinaire. Je comprends pourquoi tous les poëtes ont recherché son amitié. Et vous, aimez-vous les vers? continua-t-il après un moment de silence.

— Il m'examine, pensa Natalie, et elle répondit :— Oui, je les aime beaucoup.

— La poésie, langue des dieux ! Moi aussi, j'aime les vers. Mais ce n'est pas là seulement qu'est la poésie; elle plane sur toutes choses, elle est tout autour de nous. Jetez un regard sur ces arbres, vers ce ciel, partout règnent la beauté et la vie ; la poésie est avec eux. Asseyons-nous sur ce banc, continua-t-il. Bien, comme cela. Je ne sais pourquoi il me semble que, lorsque vous serez habituée à moi (et il la regarda dans les yeux en souriant), nous serons bons amis. Qu'en pensez-vous?

— Il me traite en enfant, se dit de nouveau Natalie, et, ne sachant que répondre, elle demanda à Roudine s'il avait l'intention de rester longtemps à la campagne.

— Tout l'été, l'automne, et peut-être même l'hiver. Vous savez que je ne suis pas riche; de plus, je commence à m'ennuyer de ce déplacement continuel. Il est temps que je me repose.

Natalie fit un geste d'étonnement.

— Trouvez-vous réellement qu'il soit temps de vous reposer? demanda-t-elle timidement.

Roudine fixa son regard sur Natalie.

— Que voulez-vous dire par là?

— Je veux dire, répondit-elle avec quelque embar-

ras, que d'autres peuvent se reposer, mais que vous...
vous devez travailler et essayer de vous rendre utile.
Qui donc le ferait, si ce n'est vous?...

— Je vous remercie d'une si flatteuse opinion,
interrompit Roudine. Être utile est facile à dire (il
passa la main sur son visage)!... être utile! répéta-t-il.
Quand j'aurais la conviction de pouvoir être utile,
quand même j'aurais foi dans mes propres forces, où
trouver des âmes sincères et sympathiques?

Et Roudine fit un geste si désespéré et baissa si tristement la tête que Natalie se demanda involontairement si c'était bien là l'homme qui la veille encore
avait tenu ces discours enthousiastes et si pleins de
confiance.

— Du reste, non, ajouta Roudine en secouant subitement sa crinière de lion ; c'est une folie et vous avez
raison. Je vous remercie, Natalie Alexiénowa, je vous
remercie sincèrement (Natalie ne savait pourquoi il la
remerciait). Votre seule parole m'a rappelé mon devoir, m'a montré ma voie... Oui, je dois être actif. Si
j'ai des talents, je n'ai plus le droit de les enfouir. Je
ne dois pas dépenser mes forces en stériles bavarda-
ges, en paroles.

Et ses paroles coulèrent comme de source. Il parla
admirablement, chaleureusement, contre la lâcheté
et la paresse, et sur la nécessité d'agir. Il s'accabla de
reproches, se prouva à lui-même que discuter d'avance
ce qu'on voulait faire était aussi pernicieux que piquer
avec une épingle un fruit sur le point de mûrir.

N'était-ce pas dans les deux cas une dépense super-
flue de séve et de force? Il affirma qu'une noble pensée ne manquait jamais d'éveiller la sympathie; que
ceux-là seuls restaient incompris qui ne savaient pas
eux-mêmes ce qu'ils voulaient, ou qui méritaient de
l'être. Il parla longtemps et termina en remerciant
encore Natalie, et lui serrant brusquement la main, il
ajouta :

— Vous êtes une charmante et noble créature !

Une pareille liberté frappa mademoiselle Boncourt.
Malgré les quarante années de son séjour en Russie, elle ne comprenait qu'imparfaitement le russe,
elle se contentait d'admirer la brillante rapidité des
discours de Roudine. Il n'était d'ailleurs à ses yeux
qu'une espèce de virtuose ou d'artiste, et on ne pouvait exiger de pareilles gens l'observation stricte des
convenances.

Elle se leva, arrangea vivement les plis de sa jupe
et notifia à Natalie qu'il était temps de rentrer, d'autant
plus que M. Volinzoff devait venir déjeuner avec elles.

— Le voici qui arrive, ajouta-t-elle en jetant un
regard vers une des allées qui menaient à la maison.

Volinzoff se montrait en effet assez près d'eux. Il
avançait d'un pas irrésolu et saluait tout le monde de
loin. Il se tourna vers Natalie, le visage empreint d'une
expression maladive, et lui dit : Vous faites votre promenade.

— Oui, répondit Natalie; nous étions au moment
de rentrer.

— Ah ! dit Volinzoff, eh bien, allons.

Et ils se dirigèrent tous vers la maison.

— Comment se porte votre sœur? demanda Roudine à Volinzoff d'une voix particulièrement caressante. La veille déjà il avait été fort aimable pour lui.

— Je vous remercie infiniment; elle va bien. Peut-être viendra-t-elle aujourd'hui. Il me semble que vous causiez lorsque je suis arrivé.

— Oui, je causais avec Natalie Alexiénowa; elle m'a dit une parole qui m'a fortement impressionné.

Volinzoff ne demanda pas quelle était cette parole, et ce fut au milieu du plus profond silence que l'on se dirigea vers la demeure de Daria Michaëlowna.

Il y eut encore salon avant le dîner; mais Pigassoff ne vint pas, Roudine n'était pas en train, et suppliait toujours Pandalewski de jouer quelque chose de Beethoven. Volinzoff se taisait en regardant le plancher. Natalie ne bougeait d'auprès de sa mère et demeurait pensive, occupée de son ouvrage. Bassistoff ne quittait pas Roudine des yeux et s'attendait toujours à quelque chose de spirituel de sa part. Trois heures s'écoulèrent ainsi d'une façon monotone. Alexandra Pawlowna n'était pas venue dîner. Dès qu'on se fut levé de table Volinzoff fit atteler sa voiture et disparut sans prendre congé de personne.

Volinzoff aimait depuis longtemps Natalie, mais sans avoir jamais osé lui déclarer sa passion, et cet état anxieux le faisait cruellement souffrir. Il ne pou-

vait se tromper sur le caractère du sentiment qu'il
inspirait lui-même; c'était celui d'une bienveillance
affectueuse sans doute, mais froide et réservée. Volinzoff n'en espérait pas d'autre. Il comptait sur l'influence
du temps et de l'habitude pour rapprocher de lui
Natalie. Mais qui avait pu agiter à ce point aujour-
d'hui Volinzoff? Quel changement avait-il surpris
pendant ces deux journées? Natalie s'était conduite
cependant vis-à-vis de lui comme par le passé.

Son âme avait-elle été frappée de l'idée qu'il ne
connaissait peut-être pas bien le caractère de Natalie,
et qu'elle était plus éloignée de lui qu'il ne l'avait cru?
La jalousie s'était-elle éveillée en lui? Pressentait-il
confusément quelque malheur?...

En rentrant chez sa sœur il y trouva Lejnieff.

— Pourquoi reviens-tu si tôt? lui demanda Alexandra Pawlowna.

— Je ne sais, je m'ennuyais un peu.

— Roudine y était-il?

— Il y était.

Volinzoff jeta sa casquette et s'assit.

Alexandra Pawlowna se tourna vivement vers lui.

— Je t'en prie, Serge, aide-moi à convaincre cet
entêté (elle désignait Lejnieff) que Roudine est un
homme d'un esprit et d'une éloquence extraordi-
naires.

Volinzoff murmura quelques mots qu'on n'entendit pas.

— Mais je ne doute nullement de l'esprit ni de

5

l'éloquence de M. Roudine, répondit Lejnieff, je dis seulement qu'il ne me plaît pas.

— L'as-tu vu? demanda Volinzoff.

— Je l'ai vu ce matin chez Daria Michaëlowna, répondit Lejnieff. C'est lui qui est maintenant le grand vizir. Il viendra un temps où ils se brouilleront. — Il n'y a que Pandalewski qu'elle n'abandonnera jamais; mais c'est Roudine qui règne pour le quart d'heure. Si je l'ai vu? Comment donc! Il y est établi. Elle lui faisait les honneurs de ma personne, comme si elle lui disait : — Voyez donc, mon ami, quelles espèces d'originaux prospèrent chez nous! Je ne suis pas un cheval de race qu'on montre aux amateurs, moi, j'ai quitté la place.

— Et pourquoi as-tu été chez elle?

— Pour l'arpentage; mais c'était un prétexte; elle voulait simplement voir ma figure.

— La supériorité de Roudine vous offense, — voilà pourquoi vous ne l'aimez pas, dit Alexandra Pawlowna avec feu, — voilà ce que vous ne pouvez lui pardonner. Et je suis persuadée que l'étendue de son esprit ne nuit pas à la bonté de son cœur. Regardez ses yeux lorsqu'il...

— Lorsqu'il parle du parfait honneur... interrompit Lejnieff en citant un vers de Griboiédoff [1].

_____

1. Lorsqu'il se met à parler du parfait honneur, son visage s'injecte de sang, ses yeux s'allument, ses larmes coulent, et nous — nous sanglotons. (Ces vers s'appliquent à un tartufe.)

— Vous me fâcherez et je me mettrai à pleurer. Je regrette du fond de l'âme de n'être pas allée chez Daria Michaëlowna, au lieu de rester avec vous. Vous n'en valez pas la peine. Cessez donc de me contrarier, continua-t-elle d'une voix plaintive. Vous feriez mieux de me raconter quelque chose de sa jeunesse.

— De la jeunesse de Roudine ?

— Eh bien, oui. Vous m'avez dit le bien connaître, et depuis longtemps.

Lejnieff se leva et fit un tour dans la chambre.

— Oui, commença-t-il, je le connais bien. Vous voulez que je vous raconte sa jeunesse? Eh bien, soit.

Ses parents étaient de pauvres propriétaires. Il est né à T... Son père mourut de bonne heure et le laissa seul avec sa mère. C'était une excellente femme, dont l'âme entière était absorbée par l'amour qu'elle avait pour son fils. Elle ne vivait que de pain afin d'employer tout son argent pour lui. L'éducation de Roudine s'est faite à Moscou. C'était d'abord un de ses oncles qui en payait les frais; plus tard, lorsque Roudine eut grandi et qu'il se fut paré de toutes ses plumes...
— Allons, excusez-moi, je ne le ferai plus.— Ce fut un certain prince fort riche, dont il devint l'ami; puis Roudine entra à l'Université. C'est là que j'ai fait sa connaissance et que je me suis lié intimement avec lui. Je vous parlerai un jour de notre manière de vivre d'alors; je ne puis le faire à présent Roudine alla bientôt voyager.

Lejnieff continuait d'arpenter la chambre. Alexandra Pawlowna le suivait des yeux.

— Une fois parti, continua-t-il, Roudine n'écrivait que bien rarement à sa mère. Il ne vint la voir qu'une fois, et cela seulement pour deux jours. Ce fut entourée d'étrangers que la pauvre femme mourut, loin de lui, mais sans quitter son portrait du regard jusqu'à sa fin. C'était une femme excellente, très-hospitalière. J'allais chez elle quand elle demeurait à T***, et elle ne manquait jamais de me régaler de confitures aux cerises. Elle aimait son fils à la folie. Les messieurs de l'école de Petchorine [1] vous diront que nous sommes toujours portés à aimer ceux qui sont le moins disposés à la tendresse ; mais il me semble à moi que toutes les mères aiment leurs enfants, surtout ceux qui sont absents. Plus tard, j'ai rencontré Roudine à l'étranger. Il vivait avec une de nos dames russes qui s'était attachée à lui, une espèce de bas-bleu qui n'était ni plus jeune, ni plus belle qu'il ne convient à un bas-bleu. Il se traîna assez longtemps avec elle et l'abandonna enfin..., ou plutôt non : c'est elle qui ne voulut plus de lui. Je l'ai perdu de vue depuis.

Lejnieff se tut, passa la main sur son front et s'affaissa dans un fauteuil comme s'il était épuisé de fatigue.

— Mais savez-vous bien, Michaël Michaëlowitch, dit Alexandra Pawlowna, que vous êtes un méchant

1. Héros d'un roman de Lermontoff.

homme? Je crois vraiment que vous ne valez guère
mieux que Pigassoff. Je suis convaincue que ce que
vous me dites est exact, que vous n'ajoutez rien, et
cependant, sous quel jour défavorable avez-vous présenté tout cela? Sa mère, cette pauvre vieille, son dévouement, sa mort solitaire... A quoi bon tout cela?
Savez-vous qu'on peut raconter la vie du meilleur des
hommes avec des couleurs telles — et sans y rien
ajouter, remarquez-le — que chacun en aura peur?
C'est là aussi une espèce de calomnie.

Lejnieff se leva et se promena de nouveau dans la
chambre.

— Je n'ai nullement envie de vous tromper,
Alexandra Pawlowna, répliqua-t-il enfin. — Je ne
suis pas un calomniateur. Au reste, continua-t-il
après un moment de réflexion, il y a réellement
une ombre de vérité dans ce que vous dites. Je ne
calomnie pas Roudine, mais qui sait? Peut-être a-t-il
changé depuis ce temps-là. Peut-être suis-je injuste
envers lui.

— Alors, promettez-moi de renouveler connaissance
avec lui, d'apprendre à le bien connaître et de me
dire ensuite votre opinion définitive sur son compte.

— Fort bien.... Mais pourquoi te tais-tu ainsi, Serge
Pawlitch?

Volinzoff frissonna, et releva la tête comme si on
venait de le réveiller.

— Que voulez-vous que je dise? je ne le connais
pas. De plus, je suis indisposé aujourd'hui.

— Il est vrai que tu es un peu pâle, observa Alexandra Pawlowna.

— Je souffre, répondit Volinzoff. Et il sortit.

Alexandra Pawlowna et Lejnieff le suivirent des yeux, et échangèrent un regard sans rien dire. Ce qui se passait dans le cœur de Volinzoff n'était plus un secret ni pour elle ni pour lui.

VII

Plus de deux mois s'étaient écoulés, pendant lesquels Roudine n'avait presque pas quitté Daria Michaëlowna. Elle ne pouvait plus se passer de lui. Elle éprouvait le besoin de lui parler d'elle-même et d'écouter ses discours. Il avait voulu partir un jour sous prétexte que ses ressources pécuniaires étaient épuisées, mais Daria s'était empressée de lui donner 500 roubles, ce qui n'avait pas empêché Roudine d'en emprunter encore 200 à Volinzoff. Les visites de Pigassoff étaient devenues plus rares qu'auparavant. La présence de Roudine dans cette maison le suffoquait, et il n'était pas le seul à ressentir cette impression pénible.

« Je n'aime pas, disait-il, ce personnage suffisant; il parle d'une manière affectée comme les héros de nos romans russes ; il dit « Moi » et s'arrête avec admiration. Il emploie des mots sentencieux, et ses phrases n'en finissent pas. Si j'éternue, il se mettra

aussitôt à m'expliquer pourquoi j'éternue au lieu de
tousser. S'il adresse des louanges à quelqu'un, c'est
comme s'il le faisait monter d'un rang dans l'échelle
sociale. Si, au contraire, il se retourne contre lui-
même et commence à s'injurier amèrement, il finit
par se traîner dans la boue. Allons, se dit-on, voilà
qu'il ne va plus oser se montrer au grand jour. Eh
bien, non! il n'en devient que plus gai, comme s'il
avait pris un petit verre d'absinthe.

Quant à Pandalewski, il avait assez peur de Roudine et ne lui faisait sa cour qu'avec mille précautions.

Volinzoff se trouvait dans une singulière position
vis-à-vis du nouveau venu. Roudine le comparait à un
chevalier et le portait aux nues, qu'il fût présent ou
non ; mais ses compliments les plus flatteurs n'inspiraient à Volinzoff que de l'impatience et du dépit. « Il
se moque à coup sûr de moi, » se disait-il, et à cette
pensée il sentait dans son cœur un mouvement de
haine. Volinzoff avait beau essayer de se vaincre, il
était jaloux de Roudine. Celui-ci, tout en le louant
hautement, tout en l'appelant chevalier et en lui em-
pruntant son argent, n'était guère mieux disposé pour
lui. Il eût été difficile de déterminer exactement ce
que ressentaient ces deux hommes lorsqu'ils se serraient amicalement la main et que leurs regards se
croisaient.

Bassistoff continuait de révérer Roudine et de saisir
au vol chacune de ses paroles. Roudine lui accordait
d'ailleurs assez peu d'attention. Une fois pourtant il

avait passé toute une matinée à discuter avec Bassistoff sur les questions les plus graves, les plus sérieuses;
mais dès qu'il avait vu son interlocuteur plongé dans
un naïf enthousiasme, il l'avait laissé de côté.

Ce n'était apparemment qu'en paroles qu'il recher-
chait les âmes jeunes et dévouées. Lejnieff avait commencé à fréquenter le salon de Daria, mais Roudine
n'entrait même pas en discussion avec lui, et semblait
l'éviter. Lejnieff, de son côté, gardait une extrême réserve avec son ancien ami et n'exprimait pas encore
d'opinion définitive sur son compte, ce qui troublait
beaucoup Alexandra Pawlowna. Elle s'humiliait devant Roudine, mais elle avait foi en Lejnieff. Chacun,
chez Daria Michaëlowna, cédait aux caprices de Roudine, ses moindres désirs s'accomplissaient, et lui seul
décidait de l'emploi de la journée. On n'organisait pas
une partie de plaisir sans son assentiment. Il n'était
pas, du reste, grand amateur des excursions et des
projets improvisés; il n'y prenait part qu'avec cette
bienveillance de bon goût et légèrement ennuyée
qu'une personne raisonnable apporte aux jeux des
enfants. En revanche il se mêlait de tout, discutait avec
Daria sur l'administration des terres, sur l'éducation
des enfants, sur le ménage, sur toutes les affaires en
général. Il écoutait ses projets d'avenir, ne se fatiguait
même pas des minuties, et proposait des changements
et des innovations.

Daria s'extasiait, à la vérité, en paroles; mais c'était
là tout. Pour ce qui regardait la maison, elle s'en te-

naît aux conseils de son intendant, petit vieillard borgne et sans scrupule, aussi adroit que doucereux. « Ce qui est vieux est gras, et ce qui est neuf est maigre, » disait-il en souriant d'un air calme et en clignant de l'œil.

Daria exceptée, c'était avec Natalie que Roudine causait le plus souvent et le plus longuement. Il lui donnait des livres en secret, lui confiait ses plans, lui lisait les premières pages des articles ou des compositions qu'il projetait. Elle n'en saisissait pas toujours le sens, mais Roudine paraissait se soucier assez peu d'être compris, pourvu qu'on l'écoutât. Son intimité avec Natalie n'était pas tout à fait du goût de Daria, mais elle se disait : « Laissons-les causer ensemble à la campagne ; comme jeune fille elle l'amuse, le mal n'est pas grand, et son esprit y gagnera... J'y mettrai ordre lorsque nous retournerons à Pétersbourg. » Daria se trompait. Roudine ne causait pas avec Natalie comme on cause ordinairement avec une jeune fille. Elle, de son côté, écoutait avidement ses discours, essayait d'en pénétrer le sens, l'interrogeait sur ses propres idées, et lui soumettait ses doutes. Il était son initiateur, son guide. Pour le moment c'était sa tête seule qui bouillonnait ; mais une jeune tête ne bouillonne pas longtemps sans que le cœur s'en mêle. Qu'ils étaient doux à Natalie les instants écoulés sur le banc du jardin, à l'ombre légère et transparente des frênes, lorsque Roudine se mettait à lui lire le *Faust* de Gœthe, les Lettres de Bettina ou de Novalis, et qu'il

5.

s'arrêtait complaisamment pour lui expliquer ce qu'elle
trouvait obscur! Comme la plupart de nos jeunes
personnes russes, Natalie parlait assez mal l'allemand,
mais elle le comprenait fort bien. Quant à Roudine, il
se plongeait dans le monde romantique et philoso-
phique de l'Allemagne, et entraînait Natalie avec lui
dans ces régions idéales. C'était un monde inconnu et
sublime qui s'ouvrait aux regards attentifs de la
jeune fille. Des pages que lisait Roudine s'échappaient
de merveilleuses images ou grandioses ou touchantes,
des pensées neuves et lumineuses qui pénétraient
l'âme de Natalie comme des flots d'une musique en-
chanteresse, tandis que la sainte étincelle de l'enthousiasme brûlait lentement son cœur ému.

— Dites-moi donc, Dimitri Nicolaïtch, lui demanda-t-elle un jour qu'elle était assise à la fenêtre
devant son métier à broder, si vous comptez aller cet
hiver à Pétersbourg.

— Je n'en sais rien, répondit Roudine en laissant
retomber sur ses genoux le livre qu'il avait à la main;
j'irai si j'en trouve les moyens.

Il parlait avec nonchalance; toute la matinée il avait
paru fatigué et mélancolique.

— Il me semble que vous en trouverez les moyens.
Roudine hocha la tête.

— Le croyez-vous? — Et il jeta de côté un regard
significatif.

Natalie voulut dire quelque chose, mais elle s'arrêta.

— Regardez, reprit Roudine en étendant la main

vers la fenêtre, voyez-vous ce pommier ? il s'est brisé
sous le poids et la quantité de ses fruits. Véritable em-
blème du génie !

— Il s'est brisé parce qu'il n'a pas de soutien, répondit Natalie.

— Je vous comprends, Natalie ; mais, songez-y, il
n'est pas aussi facile à l'homme de trouver son soutien qu'il l'eût été à cet arbre, aujourd'hui renversé.

— Je pensais que la sympathie des autres... dans
tous les [cas l'isolement... — Natalie s'embarrassait
visiblement et rougissait. —.Et que ferez-vous à la
campagne l'hiver ? ajouta-t-elle vivement.

— Ce que je ferai ? Je terminerai mon grand article,
— vous savez — sur le tragique dans la vie et dans
l'art. — Je vous en ai soumis le plan avant-hier ; je
vous l'enverrai.

— Et vous le publierez ?

— Non.

— Comment, non ? Pourquoi vous donnez-vous
tant de peine, alors ?

— Quand ce ne serait que pour vous, le motif ne
serait-il pas suffisant ?

Natalie baissa les yeux.

— Je n'en suis pas digne, Dimitri Nicolaïtch.

— Oserais-je m'informer du sujet de l'article ? demanda modestement Bassistoff, qui était assis non
loin d'eux.

— *Du tragique dans la vie et dans l'art*, répondit
Roudine. — Voilà M. Bassistoff qui le lira aussi. Du

reste, je ne suis pas tout à fait fixé sur la pensée fon-
damentale. Jusqu'à présent, je ne me suis pas encore
assez rendu compte de la signification tragique de
l'amour.

Roudine parlait souvent et volontiers de l'amour.
Dans les commencements, mademoiselle Boncourt
tressaillait et dressait l'oreille au mot « amour »
comme un vieux cheval de bataille au son de la trom-
pette, puis elle s'y était habituée, et maintenant elle
pinçait seulement ses lèvres et prenait du tabac, lentement et par intervalle, dès qu'elle entendait le mot
sacramentel.

— Il me semble, reprit timidement Natalie, que le
tragique dans l'amour ne peut être représenté que
par l'amour malheureux.

— Nullement, répliqua Roudine, ce serait plutôt le
côté comique de l'amour... Mais il faut poser cette
question d'une manière tout à fait différente... Il faut
creuser plus profondément ce grave sujet... L'amour!
continua-t-il, — tout y est mystère : la manière dont
il se manifeste, dont il se développe et dont il dispa-
raît. Tantôt il se montre tout à coup joyeux et éclatant
comme le jour, tantôt il couve longuement comme le
feu sous la cendre, pour remplir le cœur de flammes
soudaines, tantôt il se glisse dans l'âme comme un ser-
pent pour s'en échapper aussitôt... Oui, oui, c'est une
bien grande question. D'ailleurs, qui est-ce qui aime de
notre temps? Qui sait aimer? — Roudine devint pensif et rêveur.

— Pourquoi y a-t-il si longtemps qu'on n'a vu Serge Pawlitch? demanda-t-il sans transition.

Natalie rougit et baissa les yeux sur son métier.

— Je ne sais, répondit-elle à demi-voix.

— Quel noble et excellent jeune homme ! continua Roudine en se levant. C'est un des meilleurs types du gentilhomme russe actuel.

Les petits yeux de mademoiselle Boncourt lui lancèrent un regard de travers.

Roudine se mit à parcourir la chambre avec agitation.

— Avez-vous remarqué, dit-il en se retournant brusquement sur ses talons, que sur le chêne — et le chêne est un arbre vigoureux — les anciennes feuilles ne tombent que lorsque les jeunes pousses commencent à percer?

— Oui, répondit lentement Natalie, je l'ai remarqué.

— Il en est de même d'un ancien amour dans un cœur vaillant. Il est déjà mort, et pourtant il se survit à lui-même ; il n'y a qu'un nouvel amour qui puisse le chasser complétement.

Natalie ne répondit rien.

— Que veut-il dire? pensa-t-elle.

Roudine resta un instant immobile, puis il secoua sa longue chevelure et s'éloigna.

Natalie se retira dans sa chambre, où elle resta longtemps en proie à l'incertitude, assise sur son petit lit. Longtemps elle réfléchit aux dernières paroles de Roudine, puis tout à coup elle joignit ses mains et fondit en larmes.

Pourquoi pleurait-elle? Dieu seul le sait, car elle-même ne savait pas pourquoi ses larmes coulaient avec tant d'abondance. Elle les essuyait, mais les pleurs recommençaient à jaillir de ses yeux, comme l'eau d'une source qu'un obstacle a longtemps retenue.

Alexandra avait eu ce jour-là même une longue conversation avec Lejnieff à propos de Roudine. Lejnieff avait commencé par se tenir sur la réserve ; mais son interlocutrice, quoi qu'il fît, était résolue à en arriver à ses fins.

— Je vois que Roudine vous déplaît toujours autant, dit-elle. Jusqu'à présent, je me suis abstenue de vous questionner sur lui, mais vous avez eu le temps de vous assurer s'il était ou non changé, et je voudrais bien que vous me dissiez aujourd'hui pourquoi il ne vous plaît pas davantage.

— Volontiers, puisque vous semblez perdre patience, répondit Lejnieff avec son flegme habituel; seulement, réfléchissez à ce que vous demandez, et, quelle que soit ma réponse, ne vous fâchez pas.

— Eh bien! commencez, commencez.

— Vous me laisserez aller jusqu'au bout?

— Sans doute ; mais commencez donc !

— Voyons! dit Lejnieff en se laissant lentement tomber sur le divan. — Je vous disais en effet que Roudine ne me plaît pas. C'est un homme d'esprit.

— Je le crois bien !

— C'est un homme d'un esprit remarquable, en apparence, quoique peu sérieux au fond.

— C'est facile à dire !

— Quoique peu sérieux au fond, répéta Lejnieff. — Mais ce n'est pas là qu'est le mal ; nous sommes tous plus ou moins futiles. Je ne lui reproche même pas d'être despote dans l'âme, paresseux, sans instruction solide...

Alexandra joignit ses mains.

— Roudine peu instruit ! s'écria-t-elle.

— Peu instruit, répéta Lejnieff du même ton. Il aime à vivre aux dépens des autres, à jouer un rôle, à jeter de la poudre aux yeux, en un mot... Tout cela est dans l'ordre des choses... Mais ce qui devient plus grave, c'est qu'il est froid comme glace.

— Lui, froid ! cette âme brûlante ! interrompit Alexandra.

— Oui, froid comme la glace ; il le sait, et il s'ingénie à jouer la passion. Le mal, continua Lejnieff en s'échauffant par degrés, c'est que ce rôle auquel il s'essaye est fort dangereux, non pour lui, qui n'y risque ni sa fortune, ni sa santé, mais pour d'autres plus sincères, qui peuvent y perdre leur âme.

— De qui, de quoi parlez-vous? Je ne vous comprends pas, dit Alexandra.

— Ce que je lui reproche, c'est son manque d'honnêteté. Puisqu'il est homme d'esprit, il doit connaître le peu de valeur de ses paroles, et il les prononce pourtant comme si elles sortaient du fond de son

cœur... Je ne nie pas son éloquence, mais son éloquence n'est pas russe. D'ailleurs, si l'on pardonne à
un adolescent de faire le beau parleur, n'est-il pas
honteux qu'à l'âge de Roudine on se délecte au bruit
de ses propres phrases? N'est-il pas honteux de jouer
ainsi la comédie !

— Il me semble, Michaël Michaëlowitch, que,
pour ceux qui écoutent, il importe peu qu'il pose ou
non.

—Pardonnez-moi, Alexandra, il importe beaucoup.
L'un me dira une parole, et je serai tout ému; un
autre me dira cette même parole ou une parole plus
éloquente encore, et je ne secouerai pas seulement
mes oreilles. Pourquoi cela?

—*Vous* ne les secouerez pas, mais un autre? répondit Alexandra.

— C'est possible, répliqua Lejnieff, quoique je les
aie longues, voulez-vous dire. Le fait est que les paroles de Roudine ne sont et ne seront jamais que des
paroles, et ne deviendront en aucun cas des actions;
mais cela n'empêche pas que ces mêmes paroles ne
puissent troubler et perdre un jeune cœur.

— Mais de qui, dites, de qui parlez-vous donc, Michaël Michaëlowitch?

Lejnieff s'arrêta.

— Vous désirez savoir de qui je parle? De Natalie
Alexéicwna.

Alexandra se troubla un instant, puis se mit aussitôt à sourire.

— Bon Dieu! dit-elle, il faut avouer que vous avez toujours d'étranges pensées! Natalie n'est encore qu'une enfant; et puis, d'ailleurs, sa mère n'est-elle pas là?

— Daria est avant tout une égoïste qui ne vit que pour elle-même. D'un autre côté, elle est si pleine de confiance dans l'intelligente éducation qu'elle donne à ses enfants, qu'il ne lui viendrait pas à l'esprit de s'inquiéter d'eux. Fi donc! quelle crainte pourrait-elle avoir? Un seul signe, un seul regard majestueux ne lui suffirait-il pas pour tout remettre dans l'ordre? Voilà ce que pense cette femme, qui s'imagine être une Mécène, une personne sensée et Dieu sait quoi encore, et qui n'est en réalité qu'une vieille folle mondaine. Quant à Natalie, ce n'est plus une enfant, croyez-le bien; elle réfléchit plus souvent et plus profondément que vous et moi réunis ensemble. Faut-il qu'une nature aussi honnête, sincèrement tendre et passionnée, tombe dans les piéges d'un pareil acteur, d'un pareil fat? Au reste, c'est dans la nature des choses.

— Un fat! vous le traitez de fat, lui!

— Certainement, lui... Eh bien, je vous le demande à vous-même, Alexandra Pawlowna, quel est son rôle chez Daria Michaëlowna? Être l'idole, l'oracle de la maison, se mêler de toutes les affaires, des caquets et des plus infimes niaiseries de la famille... Ne voilà-t-il pas un rôle bien digne d'un homme!

Alexandra jeta un regard étonné à Lejnieff.

— Je ne vous reconnais pas, Michaël Michaëlowitch, dit-elle. Le sang vous monte au visage, vous vous agitez... Je suis sûre qu'il y a dans tout ceci quelque secret que vous me taisez.

— Je devais m'attendre à ce soupçon. Racontez à une femme un fait quelconque en le lui présentant selon votre conscience, et elle n'aura de cesse qu'elle n'ait inventé quelque motif mesquin et étranger qui lui explique pourquoi vous parlez justement comme vous parlez, et non pas autrement.

Alexandra commençait à se fâcher.

— Bravo, monsieur Lejnieff! vous attaquez maintenant les femmes presque aussi bien que peut le faire M. Pigassoff lui-même; mais quelque perspicace que vous soyez et quoi que vous en disiez, il me semble difficile de croire que vous ayez pu, en si peu de temps, comprendre tant de choses et connaître les gens à fond. Il me semble que vous vous trompez. Selon vous donc, Roudine est une espèce de Tartuffe?

— Pas même un Tartuffe. — Celui-là savait du moins où il en voulait venir, tandis que le nôtre, avec tout son esprit...

Lejnieff se tut.

— Que voulez-vous dire? Terminez votre phrase, homme injuste et malveillant!

Lejnieff s'était levé.

— Écoutez, Alexandra, reprit-il : c'est vous qui êtes injuste, et non moi. Vous m'en voulez de juger Roudine d'une manière aussi absolue, et cependant,

croyez-moi, j'en ai le droit. Il serait même possible
que j'eusse acheté ce droit un peu cher. Je connais
bien l'homme en question. J'ai longtemps habité avec
lui. Vous vous rappelez que je vous ai promis de vous
donner un jour des détails sur notre vie commune à
Moscou. Voici le moment de m'exécuter : mais aurez-
vous la patience de m'écouter jusqu'au bout?

— Parlez, parlez. J'y consens volontiers.

Lejnieff s'était mis à marcher à pas comptés dans la
chambre ; il s'arrêtait de temps en temps et baissait
la tête.

— Vous savez peut-être, dit-il, que je suis resté or-
phelin de bonne heure, et qu'à seize ans je ne recon-
naissais d'autre autorité que la mienne. Je demeurais
alors à Moscou chez une de mes tantes, et je suivais
tous mes caprices. J'étais un garçon passablement
futile et vaniteux ; j'aimais à produire de l'effet. Une
fois entré à l'université, je me conduisis en véritable
écolier et me trouvai bientôt mêlé à une aventure assez désagréable. Je ne vous la raconterai pas, elle n'en
vaut pas la peine. Il suffit que vous sachiez que j'en
vins à mentir, mais à mentir d'une façon assez peu
honorable... Toute l'histoire finit par transpirer au
dehors, et je fus couvert de honte... Je perdis la tête
et pleurai comme un enfant que j'étais, en réalité. Ce
petit épisode de ma vie de jeune homme s'était passé
dans le logement d'une de mes connaissances et devant un grand nombre de mes camarades. Ils se mo-
quèrent de moi tous, à l'exception d'un seul qui, re-

marquez-le bien, s'était montré le plus sévère à mon
égard tant que je m'étais refusé à convenir de mon
mensonge. Je ne sais s'il eut pitié de moi, mais il me
prit le bras et m'emmena chez lui.

— Est-ce Roudine? demanda Alexandra.

— Non, ce n'était pas Roudine ; c'était un homme...
peu ordinaire. Il est mort aujourd'hui. On l'appelait
Pokorsky. Je ne me sens pas capable de le décrire en
peu de mots, et, si je commence à parler de lui, je ne
pourrai plus parler d'autre chose. C'était une âme
grande et pure, un esprit comme je n'en ai plus rencontré dans le cours de mon existence. Pokorsky habitait une petite chambre basse dans le pavillon isolé
d'une vieille maison en bois. Il était très-pauvre et
vivait tant bien que mal du produit de ses leçons. Il
n'avait pas même les moyens d'offrir une tasse de thé
à ses hôtes d'une soirée, et son unique divan s'était
tellement affaissé par suite d'un trop long usage qu'il
ressemblait à une véritable nacelle. Malgré l'aspect
misérable de son intérieur, beaucoup de monde allait
chez lui. Chacun l'aimait, il attirait tous les cœurs.
Vous ne sauriez croire combien il était doux et agréable de passer auprès de lui quelques instants dans sa
chambrette. C'est chez lui que je fis la connaissance
de Roudine, qui avait déjà quitté son prince.

— Qu'y avait-il donc de si remarquable dans ce Pokorsky? demanda Alexandra.

— Comment vous le dire? — La Poésie et la vérité,
voilà ce qui attirait tout le monde vers lui. Avec un

esprit lucide et étendu, il était bon et amusant comme un enfant. Son rire joyeux retentit encore à mes oreilles, et de plus...

« Il éclairait comme la lampe nocturne qui brûle devant le sanctuaire du Bien... »

C'est ainsi que s'exprimait sur son compte un brave poëte, à moitié fou, qui faisait partie de notre cercle.

— Et comment parlait-il? demanda de nouveau Alexandra.

— Il parlait bien quand l'inspiration lui venait, mais non d'une manière surprenante. Roudine était déjà alors vingt fois plus éloquent que lui.

Lejnieff s'arrêta et se croisa les bras, puis il reprit :

Pokorsky et Roudine ne se ressemblaient guère. Roudine avait beaucoup plus de brio et d'éclat, plus de phrases à sa disposition, et, si vous le voulez, plus d'enthousiasme. Il semblait beaucoup mieux doué que Pokorsky, mais de fait c'était un bien pauvre sire en comparaison de ce dernier. Roudine développait admirablement la première idée venue et discutait à merveille, mais ses idées ne naissaient pas dans son propre cerveau, il les prenait à tout le monde et particulièrement à Pokorsky. A en juger sur les apparences, Pokorsky était flegmatique, sans énergie, faible même. — Il adorait les femmes à la folie, il aimait le plaisir, mais il n'eût enduré aucune insulte de personne. Roudine paraissait plein de feu, de hardiesse

et de vie, mais au fond il était froid et même timide
dans toutes les questions qui ne touchaient pas à son
amour-propre; sa vanité venait-elle à être en jeu, il
eût passé à travers le feu. Il mettait tous ses efforts à
dominer les autres; il les subjuguait avec de beaux
mots sonores, et exerçait réellement une immense influence sur beaucoup d'entre nous. Il est vrai qu'on
ne l'aimait pas; j'ai peut-être été le seul à m'attacher
à lui. On supportait son joug, mais on se livrait de
soi-même à Pokorsky. En revanche, Roudine ne refu-
sait jamais de discuter et de disserter avec le premier
venu... C'est là un grand avantage sinon une qualité.
Il n'avait pas beaucoup lu, il est vrai, mais il avait lu
plus que Pokorsky et que pas un de nous. Il avait
d'ailleurs un esprit systématique et une mémoire
merveilleuse; ces talents secondaires entraînent les
jeunes gens. Ce qui frappe, à l'âge que nous avions
tous, ce sont des déductions nettes et rapides; ce
qu'on recherche, ce sont des solutions, fussent-elles
même inexactes. Un homme parfaitement conscien-
cieux ne se prononce point ainsi d'une façon dogma-
tique, et ne trouve point de réponse à tout. Essayez
de dire à la jeunesse que vous ne pouvez lui donner
la vérité tout entière parce que vous ne la possédez
pas vous-même, la jeunesse ne voudra plus vous écouter. Mais on ne peut pas la tromper non plus. Pour
la convaincre, il faut être soi-même au moins à demi
convaincu. Voilà pourquoi Roudine agissait si fortement sur nos esprits. Je vous ai dit tout à l'heure qu'il

avait peu lu; cependant il connaissait des livres philosophiques, et son cerveau était organisé de manière à
extraire immédiatement le sens général de ses lectures.
Il saisissait l'idée première d'un sujet, et se livrait ensuite à des développements lumineux et méthodiques
qu'il présentait avec une profonde habileté, inventant
des arguments au fur et à mesure des besoins de la
cause. Pour parler en conscience, il faut dire que notre cercle se composait alors de très-jeunes gens peu
instruits. La philosophie, l'art, la science, la vie même,
n'étaient pour nous que des mots, des notions vagues. Elles évoquaient devant nous de nobles et belles
figures, mais sans liens entre elles. Nous ne connaissions, nous ne pressentions même pas les rapports
généraux de ces notions entrevues par nous, ni la loi
commune du monde. Nous n'en discutions pourtant pas
moins sur toutes choses, et nous nous efforcions de tout
expliquer d'une façon définitive... En entendant Roudine, il nous sembla pour la première fois que nous
avions saisi ce lien universel qui nous échappait, et
que le rideau se levait enfin. J'avoue qu'il ne nous
donnait qu'une science de seconde main : mais qu'importe? un ordre régulier s'établissait dans toutes nos
connaissances, tout ce qui était resté fragmentaire
se combinait soudain, se coordonnait, surgissait devant nous comme un vaste édifice. La lumière était
partout; de tous côtés soufflait l'esprit. Il ne restait
plus rien d'incompréhensible ni d'accidentel. Pour
nous, la beauté, la nécessité intelligente apparaissait

dans la création entière. Tout recevait une signification claire et mystérieuse à la fois. Chaque manifestation séparée de la vie devenait à nos yeux l'accord
isolé d'un immense concert, et, le cœur ému d'un
doux tressaillement, l'âme saisie de la sainte terreur
qu'inspire une profonde vénération, nous nous com-
parions aux vases vivants de l'éternelle vérité, et
nous nous regardions comme des instruments prédes-
tinés, appelés à quelque chose de grand. Tout cela ne
vous fait-il pas rire ?

— Pas du tout, répondit lentement Alexandra. Je
ne vous comprends pas tout à fait, mais je n'ai nulle
envie de rire.

— Depuis lors, continua Lejnieff, nous avons eu le
temps de devenir raisonnables, et il se peut que tout
cela nous semble aujourd'hui de l'enfantillage. Mais,
je le répète, nous devions alors beaucoup à Roudine.
Pokorsky lui était incomparablement supérieur, il
nous animait tous de son feu et de sa force, puis il
s'affaissait tout à coup sur lui-même et se taisait.
C'était un homme nerveux et maladif ; mais ses ailes
une fois étendues, jusqu'où son vol ne l'emportait-il
pas ? Il ne s'arrêtait pas devant l'infini, et il planait
jusque dans l'azur du ciel ! Quant à Roudine, ce jeune
homme si beau et si brillant, il avait beaucoup de
petitesses ; il avait la passion de se mêler de tout, de
vouloir tout définir et tout éclaircir. Son activité inquiète ne connaissait pas le repos. Je parle de lui tel
que je le jugeais alors. Du reste, à trente-cinq ans il

n'a malheureusement pas changé. Aucun de nous n'en pourrait dire autant de soi.

—Asseyez-vous, dit Alexandra. Pourquoi allez-vous d'un bout à l'autre de la chambre avec le mouvement régulier d'un balancier?

— Cela m'est plus commode, répondit Lejnieff. Dès que j'eus pénétré dans ce cercle d'amis, je me sentis complétement renaître. Je m'apaisais, j'interrogeais, j'étudiais, j'étais heureux, et je ressentais une sorte de respect comme si, je fusse entré dans un temple. En effet, quand je me rappelle nos réunions... Ah! je vous le jure, il y régnait une certaine grandeur et même quelque chose de touchant. Transportez-vous dans une assemblée de cinq à six jeunes gens; une seule bougie les éclaire; on sert du thé éventé et des gâteaux rassis; mais jetez un regard sur tous nos visages, écoutez nos discours. L'enthousiasme brille dans tous les yeux, les figures s'enflamment, les cœurs palpitent. Nous parlons de Dieu, de la vérité, de l'avenir, de l'humanité, de la poésie. Plus d'une opinion naïve ou hasardée se fait jour; plus d'une folie, plus d'une erreur, excitent l'enthousiasme; mais où est le mal? Rappelez-vous la triste et sombre époque où cela se passait.

Pokorsky est assis les pieds ramenés sous sa chaise, sa joue pâle est appuyée sur sa main; mais comme ses yeux étincellent! Roudine est au milieu de la chambre; il parle admirablement, juste comme le jeune Démothènes en face de la mer mugissante; le

6

poëte Soubotine, les cheveux hérissés, laisse échapper
de temps en temps et comme en un songe des exclamations entrecoupées. Le fils d'un pasteur allemand,
Scheller, écolier de quarante ans, qui, grâce à son éternel silence que rien ne peut lui faire interrompre, passe
parmi nous pour un penseur profond, reste plongé
dans sa taciturnité solennelle. Le joyeux Schitoff
même, l'Aristophane de notre assemblée, se recueille
et se contente de sourire. Deux ou trois novices écoutent avec une sorte d'extase enchantée... Et la nuit
étend ses ailes, et suit son cours tranquille et rapide.
Voilà déjà le jour qui blanchit les vitres de la fenêtre,
et nous nous séparons joyeux, avec une certaine lassitude et du contentement plein nos cœurs... Je m'en
souviens encore : nous marchions, tous émus, par les
rues désertes, regardant même les étoiles avec plus de
confiance. On eût dit qu'elles s'étaient rapprochées de
nous et que nous les comprenions mieux... Ah ! c'était
un beau temps alors, et je ne veux pas croire qu'il
n'ait laissé aucune trace durable. Non, ce temps n'a
pas été perdu, — pas même pour ceux que la vie a
rabaissés, désunis... Il m'est plus d'une fois arrivé de
rencontrer un de nos anciens camarades. On aurait pu
le croire transformé en véritable brute, mais il suffisait de prononcer devant lui le nom de Pokorsky pour
que tout ce qui lui restait encore de noblesse se ré-
veillât au fond de son cœur. C'était comme si on avait
débouché dans quelque réduit obscur et désert un fla-
con de parfums depuis longtemps oublié...

Lejnieff se tut ; son pâle visage était empreint d'une vive émotion.

— Mais pourquoi vous êtes-vous alors brouillé avec Roudine ? demanda Alexandra Pawlowna en le considérant attentivement.

— Je ne me suis pas brouillé avec lui. Je l'ai quitté quand j'ai appris à le connaître définitivement en pays étranger. J'aurais pu me séparer de lui à Moscou, car à cette époque il s'était déjà mal conduit avec moi.

— De quelle façon ?

— Vous allez en juger. J'ai toujours été... comment vous le dirai-je ?... cela ne répond guère à ma figure... j'ai toujours été très-disposé à devenir amoureux.

— Vous ?

— Oui, moi. C'est singulier, n'est-ce pas ? Il en est pourtant ainsi... Eh bien, dans ce temps-là je m'étais épris d'une charmante jeune fille... Pourquoi me regardez-vous de cette façon ? Je pourrais vous dire une chose qui vous étonnerait bien davantage.

— Et quoi donc ? vous excitez ma curiosité.

— Écoutez-moi alors. Pendant ce séjour à Moscou, j'avais des rendez-vous nocturnes... Devinez avec qui ? avec un jeune tilleul, au fond de mon jardin. Quand j'enlaçais sa tige fine et élancée, il me semblait que j'étreignais la création entière ; mon cœur se dilatait et tressaillait comme si toute la nature y eût pénétré !... Voilà ce que j'étais... Croyez-vous aussi par hasard que je ne faisais pas de vers à cette époque ?

Vous vous tromperiez étrangement. J'ai même com-
posé tout un drame imité du *Manfred* de Byron. Parmi
mes personnages se trouvait un spectre : de sa poitrine
ouverte sortait un flot de sang, et ce sang, remarquez-le bien, n'était pas le sien propre, mais celui de
l'humanité entière !... Oui, oui, veuillez ne pas vous
étonner !... C'était ainsi ! J'ai bien changé, n'est-ce
pas ? Mais j'avais commencé à vous faire le récit de
mon roman. Je fis la connaissance d'une jeune fille...

— Et vous avez cessé vos entrevues avec le tilleul ?

— Je les ai cessées. La jeune fille était d'une grande
bonté, ce qui ne l'empêchait pas d'être très-jolie. Ses
yeux étaient joyeux et limpides, sa voix avait un son
argentin.

—Vous faites fort bien le portrait, dit Alexandra en
souriant.

— Vous n'êtes pas indulgente, répondit Lejnieff.
Cette jeune fille demeurait avec son vieux père... Du
reste, mon intention n'est pas d'entrer dans de longs
détails. Je vous dirai seulement qu'elle était douée de
cette bonté expansive qui porte à donner une tasse de
thé entière à celui qui n'en réclame qu'une demie...
Trois jours après notre première rencontre, j'étais
déjà tout flamme pour elle, et le septième jour je
ne pus m'empêcher de confier mon amour à Roudine.
Il faut absolument que les amoureux racontent leur
secret. Je mis donc Roudine au courant de ma passion.
J'étais alors complétement dominé par son influence,
et cette influence m'était indubitablement salutaire

sous bien des rapports. Il fut le premier qui ne se détourna pas de moi, et il tenta de polir un peu ma nature. J'aimais passionnément Pokorsky, mais la pureté
de son âme m'inspirait une sorte de crainte, je me
sentais plus rapproché de Roudine. Initié à mon
amour, il tomba aussitôt dans un enthousiasme inexprimable ; il me félicita, m'embrassa, se mit à me
prêcher et à m'expliquer la gravité de ma nouvelle
situation. Dieu sait comme je l'écoutais !... Vous connaissez vous-même le charme de ses discours ! Je me
pris tout à coup d'une grande estime pour moi-même,
j'affectai un air sérieux et cessai de rire. Je me rappelle que j'avais même commencé à marcher avec
précaution ; on eût dit que je portais sur ma tête un
vase plein d'un liquide précieux que je craignais de
répandre... J'étais très-heureux, d'autant plus heureux qu'on était visiblement bien disposé pour moi.
Roudine avait désiré faire la connaissance de celle que
j'aimais, je crois même que c'est moi qui le poussai à
se faire présenter...

— Ah ! je vois maintenant ce que vous avez contre
lui ! s'écria Alexandra. Roudine vous a enlevé le cœur
de cette jeune fille, et vous ne pouvez pas lui pardonner son succès. Je parierais que je ne me trompe pas.

— Et vous perdriez votre pari, Alexandra. Vous
vous trompez. Roudine ne m'enleva pas l'affection de
cette jeune fille, il n'eut même pas l'intention de me
l'enlever, et pourtant il troubla mon bonheur, bien
qu'à l'heure présente et en jugeant les événements de

6.

sang-froid je dusse peut-être l'en remercier. Mais
alors je faillis en devenir fou. Roudine n'avait aucune
envie de me nuire, au contraire, mais par suite de
cette maudite habitude de disséquer, à l'aide de la
parole, chaque manifestation de sa vie propre et de
celle des autres, de la fixer d'un mot, comme on fixe
un papillon sur du papier avec une épingle, il se mit
à nous dévoiler nos sentiments à nous-mêmes, à définir nos rapports, notre conduite, à nous forcer despo-
tiquement à nous rendre compte de nos impressions
et de nos pensées, et, passant de la louange aux ré-
primandes, il alla même, cela est à peine croyable,
jusqu'à vouloir se mettre en tiers dans nos correspon-
dances... Bref, il nous fit entièrement perdre la tête.
Je ne pensais pas alors à épouser ma belle, mais nous
aurions pu du moins passer ensemble quelques heureux instants, jouir de la vie nouvelle de nos cœurs.
Des malentendus survinrent qui amenèrent des com-
plications ridicules. Une démarche de Roudine termina mon roman. Il se persuada un beau jour qu'il
avait à s'imposer, comme ami, le devoir sacré de
prévenir le père de tout ce qui se passait, et il le fit.

— Est-ce possible? s'écria Alexandra Pawlowna.

— Oui, et notez qu'il le fit avec mon consentement.
N'est-ce pas le plus étonnant de l'affaire? Je me rappelle encore à présent le chaos où se débattaient alors
mes idées; tout y tournait et s'y déplaçait comme
dans une lanterne magique, le blanc me semblait noir,
le noir me paraissait blanc; le mensonge, la vérité, la

fantaisie et le devoir, je confondais tout ensemble.
J'en ai encore honte aujourd'hui quand je m'en souviens. Roudine, lui, ne se laissait pas décourager; loin
de là, il planait au-dessus des imbroglios et des
malentendus comme une hirondelle au-dessus d'un
étang.

— C'est ainsi que vous vous êtes séparé de cette
jeune fille? demanda Alexandra en inclinant naïve-
ment sa tête de côté et en relevant ses sourcils.

— Je m'en suis séparé et je m'en suis mal séparé.
Je l'ai fait d'une manière offensante et maladroite en
soulevant un scandale, et un scandale bien inutile...
Je pleurais, elle pleurait aussi, le diable sait ce qui se
passa... Le nœud gordien s'était resserré, il a fallu le
trancher, mais ce fut douloureux! Du reste, tout finit
par s'arranger pour le mieux en ce monde. Elle a
épousé un homme excellent, et se trouve parfaitement
heureuse.

— Avouez cependant que vous n'avez pas encore
pardonné à Roudine? dit Alexandra Pawlowna.

— Vous êtes dans l'erreur, répondit Lejnieff. J'ai
pleuré comme un enfant quand il partit pour l'étranger. Pourtant, à vrai dire, le germe de mon opinion
sur lui était déjà déposé dans mon âme. Quand je le
rencontrai plus tard, alors j'avais déjà vieilli, Roudine
se montra à moi sous son vrai jour.

— Qu'avez-vous donc réellement découvert en lui?

— Ce que je vous explique depuis une heure. En
voilà d'ailleurs assez sur son compte. Tout se termi-

nera peut-être bien. J'ai seulement voulu vous prouver que si je le jugeais sévèrement, c'était parce que
je le connaissais à fond. Pour ce qui regarde Natalie
Alexéiewna, à quoi bon dépenser des paroles inutiles?
Mais observez attentivement votre frère.

— Mon frère! et pourquoi?

— Regardez-le. Est-il possible que vous ne remar-
quiez rien en lui?

Alexandra baissa les yeux.

— Vous avez raison, dit-elle; certainement, mon
frère... je ne le reconnais plus depuis quelque temps...
Mais pensez-vous?...

— Silence! il me semble que le voilà, dit Lejnieff à
demi-voix. Croyez-moi, Natalie n'est pas une enfant,
quoiqu'elle n'ait aucune expérience. Vous verrez
qu'elle nous étonnera tous.

— Et comment cela?

— Ne vous fiez pas à son air tranquille. Ne savez-
vous pas que ce sont justement les jeunes filles de
cette espèce qui se noient, qui s'empoisonnent et
ainsi de suite? Ses passions sont fortes et son caractère
aussi.

— Mais on dirait que vous tombez dans la poésie
lyrique. Aux yeux d'un flegmatique comme vous, je
deviendrai bientôt moi-même un volcan.

— Oh! non, vous n'êtes pas un volcan, répliqua
Lejnieff avec un sourire; et quant à du caractère,
vous n'en avez pas, vous, Dieu merci!

— Quelle nouvelle impertinence me dites-vous là?

— Cette impertinence, croyez-le, est un très-grand
compliment.

Volinzoff était entré et regardait sa sœur et Lejnieff
d'un air soupçonneux. Il avait maigri depuis quelques
semaines. Alexandra et Lejnieff voulurent causer avec
lui, mais il répondait à peine par un sourire à leurs
plaisanteries. Il avait la mine d'un « *lièvre mélancolique,* » comme le dit un soir Pigassoff en parlant de
lui. Volinzoff sentait que Natalie lui échappait, et il
lui semblait en même temps que la terre fuyait sous
ses pieds.

VIII

Le lendemain, qui était un dimanche, Natalie se
leva un peu tard. Elle avait été très-silencieuse la
veille ; ses larmes lui faisaient secrètement honte, et
elle avait mal dormi. Assise à demi vêtue devant son
petit piano, elle resta longtemps immobile, effleurant
parfois les touches de l'instrument, mais assez doucement pour ne pas réveiller mademoiselle Boncourt ;
ou bien, appuyant son front sur l'ivoire glacé du cla-
vier, elle se livrait tout entière à sa rêverie, ne son-
geant pas tant à Roudine lui-même qu'à certaines
paroles qu'il avait prononcées. Volinzoff se présentait
parfois à son souvenir. Elle s'avouait qu'il l'aimait ;
mais elle l'éloignait aussitôt de sa pensée. Elle se sentait prise d'une agitation étrange. Elle s'habilla à la

hâte, descendit pour souhaiter le bonjour à sa mère, et profita du loisir qui lui restait pour aller seule au jardin.

La journée était chaude, claire et radieuse, malgré la pluie qui tombait par intervalles. Des nuages bas et vaporeux passaient légèrement dans le ciel bleu sans pourtant obscurcir le soleil; de brusques et passagères ondées ruisselaient sur les champs. De grosses gouttes brillantes se succédaient rapidement avec un bruit sec, comme le ferait une averse de diamants; le soleil se jouait à travers leurs réseaux étincelants, et l'herbe que le vent faisait ondoyer un instant auparavant avait cessé de frissonner pour aspirer avidement l'humidité; les arbres chargés de pluie frémissaient avec langueur de toutes leurs feuilles; les oiseaux poursuivaient leurs chansons, et leurs gazouillements babillards se mêlaient au bruit sourd et au murmure frais de l'averse qui s'éloignait. Les routes couvertes de poussière laissaient échapper une légère vapeur, et les gouttes d'eau rapprochées les bigarraient de capricieux dessins. Puis, dans un moment, le nuage se dissipe, un petit vent s'élève, l'herbe commence à se nuancer d'or et d'émeraude en se courbant au souffle de l'air. Les feuilles collées par l'humidité deviennent de plus en plus transparentes. Une senteur pénétrante s'échappe de toutes parts...

Le ciel était presque éclairci quand Natalie entra dans le jardin. La fraîcheur et le calme y régnaient, ce

calme paisible et heureux auquel le cœur de l'homme
répond par la douce langueur d'une sympathie mystérieuse et par de vagues désirs.

Au moment où Natalie traversait une longue allée
de peupliers argentés qui bordaient l'étang, elle vit
apparaître Roudine devant elle comme s'il sortait tout
à coup de la terre. Elle se troubla. Il fixa ses yeux
sur ceux de la jeune fille, et lui dit :

— Vous êtes seule ?

— Oui, je suis seule, répondit Natalie. Je ne suis du
reste sortie que pour une minute; il est temps que je
rentre.

— Je vous accompagnerai.

Et il se mit à marcher à ses côtés.

— Vous me semblez triste, ajouta-t-il après un
court silence.

— Moi... Cela est singulier ! J'allais vous adresser
la même question. Je vous trouve un air mélancolique.

— C'est possible... Cela m'arrive. Mais on le
comprend mieux chez moi que chez vous, Natalie.

— Pourquoi cela ? Pensez-vous que je n'aie aucune
raison d'être triste ?

— A votre âge on doit jouir de la vie.

Natalie fit quelques pas en silence.

— Dimitri Nicolaïtch ! dit-elle.

— Que me voulez-vous ?

— Vous rappelez-vous la comparaison que vous
avez faite hier à propos d'un chêne ?

— Oui, je me la rappelle. Mais pourquoi cette question? '

Natalie lui jeta un regard à la dérobée.

— Pourquoi avez-vous... Que vouliez-vous dire par cette comparaison?

Roudine baissa la tête et laissa errer ses regards au loin.

— Natalie Alexéiewna, commença-t-il avec cette expression contenue et significative qui lui était habituelle et qui faisait toujours croire à son auditeur qu'il ne livrait que la dixième partie de ce qui oppressait son âme, — Natalie Alexéiewna, vous avez remarqué que je parle fort peu de mon passé. Il y a certaines cordes que je n'aime point à faire vibrer. Mon cœur... qui donc a besoin de savoir ce qui s'y passe? L'exposer à des regards indifférents m'a toujours semblé un sacrilége. Mais avec vous je suis sincère, vous avez éveillé ma confiance... Je ne veux pas vous cacher que j'ai aimé et souffert comme tout le monde... Quand et comment? Peu importe! mais mon cœur a éprouvé de grandes jbies et de grandes douleurs.

Roudine s'arrêta un instant.

— Ce que je vous ai dit hier, continua-t-il, peut, dans ma situation actuelle, se rapporter à moi jusqu'à un certain point. Mais, encore une fois, ce n'est pas la peine d'en parler. Ce côté de la vie a déjà disparu pour moi. Il ne me reste plus à présent qu'à me traîner, de relais en relais, sur des chemins déserts et

couverts de poussière, dans une méchante téléga[1] qui
cahote. Où arriverai-je, si jamais j'arrive? Dieu le
sait... Parlons plutôt de vous.

— Il n'est pas possible, Dimitri Nicolaïtch, interrompit Natalie, que vous n'attendiez plus rien de la vie.

— Vous avez raison, et j'en attends en effet beaucoup, mais non pour moi... Je ne renoncerai jamais à
l'activité, au bonheur d'agir, mais je renonce à la
jouissance. Mes espérances et mes propres joies n'ont
plus rien de commun. L'amour... (à ce mot il haussa
les épaules), l'amour n'est pas fait pour moi; je ne le
mérite pas; la femme qui aime a le droit d'exiger
que celui qu'elle choisit soit à elle tout entier, et je ne
peux plus me donner sans réserve. De plus, plaire
appartient à la jeunesse, et je suis trop vieux. Est-ce
bien à moi de faire tourner des têtes? Dieu veuille que
je garde la mienne sur mes épaules!

— Je comprends que celui qui marche vers un but
élevé n'ait pas le loisir de penser à lui-même, répondit Natalie; mais les femmes ne sont-elles pas capa-
bles d'apprécier de pareils hommes? Il me semble, au
contraire, qu'elles se détournent vite de l'égoïste...
Les jeunes gens, selon vous, sont tous des égoïstes;
ils ne pensent qu'à eux seuls, même lorsqu'ils aiment.
La femme, croyez-moi, n'a pas seulement la faculté
de comprendre les sacrifices : elle sait aussi se sacrifier elle-même.

---

1. Charrette à quatre roues et très-légère.

7

Les joues de Natalie s'étaient légèrement empour-
prées, ses yeux brillaient. Avant d'avoir fait la connaissance de Roudine, elle n'aurait jamais pu prononc-
cer un aussi long discours ni parler avec tant de feu.

— Vous avez plus d'une fois entendu mon avis sur
le rôle des femmes, répliqua Roudine avec un sourire
indulgent. — Vous savez que, selon moi, Jeanne d'Arc
seule pouvait sauver la France... Mais il ne s'agit pas
de cela. Vous vous trouvez sur le seuil de la vie... Il
est doux de raisonner sur votre avenir, et ce ne sera
peut-être pas sans fruit. Écoutez-moi, je suis votre
ami, vous le savez ; je vous porte un intérêt plus vif
que si j'étais simplement votre parent... C'est pourquoi j'espère que vous ne jugerez pas ma question
indiscrète. Dites-le moi, votre cœur a-t-il toujours été
complétement calme ?

Natalie rougit jusqu'au blanc des yeux et ne répondit pas. Roudine s'arrêta, et elle en fit autant.

— Est-ce que vous vous fâchez contre moi, lui demanda-t-il.

— Non, mais je ne m'attendais pas du tout...

— D'ailleurs, continua Roudine, vous pouvez ne
pas répondre. Je connais votre secret.

Natalie le regarda d'un air presque épouvanté.

— Oui... oui, je sais celui qui vous plaît — et, je
dois le dire — vous ne pouviez faire un meilleur
choix. C'est un homme excellent ; il saura vous apprécier ; il n'a pas été trahi par la vie... c'est une âme
simple et sereine... Il fera votre bonheur.

— De qui parlez-vous, Dimitri Nicolaïtch?

— Ne le savez-vous pas? De Volinzoff, bien entendu. Comment? Me serais-je trompé?

Natalie s'était un peu détournée de Roudine. Elle était tout éperdue.

— Ne vous aimerait-il pas? Allons donc, il ne vous quitte pas des yeux, il suit chacun de vos mouvements. Et puis, est-il possible de cacher l'amour? Vous-même, n'êtes-vous pas bien disposée pour lui? Autant que j'ai pu le remarquer, il plaît aussi à votre mère... Votre choix...

— Dimitri Nicolaïtch! interrompit Natalie toute troublée, en étendant la main vers un buisson voisin, il m'est vraiment pénible de traiter ce sujet, mais je vous assure que vous vous trompez.

— Je me trompe! répéta Roudine, oh! je ne le pense pas. Il n'y a pas longtemps que j'ai fait votre connaissance, mais je vous connais fort bien. Que signifie ce changement que je vois en vous, que je vois clairement? Pourriez-vous dire que vous êtes telle que je vous ai trouvée il y a six semaines?... Non, Natalie, votre cœur n'est plus aussi tranquille.

— C'est possible! répondit la jeune fille d'une voix à peine intelligible, et pourtant vous vous trompez.

— Comment cela? demanda Roudine.

— Laissez-moi, ne me questionnez pas... reprit Natalie en se dirigeant vers la maison d'un pas rapide.

Elle était terrifiée elle-même du sentiment qui s'était tout à coup éveillé dans son cœur.

Roudine la rejoignit et l'arrêta.

— Natalie! dit-il, cette conversation ne peut se terminer ainsi; elle est trop importante pour moi... Comment dois-je vous comprendre?

— Laissez-moi, répéta Natalie.

— Natalie, pour l'amour de Dieu !

Le visage de Roudine exprimait l'émotion la plus vive; la pâleur couvrait son front.

— Vous qui comprenez tout, vous devez aussi me comprendre, dit Natalie, et elle retira sa main et s'éloigna sans regarder derrière elle.

— Un seul mot, lui cria Roudine. Elle s'arrêta, mais ne se retourna pas.

— Vous m'avez demandé ce que je voulais dire par la comparaison d'hier. Sachez-le donc, je ne veux pas vous tromper. Je parlais de moi-même, de mon passé et de vous.

— Comment... de moi?

— Oui, de vous; je le répète, je ne veux pas vous tromper... Vous savez maintenant à quel sentiment nouveau je faisais allusion... Je ne me suis jamais hasardé avant ce jour...

Natalie avait subitement couvert son visage de ses mains et s'était enfuie vers la maison. Elle était si saisie du dénoûment inattendu de sa conversation avec Roudine qu'elle ne remarqua pas Volinzoff près duquel elle avait passé en courant. Il était immobile,

le dos appuyé contre un arbre. Arrivé depuis un quart
d'heure chez Daria Michaëlowna, il l'avait trouvée au
salon, lui avait dit deux mots, puis s'était esquivé
sans qu'elle s'en aperçût et s'était mis à la recherche
de Natalie. Avec l'instinct particulier aux amoureux,
il était allé droit au jardin où il avait aperçu Roudine
et Natalie au moment même où celle-ci lui retirait sa
main. Volinzoff fut pris d'un vertige. Suivant Natalie
du regard, il quitta son arbre et fit quelques pas, sans
savoir où il allait, ni ce qu'il voulait. Roudine l'avait
vu et s'était approché de lui. Ils se regardèrent fixement, se saluèrent et se séparèrent en silence. « Cela
ne peut se terminer ainsi, » avaient-ils pensé tous les
deux.

Volinzoff s'enfonça dans les profondeurs du jardin.
Il était à la fois désespéré et morne. Il y avait comme
du plomb sur son cœur, et puis tout à coup une vio-
lente colère faisait bouillonner le sang dans ses vei-
nes. La pluie recommençait à tomber. Roudine était
retourné dans sa chambre. Il n'était pas tranquille non
plus : ses pensées s'agitaient comme dans un tourbillon. Quel homme ne serait pas troublé, en effet,
par le contact inattendu et confiant d'une jeune âme
honnête ?

Les choses allèrent assez mal pendant le dîner :
Natalie était très-pâle; elle se tenait à peine sur sa
chaise et ne levait pas les yeux. Volinzoff était assis à
côté d'elle, comme d'habitude, et s'efforçait par moments de causer. Il se trouva que Pigassoff dînait ce

jour-là chez Daria Michaëlowna et qu'il parlait plus
que tous les autres. Il se mit à démontrer, entre autres
choses, qu'on pouvait partager les hommes en deux
catégories comme les chiens : les hommes à oreilles
courtes et les hommes à oreilles longues. Les hommes
ont les oreilles courtes, disait-il, soit de naissance,
soit par leur propre faute. Dans les deux cas, ils sont
à plaindre, car rien ne leur réussit. — Ils n'ont pas
confiance en eux-mêmes. Mais celui qui possède des
oreilles longues et bien fournies est un homme heureux. Il peut être plus mauvais ou plus faible qu'un
homme à oreilles courtes, mais il a confiance en lui-
même. — Il dresse les oreilles, — tous l'admirent.
Moi, continua-t-il avec un soupir, j'appartiens à la catégorie des oreilles courtes, et, ce qu'il y a de plus
irritant, c'est que je me les suis coupées moi-même.

—Ceci, interrompit négligemment Roudine, revient
à dire une chose qui, du reste, a été dite en moins de
mots par La Rochefoucauld longtemps avant vous : —
« Aie confiance en toi-même, et les autres croiront en
toi. » Je ne comprends pas la nécessité de faire inter-
venir les oreilles dans tout cela.

— Permettez à chacun, riposta Volinzoff d'un ton
incisif et les yeux injectés de sang, permettez à chacun
de s'exprimer comme il l'entend. On discute sur le
despotisme... Rien n'est plus odieux, selon moi, que le
despotisme des soi-disant gens d'esprit. Que le diable
les emporte !

Cette sortie de Volinzoff étonna tout le monde ; personne ne dit mot. Roudine lui jeta un coup d'œil à la dérobée, mais sans soutenir le regard de son rival; il se détourna, sourit et n'ouvrit plus la bouche.

— Eh! eh! toi aussi tu as les oreilles courtes, pensa Pigassoff.

Natalie se sentait défaillir de peur. Daria regarda longtemps Volinzoff d'un air surpris, et fut la première à reprendre la conversation.

Elle entama un récit à propos d'un chien extraordinaire qui appartenait à son ami le ministre N*** N***.

Volinzoff se retira peu de temps après le dîner. En saluant Natalie, il ne put s'empêcher de lui dire : — Pourquoi avez-vous la contenance troublée d'un coupable? Vous ne pouvez être coupable vis-à-vis de personne...

Natalie n'avait rien compris, et l'avait seulement suivi des yeux. Roudine s'approcha d'elle avant le thé, et, se penchant sur la table comme s'il parcourait le journal, lui dit à demi-voix : « Tout cela ressemble à un rêve, n'est-ce pas? Il est indispensable que je vous voie seule..., ne fût-ce que pour un instant. » — Il se retourna vers mademoiselle Boncourt : « Voici le feuilleton que vous cherchiez, » lui dit-il, — puis, se penchant de nouveau vers Natalie, il continua toujours à voix basse : « Tâchez d'être vers dix heures auprès de la terrasse... dans le bosquet de lilas. Je vous y attendrai..... »

Pigassoff fut le héros de la soirée. Roudine lui avait abandonné le champ de bataille. Il commença d'abord

à parler d'un de ses voisins, et divertit beaucoup Daria
en lui racontant que ce voisin s'était tellement effé-
miné en vivant trente ans sous les cotillons de sa
femme, qu'un jour, au moment de traverser une
mare, lui, Pigassoff, l'avait vu porter sa main par derrière et retrousser les pans de son habit, comme les
femmes retroussent leurs jupes. Après cela, il tomba
sur un autre propriétaire qui avait été d'abord franc-
maçon, puis misanthrope, et qui voulait maintenant
se faire banquier.

Mais c'est lorsque Pigassoff se mit à disserter sur
l'amour que l'hilarité de Daria Michaëlowna fut excitée
au plus haut point. Il assura qu'on avait aussi soupiré
pour lui, et qu'une Allemande à passions ardentes l'avait
appelé son petit Africain appétissant et langoureux.
Daria Michaëlowna se mit à rire. Pigassoff pourtant
ne mentait pas, il avait réellement le droit de se vanter
de ses succès. Il affirma que rien n'était plus facile
que de se faire aimer de la première femme venue;
on n'avait qu'à lui répéter pendant dix jours de suite
que le paradis était sur ses lèvres et la béatitude dans
ses yeux, et qu'auprès d'elle toutes les autres femmes
n'étaient que de vrais laiderons, pour qu'elle se dît
elle-même, le onzième jour, que le paradis était sur
ses lèvres et la béatitude dans ses yeux, et qu'elle
s'éprît de celui qui avait découvert en elle tant de
jolies choses. Tout arrive en ce monde; Pigassoff avait
peut-être raison. Qui le sait?

Roudine était dans le bosquet à neuf heures et

demie. Les étoiles venaient seulement d'apparaître
dans les pâles et lointaines profondeurs du ciel; il y
avait encore des traces de feu à l'occident, et l'horizon
s'y dessinait plus net et plus pur. Le croissant de la
lune brillait comme de l'or à travers le réseau noir
des bouleaux touffus. Les arbres environnants s'élevaient comme de mornes géants avec mille éclaircies
pareilles à des yeux, ou bien ils se confondaient en
une masse sombre et serrée. Pas une feuille ne s'agitait; les hautes branches des lilas et des acacias s'al-
longeaient dans l'air tiède comme si elles prêtaient
l'oreille à quelque voix secrète. La maison projetait
son ombre sur le sol, et ses longues fenêtres éclairées
tranchaient sur le fond obscur en taches rougeâtres.
La soirée était paisible et silencieuse; on eût dit qu'une
aspiration contenue et passionnée s'exhalait mysté-
rieusement de ce silence même. Roudine était debout,
les bras croisés sur sa poitrine; il écoutait avec une
attention extrême. Son cœur battait avec force, et il
retenait involontairement son haleine. Des pas légers
et rapides se firent enfin entendre, et Natalie entra
dans le bosquet.

Roudine se précipita au-devant d'elle et lui prit les
deux mains. Elles étaient aussi froides que la glace.

— Natalie Alexéiewna, dit-il d'une voix sourde et
émue, j'ai voulu vous voir... je ne pouvais pas attendre jusqu'à demain. Il faut que je vous dise ce que je
ne soupçonnais pas, ce dont je ne me doutais même
pas ce matin : Je vous aime!

7.

Les mains de Natalie avaient faiblement tressailli dans les siennes.

— Je vous aime! répéta-t-il. Je ne sais comment j'ai pu me tromper aussi longtemps... comment je n'ai pas deviné plus tôt que je vous aimais... Et vous?... Natalie, répondez-moi.... Et vous?...

Natalie respirait à peine.

— Vous voyez que je suis venue, dit-elle enfin.

— Dites, dites, m'aimez-vous?

— Il me semble que... oui..., murmura-t-elle.

Roudine lui serra encore les mains avec plus de force et voulut l'attirer à lui...

Natalie jeta rapidement un coup d'œil autour d'elle.

— Laissez-moi, — j'ai peur, — il me semble que quelqu'un nous écoute... Soyez prudent, pour l'amour de Dieu... Volinzoff se doute...

— Que Dieu le bénisse! vous voyez bien que je ne lui ai même pas répondu aujourd'hui... Ah! Natalie, que je suis heureux! Maintenant rien ne pourra plus nous séparer!

Natalie leva ses yeux vers le ciel.

— Laissez-moi, murmurait-elle, il est temps...

— Un instant encore!

— Non, laissez, laissez-moi...

— Est-ce que je vous fais peur?

— Non, mais je ne dois pas rester.

— Répétez au moins encore une fois...

— Vous dites que vous êtes heureux? demanda Natalie.

— Oui, je suis l'homme le plus heureux du monde. Pouvez-vous en douter?

Natalie avait relevé la tête. Son pâle visage, si jeune, si noble et si ému, était bien beau à voir ainsi à la faible clarté qui tombait du ciel nocturne à travers les ténèbres mystérieuses du bosquet.

— Sachez-le donc, dit-elle : — Je serai votre femme.

— O Dieu! s'écria Roudine.

Mais Natalie avait déjà fui. Roudine s'arrêta un instant, puis il quitta lentement le bosquet. La lune donnait en plein sur son visage; un sourire plissait ses lèvres.

— Je suis heureux, dit-il à demi-voix. — Oui, je suis heureux, répéta-t-il, comme s'il désirait se le persuader à lui-même.

Il s'était redressé, avait rejeté ses cheveux en arrière, et s'était mis à marcher rapidement en agitant joyeusement ses bras.

A ce moment les branches s'entr'ouvraient dans le bosquet de lilas, et Pandalewski se montrait. Il regarda avec précaution autour de lui, hocha la tête, pinça ses lèvres et dit d'une manière significative : « Oh! c'est ainsi! Il faut en prévenir Daria. » Et il disparut.

IX

Volinzoff était rentré chez lui si sombre et si abattu, il avait répondu de si mauvaise grâce aux questions

de sa sœur, et s'était si brusquement enfermé dans sa
chambre, qu'Alexandra résolut d'envoyer un exprès à
Lejnieff. C'était à lui qu'elle s'adressait dans toutes les
circonstances difficiles. Lejnieff lui fit répondre qu'il
arriverait le lendemain.

Le matin suivant, Volinzoff n'était pas plus calme
que la veille. Après le déjeuner, il avait voulu d'abord
aller surveiller les travaux, puis il s'était ravisé, s'était
étendu sur le divan et avait pris un livre, chose qui ne
lui arrivait que fort rarement. Volinzoff ne ressentait
qu'un goût fort modéré pour la littérature : les vers
surtout lui inspiraient une véritable terreur.

— Rien n'est plus incompréhensible que la poésie,
avait-il l'habitude de dire, et pour confirmer la justesse de cette remarque il récitait les lignes suivantes
du poëte Aïboulat :

> Jusqu'à la fin de mes tristes jours,
> Ni la fière expérience ni le raisonnement
> Ne sauront flétrir de leurs mains
> Les myosotis sanglants de la vie.

Alexandra jetait des regards inquiets sur son frère,
mais ne voulait pas l'obséder de questions. Une voiture s'arrêta au bas du perron.

— Allons ! que Dieu soit loué, pensa-t-elle, voilà
Lejnieff !

Un domestique entra et annonça Roudine.

Volinzoff avait jeté son livre et relevé la tête.

— Qui est là ? demanda-t-il.

— Roudine Dimitri Nicolaïtch, répéta le domestique. Volinzoff se leva.

— Fais-le entrer, et toi, sœur, laisse-nous, continua-t-il en se tournant vers Alexandra.

— Mais pourquoi donc? dit-elle.

— Cela ne regarde que moi! poursuivit-il avec emportement. Je t'en prie.

Roudine entra. Volinzoff le salua froidement, demeura debout au milieu de la chambre et ne lui tendit pas la main.

— Vous ne m'attendiez pas, avouez-le, dit Roudine en posant son chapeau sur le rebord de la fenêtre. Ses lèvres tremblaient un peu, mais il s'efforçait de cacher son trouble.

— Je ne vous attendais certainement pas, répondit Volinzoff. Je me serais plutôt attendu à voir quelqu'un venant de votre part, après la journée d'hier.

— Je comprends ce que vous voulez dire, reprit Roudine en s'asseyant, — je suis très-heureux de votre franchise. Il vaut mieux qu'il en soit ainsi. Je suis venu à vous comme à un homme d'honneur....

— Ne pourrait-on pas faire trêve aux compliments? interrompit Volinzoff.

— Je désire vous expliquer ma présence ici.

— Nous nous connaissons. Pourquoi ne viendriez-vous pas chez moi? Ce n'est d'ailleurs pas la première fois que vous me faites l'honneur de votre visite.

— Je suis venu à vous comme un homme d'honneur à un autre homme d'honneur, répéta Roudine.

Je veux maintenant soumettre à votre propre jugement... J'ai pleine confiance en vous...

— Voyons, de quoi s'agit-il ? dit Volinzoff, qui était
resté debout, et jetait des regards sombres à Roudine
en frisant de temps en temps sa moustache.

— Permettez... Je suis venu pour m'expliquer, mais
cela ne peut se faire en deux mots.

— Pourquoi cela ?

— Une troisième personne s'y trouve mêlée.

— Quelle troisième personne ?

— Serge Pawlitch, vous me comprenez.

— Dimitri Nicolaïtch, je ne vous comprends pas du
tout.

— Il vous plaît...

— Il me plaît que vous parliez sans détours ! interrompit Volinzoff.

Il commençait à n'être plus maître de sa colère.
Roudine fronça les sourcils.

— Volontiers... nous sommes seuls... Je dois vous
dire, — du reste, vous vous en doutez probablement
déjà (Volinzoff haussa impatiemment les épaules), —
je dois vous dire que j'aime Natalie Alexéiewna et que
j'ai le droit de supposer que je suis aimé d'elle.

Volinzoff ne répondit rien, mais il avait pâli ; il détourna son visage, et se dirigea du côté de la fenêtre.

— Vous comprenez, Serge Pawlitch, continua Roudine, que si je n'étais convaincu...

— De grâce, répliqua vivement Volinzoff, je ne
doute nullement... Eh bien ! tant mieux pour vous !

Je me demande seulement pourquoi diable vous avez eu l'idée de venir m'apprendre cette nouvelle... En quoi me regarde-t-elle? Qu'ai-je donc besoin de savoir, moi, qui vous aime ou qui vous aimez? Je ne comprends réellement pas...

Volinzoff continuait à regarder par la fenêtre. Sa voix était sourde.

Roudine s'était levé.

— Serge Pawlitch, je vais vous dire pourquoi je me suis décidé à me présenter personnellement chez vous, et pourquoi je ne me suis pas cru le droit de vous cacher notre... notre situation mutuelle. Je vous estime profondément, voilà pourquoi je suis ici; je n'ai pas voulu... ni l'un ni l'autre nous n'avons voulu jouer un rôle en votre présence. Je connaissais vos sentiments pour Natalie... Je sais vous apprécier, croyez-le. Je sais combien je suis indigne de vous remplacer dans son cœur; mais, puisque le sort en a décidé ainsi, ne vaut-il pas mieux agir avec franchise et loyauté? Ne vaut-il pas mieux éviter les malentendus et les occasions de scènes pareilles à celles qui se sont passées hier à dîner? Serge Pawlitch, je vous le demande à vous-même?

Volinzoff avait croisé les bras sur sa poitrine comme s'il voulait contenir en lui-même son émotion.

— Serge Pawlitch, continua Roudine, je sens que je vous ai offensé...; mais veuillez me comprendre; veuillez penser que nous avions d'autre moyen que cette démarche pour vous prouver notre estime, pour vous prouver que nous savons apprécier votre noblesse et votre droiture. Avec une autre personne, cette. franchise, cette complète franchise serait déplacée, mais elle devient un devoir vis-à-vis de vous. Il nous est doux de penser que notre secret est entre vos mains...

Volinzoff se mit à rire avec un effort visible.

— Grand merci pour la confiance ! s'écria-t-il ; mais remarquez, je vous prie, que je ne désire ni connaître votre secret, ni vous confier le mien. Vous en disposez comme d'un bien propre, et vous parlez comme si vous en aviez reçu la mission d'une autre personne. Cela me porte à supposer que Natalie est prévenue de cette visite et de son but.

Roudine se troubla légèrement à ces dernières paroles.

— Non, je n'ai pas communiqué mon dessein à Natalie Alexéiewna, mais je sais qu'elle partage ma manière de voir.

— Tout cela est fort bien, répondit Volinzoff, après un instant de silence pendant lequel il s'était mis à tambouriner sur les vitres. J'avoue pourtant que j'aimerais mieux être moins estimé de vous. A vrai dire, je tiens fort peu à votre estime. Voyons, que me voulez-vous à présent?

— Je ne veux rien... ou pourtant, si ! je veux quelque chose. Je veux que vous ne me teniez pas pour un homme rusé et astucieux ; je veux que vous me compreniez... J'espère maintenant que vous ne

pourrez plus douter de ma sincérité... Je veux, Serge
Pawlitch, que nous nous séparions en amis..., que
vous me tendiez la main comme autrefois.

Et Roudine se rapprochait de Volinzoff.

— Excusez-moi, monsieur, répondit celui-ci en se
retournant et en faisant un pas en arrière, — je suis
prêt à donner pleine créance à vos intentions; admettons que tout ceci soit beau, même grand; mais
nous sommes dans ma famille des gens simples, et
nullement en état de suivre l'essor d'esprits aussi
profonds que le vôtre... Ce qui vous paraît sincère
nous semble impudent...; ce que vous trouvez
simple et clair, nous le trouvons embrouillé et obscur... Vous vous vantez de ce que nous cachons; comment pourrions-nous nous comprendre? Excusez-moi,
je ne puis ni vous compter au nombre de mes amis,
ni vous tendre la main... Il est possible que ma conduite soit mesquine; qu'y faire? Je suis mesquin moi-
même.

Roudine avait pris son chapeau.

— Serge Pawlitch! dit-il tristement, adieu! j'ai été
trompé dans mon attente. Ma visite est étrange, en
effet, mais j'avais espéré que vous (Volinzoff fit un
geste d'impatience)... Pardonnez-moi, je ne parlerai
plus de cela. A tout prendre, je crois que vous avez
certainement raison, et que vous ne pouviez agir
autrement. Adieu! et permettez, au moins, que
je vous assure encore une fois, que je vous assure
pour la dernière fois de la pureté de mes inten-

tions... Du reste, je suis convaincu de votre discrétion.

— C'est trop fort ! s'écria Volinzoff tremblant de colère, je ne vous ai jamais demandé votre confiance, et par conséquent vous n'avez aucun droit de compter sur ma discrétion.

Roudine voulait dire quelque chose, mais il se contenta de faire un geste de la main, de saluer, puis de sortir.

Volinzoff se jeta sur un divan en tournant son visage du côté du mur.

— Peut-on entrer? dit à la porte Alexandra.

Volinzoff ne répondit pas immédiatement, et passa à la dérobée sa main sur son visage.

— Non, Sacha, dit-il d'une voix légèrement altérée, attends encore un peu.

Une demi-heure après, Alexandra était de nouveau à la porte de la chambre de son frère.

— Michaël Michaëlowitch est arrivé, dit-elle, veux-tu le voir?

— Oui, répondit-il. Prie-le d'entrer.

Lejnieff se montra.

— Eh bien ! qu'as-tu? Es-tu malade? lui demanda-t-il en s'asseyant sur un fauteuil auprès du divan.

Volinzoff s'était soulevé pour s'appuyer sur le coude. Il regarda longtemps son ami avec une étrange fixité, puis il se mit à lui répéter mot pour mot toute la conversation qu'il venait d'avoir avec Roudine. Il n'avait jamais jusqu'à ce jour fait allusion devant

Lejnieff à ses sentiments pour Natalie, quoiqu'il eût toujours supposé que ce dernier ne les ignorait pas.

— Eh bien! sais-tu que tu m'étonnes? répliqua Lejnieff dès que Volinzoff eut terminé son récit; je m'attendais à bien des singularités de sa part, mais celle-ci est un peu trop forte... Du reste, je le reconnais encore là.

— Au fait, sa démarche est purement et simplement une insolence, reprit Volinzoff vivement ému. J'ai bien manqué de le jeter par la fenêtre. Veut-il se vanter devant moi, ou a-t-il peur? Voyons, pour quel motif secret?... Comment prendre sur soi d'aller chez un homme?...

Volinzoff pressa sa tête de ses deux mains et s'arrêta.

— Mon ami, tu es dans l'erreur, répondit tranquillement Lejnieff; tu refuseras de me croire, et pourtant je suis sûr qu'il a fait tout cela dans une bonne intention. Oui vraiment... tout cela est si noble, si loyal! Puis, comment aurait-il fait pour perdre une si belle occasion de parler et de montrer son éloquence? Il a besoin de cela; pourrait-il vivre sans jouer la comédie?... Ah! ah! c'est son ennemi que sa langue!... d'un autre côté, elle lui rend de bien grands services.

— Tu ne peux t'imaginer de quel air solennel il est entré et s'est mis à discourir!

— Je le crois bien, tout est solennel avec lui. Il boutonne sa redingote comme s'il remplissait un devoir sacré ; j'aurais voulu pour quelques jours le reléguer dans une île déserte et voir à la dérobée comment il s'y prendrait pour poser seul en face de lui-même. Et il ose parler de simplicité !

— Mais, pour l'amour de Dieu, dis-moi donc, frère, ce que signifie sa conduite? Est-ce de la philosophie?

— Comment te répondre? La philosophie y entre bien certainement pour quelque chose, mais elle n'y entre pas pour tout. Il ne faut pas mettre toutes les sottises sur le compte de la philosophie. ·

Volinzoff lui jeta un regard de côté.

— Mais ne mentirait-il pas? Qu'en penses-tu?

— Non, mon ami, il ne ment pas. D'ailleurs, en voilà assez sur ce personnage. Viens au jardin fumer un cigare, et prions Alexandra de se joindre à nous. Quand elle est présente, il est plus facile de causer, et plus facile aussi de se taire. Elle nous donnera du thé.

— Volontiers, répondit Volinzoff. — Sacha, s'écria-t-il, viens donc ici !

Alexandra entra. Il lui serra la main et y posa tendrement ses lèvres.

Roudine était retourné chez lui dans une disposition d'esprit assez pénible. Il s'adressait de vifs reproches et accusait amèrement son impardonnable précipitation et son enfantillage. Ce n'est pas sans raison qu'on a dit qu'il n'y avait rien de plus lourd à porter que la conviction d'avoir fait une sottise.

Roudine était rongé de remords,

— C'est le diable, en effet, murmurait-il entre ses dents, qui m'a suggéré l'idée d'aller chez cet homme. Voilà une belle pensée ! Elle ne m'a attiré que des insolences !

Quelque chose d'inusité se passait chez Daria. La maîtresse de la maison elle-même ne s'était pas montrée de toute la matinée et ne descendit qu'à l'heure du dîner. Pandalewski, le seul qui eût été admis en sa présence, assurait qu'elle souffrait d'un violent mal de tête. Roudine avait vu à peine Natalie, qui resta dans sa chambre avec mademoiselle Boncourt. En se trouvant à table en face de lui, elle l'avait regardé d'un air si navré, que le cœur de Dimitri Nicolaïtch en tressaillit. Les traits de la jeune fille étaient altérés comme si un malheur avait fondu sur elle depuis la veille.

Une vague tristesse, comme un pressentiment sinistre, commençait à troubler Roudine.

Pour se distraire, il s'était occupé de Bassistoff. En causant avec lui d'une façon un peu suivie, il trouva dans son interlocuteur un jeune homme vif et ardent, aux espérances enthousiastes, aux croyances encore vierges. Vers le soir, Daria apparut au salon. Elle fut aimable pour Roudine, tout en se tenant un peu sur la réserve. Tantôt elle souriait, tantôt elle fronçait le sourcil et parlait sourdement, en lançant d'inquiétantes allusions... La femme du monde avait reparu complétement. Depuis quelques jours, elle avait manifesté une certaine froideur à l'égard de Roudine. —

Quelle est cette énigme? pensait celui-ci en jetant furtivement un regard sur la tête penchée de Daria.

La solution de cette énigme ne se fit pas attendre. Traversant vers minuit un corridor sombre qui menait dans son appartement, Roudine sentit tout à coup que quelqu'un lui glissait un billet dans la main. Il regarda autour de lui et vit fuir une jeune fille qu'il reconnut pour la femme de chambre de Natalie. Il rentra chez lui, renvoya son domestique, ouvrit le billet et lut les lignes suivantes tracées par la main de Natalie :

« Soyez demain matin à sept heures à l'étang d'Avdioukine, derrière le bois de chênes. Il m'est impossible de vous donner une autre heure.

« Ce sera notre dernière entrevue, et tout sera fini, à moins que... Venez. Il faut prendre une décision. »

« *P. S.* Si je ne venais pas, c'est que nous ne devrions plus nous revoir jamais. Alors je vous le ferais savoir. »

Roudine devint pensif, retourna le billet dans ses doigts, le mit sous son oreiller, se déshabilla et se coucha, mais ne put trouver le repos qu'il cherchait. Il dormit d'un sommeil léger, et s'éveilla avant cinq heures.

X

Il ne restait, depuis longtemps, que de faibles traces de cet étang d'Avdioukine auprès duquel Natalie
donnait rendez-vous à Roudine. La digue s'était rompue
depuis plus de trente ans, et avait laissé les eaux s'é-
couler. On apercevait maintenant le fond plat et uni
de ce ravin jadis recouvert d'un gras limon, et les débris de la digue rappelaient seuls l'existence de
l'étang. Là s'était élevée autrefois une maison seigneuriale. De l'épais bouquet d'arbres qui entouraient la
propriété disparue, on ne retrouvait plus que deux
énormes pins au maigre et lugubre feuillage, qui mur-
muraient éternellement au souffle des vents.

La légende populaire rapportait qu'un crime épou-
vantable avait été commis au pied même de ces pins ;
on disait encore que chaque arbre en tombant devait
entraîner la mort d'un homme. Ainsi il y avait eu autrefois un troisième pin ; déraciné par l'orage, il avait
dans sa chute écrasé une petite fille. Tout l'entourage
du vieil étang passait pour un endroit hanté. Désert, nu, aride et sombre, même en plein jour, il em-
pruntait une apparence encore plus désolée au voisinage d'un ancien bois de chênes depuis longtemps
morts et desséchés. Au-dessus des buissons on voyait
s'élever, à de rares intervalles, d'immenses troncs gris
pareils à des fantômes. On frissonnait rien qu'à les re-

garder ; ils ressemblaient à de sinistres vieillards réunis en conciliabule secret dans le but de machiner quelque mauvaise action. Un étroit sentier, à peine frayé, longeait sur le côté ce triste ravin. Personne ne passait devant l'étang d'Avdioukine sans y être forcé par une nécessité absolue : aussi était-ce avec intention que Natalie avait choisi ce lieu solitaire, situé à une demi-verste de la maison de sa mère.

Le soleil se levait à peine lorsque Roudine arriva à l'étang. La matinée était sombre. Des nuages amoncelés et d'une couleur laiteuse couvraient le ciel ; le vent les poussait avec un aigre sifflement. Roudine allait et venait sur la digue toute recouverte de bardanes épaisses et d'orties desséchées. Il n'était nullement rassuré. Ces rendez-vous mystérieux, les sensations nouvelles qu'il ressentait l'agitaient violemment, surtout depuis le billet de la veille. Il sentait que le dénoûment était proche. Une inquiétude profonde envahissait son âme, quoique personne ne s'en fût douté à le voir croiser ses bras sur sa poitrine avec une résolution concentrée et promener ses regards autour de lui. Ce n'était pas sans vérité que Pigassoff avait dit une fois en parlant de Roudine qu'il rappelait ces magots chinois qui sont toujours emportés par le poids de leur tête. Mais lorsque la tête seule gouverne un homme, il lui devient difficile, quelque puissant que soit son esprit, d'analyser certains sentiments et de comprendre même bien nettement ce qui se passe dans son cœur... Roudine, le spirituel, le péné-

trant Roudine n'était pas en état de dire avec certitude
s'il aimait Natalie, s'il souffrait, s'il devait souffrir en
se séparant d'elle. Pourquoi donc, sans même s'essayer au rôle de Lovelace, — il faut lui rendre cette
justice, — avait-il exalté l'imagination de cette jeune
fille? Pourquoi l'attendait-il avec un mystérieux tressaillement? A cela il n'y a qu'une réponse : c'est que
ceux qui ne connaissent point la passion vraie sont
précisément ceux qui se laissent le plus facilement
entraîner par ses apparences. Il se promenait sur la
digue, tandis que Natalie accourait rapidement au
rendez-vous en marchant à travers champs sur l'herbe
humide. — Mademoiselle, mademoiselle, vous allez
vous mouiller les pieds, lui criait sa femme de chambre Macha, qui avait peine à la suivre.

Natalie ne l'écoutait pas et courait sans regarder en
arrière.

— Ah ! pourvu qu'on ne nous ait pas aperçues, ré-
pétait Macha. C'est déjà étonnant qu'on ne nous ait
pas entendues lorsque nous sommes sorties de la
maison. Pourvu que mademoiselle Boncourt ne se ré-
veille pas !... Ce n'est pas loin, heureusement. Voilà
déjà Monsieur qui attend, ajouta-t-elle en voyant subitement la taille élancée de Roudine qui faisait saillie
sur la digue. — Mais il a tort de se tenir ainsi en vue ;
— il aurait mieux fait de descendre dans le ravin.

Natalie s'était arrêtée.

— Attends ici près des pins, Macha, lui dit-elle en
se dirigeant vers l'étang.

Roudine vint à sa rencontre et s'arrêta tout surpris. Il ne lui avait jamais vu une expression pareille. Ses sourcils s'étaient rapprochés, ses lèvres se serraient, ses yeux avaient un regard fixe et presque dur.

— Dimitri Nicolaïtch, commença-t-elle, nous n'avons pas de temps à perdre. Les minutes sont comptées ; ma mère sait tout. M. Pandalewski nous a épiés l'autre jour, et lui a parlé de notre entrevue. Il a toujours été l'espion de maman. Elle m'a appelée hier chez elle.

— Mon Dieu ! s'écria Roudine, c'est affreux ! Qu'a-t-elle dit ?

— Elle ne s'est pas fâchée ; elle ne m'a pas grondée, elle m'a seulement reproché ma légèreté.

— Seulement ?

— Oui, mais elle m'a déclaré qu'elle aimerait mieux me savoir morte que votre femme.

— Elle a dit cela ! Est-ce possible ?

— Oui, et elle a encore ajouté que vous-même ne désiriez nullement m'épouser, que vous ne m'aviez fait la cour que par désœuvrement, et qu'elle ne se serait pas attendue à cet abus de confiance de votre part ; que, du reste, elle avait, elle aussi, plus d'un reproche à s'adresser. — « Pourquoi, a-t-elle dit, lui ai-je permis de te voir aussi souvent ? » Et elle a ajouté qu'elle avait compté sur ma raison, et que ma conduite irréfléchie l'avait fort étonnée... Je ne me rappelle déjà plus tout ce qu'elle m'a dit.

Natalie avait raconté cette scène d'une voix égale et presque éteinte.

— Et vous, Natalie, que lui avez-vous répondu? demanda Roudine.

— Ce que je lui ai répondu? répéta Natalie; mais, auparavant, dites-moi ce que vous avez l'intention de faire.

— Mon Dieu! mon Dieu! reprit Roudine, c'est cruel! Si tôt!... quel coup soudain!... Et votre mère, est-elle si complétement irritée?

— Oui, oui; elle ne veut pas entendre parler de vous.

— C'est affreux! Il n'y a donc plus aucun espoir?

— Aucun.

— Le malheur semble nous poursuivre avec un acharnement inouï. Ce Pandalewski est un misérable. Vous me demandez ce que j'ai l'intention de faire, Natalie? Ma tête se perd... je ne puis rien combiner... je ne puis que déplorer mon sort maudit... Je suis surpris que vous puissiez conserver votre sang-froid...

— Croyez-vous donc que cela me soit aisé? répondit Natalie.

Roudine se mit à marcher sur la digue. Natalie ne le quittait pas des yeux.

— Votre mère ne vous a-t-elle pas fait de questions? demanda-t-il enfin.

— Elle m'a demandé si je vous aimais.

— Eh bien, qu'avez-vous répondu?

Natalie se tut un instant.

— Je n'ai pas menti, reprit-elle enfin.

Roudine lui saisit la main.

— Toujours noble et grande! Quel or pur que ce cœur de jeune fille! Mais est-il possible que votre mère ait aussi résolûment déclaré sa volonté au sujet de notre mariage?

— C'est la vérité. Je vous ai déjà dit, du reste, qu'elle ne croyait pas que vous eussiez vous-même l'intention de m'épouser.

— Elle me prend donc pour un fourbe et un séducteur! En quoi ai-je mérité un aussi cruel soupçon? Roudine plongea sa tête dans ses mains.

— Dimitri Nicolaïtch, dit Natalie, nous perdons inutilement notre temps. Rappelez-vous que c'est la dernière fois que je vous vois. Je ne suis pas venue ici pour pleurer ni pour me plaindre. Vous le voyez, mes yeux sont secs. Je suis venue vous demander conseil.

— Quel conseil puis-je donc vous donner, Natalie Alexéiewna?

— Quel conseil? Vous êtes un homme : je me suis habituée à avoir confiance en vous; je garderai ma foi en vous jusqu'au bout. Dites-moi quelles sont vos intentions.

— Mes intentions! Votre mère me fera probablement fermer sa porte.

— C'est possible. Elle m'a déjà déclaré hier qu'elle renoncerait à vous voir... Mais vous ne répondez pas à ma question.

— A quelle question ?

— Que pensez-vous que nous ayons à faire à présent ?

— Ce que nous avons à faire? répéta Roudine. Il faut naturellement se soumettre.

— Se soumettre! répéta lentement Natalie, tandis que ses lèvres devenaient toutes blanches.

— Se soumettre à la destinée, continua Roudine. Que pourrions-nous faire? Je sais fort bien que cette résignation sera bien amère, et que ce coup est lourd à supporter; mais décidez vous-même, Natalie. Je suis pauvre... je pourrais travailler, il est vrai ; mais quand même je serais riche, aurez-vous le courage d'accepter une rupture inévitable avec votre famille, de braver la colère de votre mère?... Non, Natalie, il ne faut pas même y penser. Il est évident que nous ne sommes pas destinés à vivre ensemble, et que ce bonheur idéal que j'ai rêvé n'est pas fait pour un malheureux comme moi.

Natalie couvrit tout à coup son visage de ses mains et éclata en sanglots.

Roudine s'approcha d'elle.

— Natalie, chère Natalie, dit-il avec chaleur, ne pleurez pas, pour l'amour de Dieu! Ne me déchirez pas ainsi le cœur; calmez-vous.

Natalie leva la tête.

— Vous me dites de me calmer! répliqua-t-elle, tandis que ses yeux humides brillaient d'un éclat extraordinaire. Mes pleurs n'ont pas le motif que vous

8.

leur supposez ; non, ma souffrance a une autre cause.
M'être trompée sur vous, voilà ce qui fait couler mes
larmes! Comment! Je viens auprès de vous chercher
un conseil, un appui, et dans quel moment! et votre
première parole est celle-ci : Se soumettre! Est-ce donc
ainsi que vous mettez en action vos théories sur la
liberté, sur le sacrifice?

Sa voix se brisa

— Mais, Natalie, reprit Roudine fort troublé, rappelez-vous que je ne m'écarte pas de mes principes ;...
seulement...

— Vous me demandez, interrompit-elle avec une
nouvelle force, ce que j'ai répondu à ma mère quand
elle m'a déclaré qu'elle consentirait plutôt à ma mort
qu'à mon mariage avec vous? Je lui ai répondu que
j'aimerais mieux mourir que d'en épouser un autre
que vous... Et vous parlez de se soumettre! Je commence à croire qu'elle avait raison, et que vous ne
vous êtes amusé à me faire la cour que par oisiveté,
pour *tuer le temps*...

— Je vous jure, Natalie... je vous jure, répéta Roudine... Mais Natalie ne l'écoutait pas.

— Pourquoi ne m'avez-vous pas arrêtée dès le commencement? dit-elle avec énergie. Ou bien pourquoi
n'avez-vous pas prévu ces obstacles? Je suis honteuse
de parler ainsi... Mais tout est fini maintenant.

— Il faut vous calmer, Natalie, reprit Roudine;
il faut que nous recherchions ensemble quelles me-
sures...

— Vous avez bien souvent parlé de sacrifice, d'ab-
négation, interrompit-elle ; mais savez-vous que si
vous m'aviez dit aujourd'hui, tout à l'heure : « Je
t'aime, mais je ne puis me marier ; je ne réponds pas
de l'avenir, donne-moi ta main et suis-moi, » savez-
vous que je vous aurais suivi, que j'étais décidée à
tout ! Mais la distance est plus grande que je ne croyais
de la parole à l'action, et vous avez peur maintenant,
comme vous avez eu peur de Volinzoff l'autre jour
pendant le dîner.

La rougeur monta au front de Roudine. L'exaltation
inattendue de Natalie l'avait frappé, mais ses dernières
paroles blessaient au vif son amour-propre.

— Vous êtes trop agitée en ce moment, Natalie ;
vous ne pouvez comprendre à quel point vous m'avez
cruellement offensé. J'espère que vous me rendrez
justice... un jour ; vous comprendrez alors combien il
m'en aura coûté de renoncer à un bonheur qui, selon
votre propre aveu, ne m'imposait aucune obligation.
Votre tranquillité m'est plus précieuse que tout au
monde, et je serais un grand misérable si je me décidais à profiter...

— Peut-être, murmura Natalie, peut-être avez-vous
raison, je ne sais plus ce que je dis ;... mais jusqu'à
ce moment j'avais cru en vous, j'avais eu foi dans
chacune de vos paroles... Dorénavant, pesez-les
mieux, de grâce, ne les jetez plus ainsi au vent. Lorsque je vous ai dit que je vous aimais, je savais à quoi
ce mot m'engageait ; j'étais prête à tout... Il ne me

reste plus maintenant qu'à vous remercier pour la
leçon que je viens de recevoir de vous, et à vous dire
adieu.

— Arrêtez, pour l'amour de Dieu! Je vous en conjure, Natalie, je n'ai pas mérité votre mépris, je vous
le jure! Mettez-vous à ma place. Je réponds pour vous
et pour moi. Si je ne vous aimais pas de l'amour le
plus dévoué, qui aurait pu m'empêcher de vous proposer sur l'heure de fuir avec moi?... Tôt ou tard,
votre mère vous aurait pardonné... et alors... Mais
avant de penser à mon propre bonheur...

Il se tut. Le regard de Natalie, nettement fixé sur le
sien, le troublait.

— Vous vous efforcez de me prouver que vous êtes
un honnête homme, Dimitri Nicolaïtch, lui dit-elle; je
n'en doute pas. Vous n'êtes pas capable d'agir par calcul : mais avais-je donc besoin d'être persuadée de
cela ? Était-ce pour cela que je venais ici?

— Je ne m'attendais pas, Natalie...

— Ah! vous vous trahissez malgré vous! Non, vous
ne vous attendiez pas à ma réponse; vous ne me connaissiez pas. Mais soyez sans inquiétude : vous ne m'aimez pas, et je ne m'impose à personne.

— Je vous aime! s'écria Roudine.

Natalie se redressa.

— Soit! Mais comment m'aimez-vous? Je me rappelle toutes vos paroles, Dimitri Nicolaïtch. Vous souvenez-vous de m'avoir dit un jour qu'il n'y a pas
d'amour sans égalité complète entre ceux qui ai-

ment?... Vous êtes trop élevé pour moi, nous ne sommes pas égaux... Je suis punie comme je le mérite. Des occupations plus dignes de votre génie vous attendent. Je n'oublierai jamais ce jour... Adieu!

— Natalie! vous partez? Est-il possible que nous nous séparions ainsi?

Il lui tendit la main. Elle s'arrêta. On aurait dit que cette voix suppliante la faisait hésiter.

— Non! s'écria-t-elle enfin, — je sens que quelque chose s'est brisé en moi... Je suis venue ici, je vous ai parlé comme une personne en délire; il faut que je rentre en possession de moi-même. Cela ne doit pas être; vous l'avez dit vous-même, cela ne sera pas. Hélas! j'avais fait en pensée mes adieux à ma famille quand je suis accourue en ce lieu. — Et pourtant, qui ai-je rencontré ici? un homme sans courage... D'où savez-vous que je suis incapable de supporter une séparation avec la famille? « Votre mère ne consentirait pas... C'est affreux!... » Voilà tout ce que vous avez trouvé à me répondre! Était-ce vous, était-ce bien vous, Roudine? Non! Adieu... Ah! si vous m'aviez aimée, je le sentirais maintenant... Non, non; adieu!...

Elle se détourna rapidement, et courut vers Macha qui était depuis longtemps dans l'inquiétude et la rappelait par des signes.

— C'est vous qui avez peur, et non moi! s'écria Roudine en la voyant partir.

Mais elle ne faisait plus attention à lui, et se hâtait de regagner la maison à travers les champs.

Elle rentra heureusement dans sa chambre; mais à
peine en eut-elle franchi le seuil que ses forces l'aban-
donnèrent, et qu'elle tomba évanouie dans les bras
de Macha.

Roudine resta encore longtemps sur la digue. Tout
à coup il secoua sa torpeur. Il reprit à pas lents le
sentier qu'il avait suivi une heure auparavant. Il était
fort honteux... et chagrin. « Quelle jeune fille est-ce
là? pensait-il... A dix-huit ans!... Non, je ne la connaissais pas, en effet... C'est une personne remarquable. Quelle force de volonté!... Elle a raison, elle
est digne d'un amour autre que celui que je ressentais pour elle... L'ai-je jamais aimée? se demanda-t-il.
Est-il possible que je ne l'aime plus? Voilà donc comment tout cela devait finir! Que je suis nul, que je
me fais pitié en comparaison d'elle! »

Le roulement léger d'un drochki de course força
Roudine à lever la tête. C'était Lejnieff qui venait du
côté opposé avec son éternel trotteur. Roudine le salua
en silence; puis, comme frappé d'une idée subite, il
changea de route et prit rapidement le chemin de la
maison de Daria.

Lejnieff l'avait laissé passer en le suivant du regard;
mais, après un instant de réflexion, il avait tourné son
cheval et s'était rendu chez Volinzoff.

Il trouva son ami endormi, défendit au domestique
de le réveiller, et alla s'installer sur le balcon pour y
fumer un cigare en attendant le déjeuner.

XI

Volinzoff se leva à dix heures. Ayant appris à son grand étonnement que Lejnieff était assis sur son balcon, il le fit appeler chez lui.

— Qu'est-il donc arrivé? lui demanda-t-il. Tu voulais retourner chez toi?

— C'est vrai; mais j'ai rencontré Roudine... Il était seul, et marchait par les champs comme un effaré. Alors je suis revenu.

— Tu es revenu parce que tu as rencontré Roudine?

— C'est-à-dire, pour parler franchement, je ne sais pas moi-même pourquoi je suis revenu. C'est probablement parce que j'ai pensé à toi. J'ai voulu te tenir compagnie; j'aurai tout le temps de rentrer chez moi.

Volinzoff sourit amèrement.

— C'est cela! on ne peut plus maintenant penser à Roudine sans penser à moi en même temps... Qu'on serve le thé, cria-t-il au domestique.

Les amis s'étaient mis à déjeuner. Lejnieff parlait de l'administration des biens et d'un nouveau procédé pour couvrir les granges avec du carton bituminé.

Tout à coup Volinzoff saute sur sa chaise et frappe la table avec tant de violence qu'il fait entre-choquer les tasses et les soucoupes.

— Non, s'écria-t-il, je n'ai pas la force de supporter ceci plus longtemps. Je provoquerai ce prodige ; il me tuera, ou bien j'arriverai à loger une balle dans son front savant.

— De grâce ! qu'as-tu, qu'as-tu donc ? gronda Lejnieff. Comment peux-tu crier de la sorte ? J'en ai laissé tomber mon cigare... Qu'est-ce qui te prend ?

— Il me prend que je ne puis plus entendre prononcer son nom de sang-froid ; tout bouillonne en moi.

— Assez, frère, assez ! N'as-tu pas honte ? répondit Lejnieff en ramassant son cigare. Laisse-le donc tranquille ?

— Il m'a offensé, continua Volinzoff en arpentant la chambre... Oui, il m'a profondément offensé. Tu dois en convenir toi-même. Dans le premier moment je ne m'en rendais pas compte, j'étais trop surpris, et, au fait, qui donc se serait attendu à cela ? Je vais lui prouver qu'il ne fait pas bon plaisanter avec moi. Ce maudit philosophe, je le tuerai comme une perdrix.

— Tu gagneras grand'chose à ce jeu-là ! Je ne parle pas même de ta sœur ; dominé par la passion comme tu l'es, comment penserais-tu à elle ? Mais, relativement à une autre personne, crois-tu avancer beaucoup les affaires en tuant le *philosophe,* pour parler à ta façon ?

Volinzoff se jeta dans un fauteuil.

— Je veux aller quelque part alors, car ici j'ai le

cœur tellement serré par la tristesse que je ne puis
trouver de repos.

— T'en aller?... c'est une autre question. Je suis de
ton avis cette fois. Et sais-tu ce que je te propose?
Partons ensemble, rendons-nous au Caucase ou simplement dans la petite Russie. Tu as une bonne idée,
frère.

— Oui, mais avec qui laisserons-nous ma sœur?

— Et pourquoi Alexandra ne viendrait-elle pas
avec nous? Cela se peut parfaitement, vrai Dieu! Je
prends sur moi d'avoir soin d'elle. Rien ne lui man-
quera; elle n'a qu'à parler, et je lui organise chaque
soir une sérénade sous sa fenêtre; je parfume les
postillons à l'eau de Cologne, je fais planter des fleurs
le long de la route. Pour ce qui est de nous, frère,
ce sera tout bonnement une régénération ; nous trou-
verons dans ce voyage tant de jouissances et nous re-
viendrons avec de si gros ventres, que l'amour ne
s'attaquera plus à nous.

— Tu plaisantes toujours, Michaël.

— Je ne plaisante pas du tout. C'est une pensée
brillante qui a jailli de ton cerveau!

— N'en parlons plus! s'écria de nouveau Volinzoff; je veux me battre, me battre avec lui.

— Encore! voyons, frère, tu es fou aujourd'hui.

Un domestique entra avec une lettre.

— De qui? demanda Lejnieff.

— De Roudine Dimitri Nicolaïtch. C'est le domestique de madame Lassounska qui l'a apportée.

9

— De Roudine! reprit Volinzoff. Pour qui?

— Pour vous, monsieur.

— Pour moi! donne donc.

Volinzoff saisit la lettre, la décacheta rapidement et se mit à lire. Lejnieff suivait tous ses mouvements des yeux avec attention. Une expression d'étonnement étrange et presque joyeux se répandait sur les traits de Volinzoff. Il avait laissé retomber ses mains.

— De quoi s'agit-il? lui demanda Lejnieff.

— Lis, répondit Volinzoff à demi-voix en lui tendant la lettre.

Lejnieff commença à lire. Voici ce qu'écrivait Roudine :

« Monsieur,

« Je quitte aujourd'hui la maison de Daria Michaëlowna, et je pars pour toujours : cela vous étonnera probablement, surtout après notre entrevue d'hier. Je ne puis vous expliquer ce qui m'a forcé à agir ainsi, mais il me semble que je dois vous prévenir de mon départ. Vous ne m'aimez pas, et me tenez même pour un méchant homme. Je n'ai pas l'intention de me justifier. Le temps le fera pour moi. Il est inutile, et indigne d'un homme, de chercher à convaincre de l'injustice de sa prévention une personne prévenue contre lui. Celui qui voudra me comprendre m'excusera; quant à celui qui ne veut ni ne peut me comprendre, son accusation ne me touche pas. Je me suis trompé sur votre compte. A mes yeux, vous serez toujours, comme autrefois, un homme noble et honorable. Mon tort est d'avoir supposé que vous sauriez vous dégager du milieu dans lequel vous avez vécu. Je me suis trompé ; qu'y faire ? Ce n'est ni la première ni la dernière fois que cela m'arrivera. Je vous le répète, je m'en vais ; je vous souhaite tout le bonheur possible. Avouez que ce souhait est complétement désintéressé. J'espère que vous serez heureux désormais. Peut-être le temps changera-t-il votre opinion sur mon compte. Je ne sais si nous nous reverrons jamais ; mais, dans tous les cas, croyez à la sincérité de mon estime.

« D. ROUDINE. »

« P. S. Je vous enverrai les deux cents roubles que je vous dois aussitôt que je serai arrivé chez moi dans le gouvernement de T***. Je vous prie de ne pas parler de cette lettre à Daria.

« P. S. S. Encore une dernière et importante prière. Puisque je pars immédiatement, j'espère que vous ne ferez pas allusion à ma visite chez vous en présence de Natalie. »

— Eh bien, qu'en dis-tu ? demanda Volinzoff aussitôt que Lejnieff eut fini la lettre.

— Qu'est-ce qu'on peut en dire ? répondit Lejnieff.

Tout ce qui reste à faire, c'est de crier, à la façon d'un musulman : « Allah ! Allah ! » et de mettre son doigt dans sa bouche en signe d'étonnement. Il s'en va... Soit ! Que le chemin se déroule comme une nappe sous ses pieds ! Mais le plus curieux, c'est que le devoir seul l'a poussé à t'écrire cette lettre ; c'est aussi par sentiment du devoir qu'il a apparu chez toi... Ces messieurs trouvent un devoir à remplir à chaque pas, tout est *devoir* pour eux... Ou *dette*[1], continua Lejnieff avec un sourire en montrant le *post-scriptum*.

— Quel faiseur de phrases ! s'écria Volinzoff. Il s'est trompé sur mon compte ; il s'attendait à me voir supérieur au milieu... Quelles absurdités, bon Dieu ! c'est pis que des vers !

Lejnieff ne répondit pas. Ses yeux seuls souriaient. Volinzoff s'était levé.

— J'ai envie d'aller chez Daria, dit-il, je veux savoir ce que signifie tout cela.

— Ne te presse pas, frère , laisse-lui le temps de partir. A quoi bon aller de nouveau te heurter contre lui ? Tu vois qu'il s'en va. — Que peux-tu désirer de plus ? Il vaudrait mieux aller te coucher et dormir ; tu as passé toute la nuit à te retourner dans ton lit. Maintenant tes affaires s'arrangent...

— D'où tires-tu cette conviction ?

— C'est mon idée ; allons, va te coucher, moi j'irai chez ta sœur, je veux lui tenir compagnie.

1. Le même mot en russe signifie *dette* et *devoir*.

— Je n'ai nulle envie de dormir. A quel propos veux-tu que j'aille me coucher?... J'aime mieux m'en aller voir les champs, ajouta Volinzoff en secouant les pans de son paletot.

— C'est bon! va voir les champs, ami, va.

Et Lejnieff se dirigea vers la chambre d'Alexandra Pawlowna.

Il la trouva au salon; elle l'accueillit d'un air aimable, car la vue de Michaël lui faisait toujours plaisir, mais ses traits restèrent empreints de tristesse. Elle était demeurée soucieuse depuis la visite que Roudine avait faite la veille à son frère.

— Venez-vous de chez mon frère? demanda-t-elle à Lejnieff; comment se trouve-t-il aujourd'hui?

— Mais il est fort bien; il est allé visiter les champs.

Alexandra se tut.

— Dites-moi, de grâce, reprit-elle en examinant avec attention la bordure de son mouchoir de poche, — ne savez-vous pas pourquoi...

— Pourquoi Roudine est venu? interrompit Lejnieff. Je le sais : il est venu dire adieu.

— Comment! — dire adieu!

— Oui, ne le saviez-vous point? Il quitte la maison de Daria.

— Il s'en va?

— Pour toujours, c'est au moins ce qu'il dit.

— Mais comment comprendre cela après...

— Ah! c'est une autre question. Il ne s'agit pas de

comprendre, mais les choses sont ainsi. Il faut qu'un événement soit survenu là-bas; il a sans doute trop tendu la corde, et elle s'est rompue.

— Michaël! répliqua Alexandra, je m'y perds absolument. Il me semble que vous vous moquez de moi?

— Je vous jure que non... je vous l'ai dit, il s'en va, il en a même informé ses amis par écrit. Si vous voulez, à un certain point de vue, c'est un grand bien, mais ce départ va mettre obstacle à la réalisation d'un projet des plus surprenants que nous débattions justement, votre frère et moi.

— Quel projet?

— J'avais proposé à votre frère de voyager pour se distraire et de vous emmener avec nous. Je prenais sur moi d'avoir soin de vous.

— Voilà qui est charmant! s'écria Alexandra. Je prévois de quelle façon vous auriez soin de moi. Vous me laisseriez mourir de faim.

— Vous parlez ainsi, Alexandra, parce que vous ne me connaissez point. Vous me prenez pour un lourdaud, un parfait lourdaud, une espèce d'homme des bois; mais si vous saviez que je suis en état de fondre comme du sucre et de passer des journées à genoux!

— J'avoue que je voudrais voir cela!

Lejnieff se leva subitement.

— Eh bien! Alexandra, épousez-moi, et vous en verrez bien d'autres.

Alexandra rougit jusqu'au blanc des yeux.

— Comment avez-vous dit cela, Michaël? reprit-elle toute troublée.

— Je dis, continua Lejnieff, ce qui m'est venu depuis longtemps dans l'esprit, ce qui est venu plus de mille fois sur le bout de ma langue. J'ai parlé enfin, et vous n'avez qu'à agir comme bon vous semblera. Je m'éloigne à présent pour ne pas vous gêner. Oui, je m'en vais...; si vous consentez à être ma femme..., si cela ne vous est pas désagréable, vous n'avez qu'à me faire rappeler, je saurai comprendre.

Alexandra avait voulu retenir Lejnieff, mais il était rapidement sorti et s'était dirigé tête nue vers le jardin, où il s'appuya contre une petite porte en laissant errer ses regards dans le vague.

— Monsieur, dit derrière lui la voix de la femme de chambre, rentrez auprès de Madame, s'il vous plaît. Elle m'a ordonné de vous appeler.

Lejnieff se retourna, saisit entre ses mains la tête de la femme de chambre, l'embrassa avec effusion sur le front, au grand étonnement de l'innocente messagère, et retourna chez Alexandra.

XII

Le rapport de Pandalewski avait fortement impressionné Daria. Tout son orgueil s'était réveillé en recevant cette révélation. Roudine, le pauvre Roudine, cet homme inconnu et sans position sociale, avait osé donner un rendez-vous à sa fille, à la fille de Daria Michaëlowna Lassounska !

— Admettons qu'il soit un homme d'esprit, un homme de génie même, s'était-elle écriée : qu'est-ce que cela prouve ? A ce compte, le premier venu, sans nom, sans fortune, pourrait donc aspirer à l'honneur de devenir mon gendre.

— Pendant longtemps je ne pouvais en croire mes yeux, répondait Pandalewski. Je suis étonné qu'il ait de la sorte oublié sa position et la vôtre.

Daria Michaëlowna s'était laissée aller à sa mauvaise humeur, et Natalie avait eu beaucoup à souffrir du dépit de sa mère.

Quant à Roudine, il était rentré à la maison aussitôt après sa rencontre avec Lejnieff, et s'était enfermé dans sa chambre pour écrire deux lettres.

La première, dont le lecteur a déjà pris connaissance, était adressée à Volinzoff, l'autre à Natalie. Roudine avait employé plus d'une heure à composer cette seconde lettre ; après y avoir fait bien des ratures et bien des changements, il la recopia soigneusement sur un papier extrèmement fin, la plia ensuite, en lui donnant le plus petit format possible, et la mit dans sa poche. Ce travail terminé, il s'était promené dans sa chambre, de long en large, le visage empreint de tristesse, puis s'était enfin assis dans un fauteuil auprès de la fenêtre, la joue appuyée sur la main : une larme perlait aux bords de ses paupières.

Tout à coup, et comme s'il venait de prendre une résolution suprême, il se leva, boutonna son habit jusqu'au menton, appela son domestique, et fit demander à Daria Michaëlowna si elle pouvait le recevoir. Le domestique revint en annonçant que sa maîtresse l'attendait. Roudine suivit immédiatement le messager. Daria reçut son hôte dans son boudoir, comme le jour de sa première apparition chez elle, il y avait deux mois, avec cette différence toutefois qu'elle n'était plus seule : Pandalewski, toujours aussi modeste, aussi frais, aussi propre, aussi humble, se tenait auprès d'elle.

Daria fit un gracieux accueil à Roudine, et celui-ci, de son côté, la salua avec une aisance apparente ; mais, au premier regard jeté sur leurs visages souriants, tout homme connaissant un peu le monde aurait discerné à travers leurs manières polies et amicales une gêne et une froideur véritables. Roudine savait que Daria avait contre lui de sérieux griefs, et celle-ci se doutait que Roudine connaissait ses nouvelles dispositions.

Dès qu'elle eut rendu son salut à Roudine, elle l'engagea à s'asseoir. Il s'assit aussitôt, mais non plus comme il s'asseyait autrefois, quand il était à peu près maître au logis. Pas même comme s'asseoit une simple connaissance qu'on reçoit avec plaisir. Il ressemblait plutôt à un étranger faisant avec contrainte une visite de cérémonie.

Un instant avait suffi pour changer la situation,

mais il n'en faut pas davantage pour qu'une eau limpide se transforme en un bloc de glace épaisse.

Roudine parla le premier.

— Je suis venu vous trouver, dit-il, pour vous remercier de votre hospitalité. J'ai reçu des nouvelles
importantes, et je dois, dès aujourd'hui, me rendre
dans ma petite propriété.

Daria fixa son regard sur Roudine.

« Il me devance, il se doute probablement de ce
qui le menace, pensa-t-elle, et il veut éviter une explication embarrassante. Tant mieux ! vivent les gens
d'esprit ! »

— Est-ce possible ? répondit-elle à haute voix. Cela
est vraiment bien désagréable. Mais enfin, puisqu'il le
faut... J'espère vous revoir cet hiver à Moscou. Nous
y retournerons bientôt.

— Je ne sais pas encore quand je pourrai aller à
Moscou, Daria Michaëlowna ; mais si j'en trouve les
moyens, je me ferai un devoir de me présenter chez
vous.

— Ah ! ah ! frère ! pensait Pandalewski dans son for
intérieur ; il n'y a pas longtemps que tu agissais en
seigneur et maître ici, et maintenant voilà comme tu
es obligé de t'exprimer ! — Les nouvelles que vous
avez reçues tout à coup de votre terre sont sans
doute peu satisfaisantes ? demanda-t-il avec son affectation habituelle.

— Oui, répondit sèchement Roudine.

— Une mauvaise récolte peut-être ?

— Non... autre chose... Croyez bien, madame, continua Roudine, que je n'oublierai jamais le temps que j'ai passé dans votre maison.

— Et moi, ajouta Daria, je me souviendrai toujours avec plaisir du jour où j'ai fait votre connaissance... Quand partez-vous ?

— Aujourd'hui, après le dîner.

— Sitôt... Eh bien, je vous souhaite un heureux voyage. Du reste, si vos affaires ne vous retiennent pas longtemps, peut-être nous trouverez-vous encore ici.

— J'ose à peine l'espérer, répondit Roudine ; et il se leva. — Excusez-moi, continua-t-il, si je ne puis en ce moment acquitter la dette que j'ai contractée envers vous ; mais aussitôt que je serai arrivé chez moi...

— Laissons cela ! interrompit Daria ; vous m'affligeriez en insistant. — Quelle heure est-il ? demanda-t-elle.

Pandalewski tira de la poche de son gilet une petite montre émaillée et, inclinant prudemment sa joue rose sur son col blanc et empesé : — Deux heures trente-trois minutes, dit-il.

— Il est temps d'aller s'habiller, répondit Daria. Au revoir, Dimitri Nicolaïtch.

Toute cette conversation entre Daria et Roudine avait eu un cachet tout particulier. Il en doit être ainsi quand les acteurs répètent leurs rôles, et que les diplomates échangent entre eux des phrases combinées d'avance.

Roudine était sorti. Il savait maintenant par expérience que les gens du monde ne rejettent pas celui qui leur est devenu inutile ou gênant, mais qu'ils le laissent simplement tomber de lui-même comme tombent des gants après le bal, quand ils ne sont plus retenus, ou les billets non gagnants d'une loterie. Sa malle fut bientôt faite ; il ressentait une sorte d'impatience en attendant le moment du départ. Toutes les personnes de la maison paraissaient étonnées en apprenant son brusque dessein ; les domestiques lui jetaient des regards surpris, et le naïf Bassistoff ne cherchait pas à cacher sa douleur. Quant à Natalie, elle se dérobait le plus possible et évitait même les yeux de Roudine. Il avait pourtant réussi à lui glisser sa lettre dans la main.

Pendant le dîner, Daria répéta plusieurs fois à Roudine qu'elle espérait le revoir encore avant son départ pour Moscou. Mais celui-ci ne fit aucune réponse. Cette apparente politesse ne le trompait pas.

Pandalewski fut celui qui causa le plus avec lui, et Roudine éprouva plusieurs fois le désir violent de saisir à la gorge ce désagréable personnage et de souffleter son visage frais et rose. Mademoiselle Boncourt portait souvent ses yeux sur Roudine avec cette expression étrange et rusée qu'on peut quelquefois observer dans les regards des vieux chiens d'arrêt très-sagaces.

— Eh! eh! semblait-elle se dire à part soi : voilà donc comment on te traite aujourd'hui !

Six heures sonnèrent enfin et on entendit venir le
tarantass de Roudine. Il se leva vivement et fit ses
adieux à tout le monde. Il était intérieurement fort
mal à son aise. Il ne s'était pas attendu à sortir de la
maison de cette façon ; en réalité, ne l'en chassait-on
pas ? « Au reste, tout doit avoir une fin, » pensait-il
en s'inclinant à droite et à gauche avec un sourire
forcé. Il jeta un dernier regard à Natalie et sentit son
cœur se serrer ; les yeux de la jeune fille étaient fixés
sur lui, et leur dernier regard contenait un dernier
reproche.

Il franchit rapidement l'escalier et se précipita dans
le tarantass. Bassistoff s'était offert à l'accompagner
jusqu'à la première station et avait pris place à côté
de lui.

— Vous rappelez-vous, s'écria Roudine aussitôt que
le tarantass fut sorti de la cour pour rouler sur une
large chaussée bordée de sapins, vous rappelez-vous
ce que disait don Quichotte à son écuyer, au moment
de quitter la maison de la duchesse ? « Mon ami
Sancho, lui disait-il, la liberté est un des biens les
plus précieux de l'homme. Heureux celui auquel le
ciel donne son pain quotidien, afin qu'il n'en soit re-
devable à personne ! » J'éprouve maintenant ce que
don Quichotte éprouvait alors... Dieu fasse, mon cher
Bassistoff, que vous ne connaissiez jamais le sentiment dont je veux parler ! — Bassistoff serra la main
de Roudine, et le cœur de l'honnête jeune homme
battit fortement dans sa poitrine généreuse. Roudine

parla jusqu'à ce qu'ils fussent arrivés à la station ; il parla de la dignité de l'homme, des conditions de la vraie liberté. Il fut plein de chaleur, de noblesse, de vérité, et quand, au moment de la séparation, Bassistoff ne put s'empêcher de se jeter à son cou en pleurant, Roudine versa aussi quelques larmes, mais il ne pleurait pas parce qu'il quittait Bassistoff. Ses larmes étaient des larmes d'amour-propre.

Natalie était rentrée chez elle pour lire la lettre de Roudine.

« Chère Natalie, lui écrivait-il, je me suis décidé à partir. Il ne reste pas d'autre issue à notre situation.

« Je me suis décidé à partir avant qu'on en vienne à me dire clairement qu'il faut que je m'éloigne... Mon départ fera cesser tous les malentendus, et personne ne me regrettera. A quoi bon hésiter encore?... Tout cela est vrai, penserez-vous, mais alors pourquoi vous écrire ?

« Il est probable que je vous quitte pour toujours, et je vous écris parce qu'il m'est trop amer de penser que je vous laisserai un souvenir plus mauvais que ma conduite ne le mérite. Je ne veux ni me justifier, ni accuser qui que ce soit ; je veux seulement m'expliquer autant que cela m'est possible... Les événements des derniers jours ont été si inattendus, si subits...

« L'entrevue d'aujourd'hui restera pour moi comme une leçon mémorable. Oui, vous avez raison : je croyais vous connaître, et je ne vous connaissais pas. Dans le cours de mon existence, je me suis trouvé dans l'intimité de bien des femmes et de bien des jeunes filles, mais c'est en vous que j'ai trouvé pour la première fois une âme complétement honnête et droite. Je n'ai pas connu des âmes comme la vôtre et je n'ai pas su vous apprécier. Dès le premier jour de notre connaissance je me suis senti attiré vers vous ; vous avez pu vous en apercevoir. J'ai passé bien des heures avec vous, et je n'ai pas appris à vous connaître, et pourtant j'ai pu m'imaginer que je vous aimais ! C'est à présent que je porte la peine de ma faute et de mon ignorance.

« Il m'est arrivé autrefois d'aimer une femme et d'être payé de retour... Mon sentiment pour elle était *complexe* comme l'était le sien pour moi. Pouvait-il en être autrement, puisqu'elle-même n'était pas une nature simple ? La vérité alors ne s'était pas encore manifestée à moi, et le jour où elle s'est présentée devant mes yeux je n'ai pas su la reconnaître... Je la reconnais enfin, mais trop tard... Le passé ne se recommence pas... Nos existences auraient pu se confondre — et elles sont séparées maintenant pour toujours. Comment vous persuader que j'aurais pu vous aimer d'un amour véritable, — d'un amour de cœur et non d'imagination, — quand je ne sais pas moi-même si je suis capable d'un pareil amour ?

« La nature m'a beaucoup accordé, — je le sais et ne veux pas qu'une fausse honte m'entraîne à faire de la modestie avec vous, surtout dans cet instant, un des plus amers et des plus humiliants de ma vie... Oui, la nature m'a beaucoup donné, mais je mourrai sans avoir rien fait qui soit digne de mes talents, je mourrai sans laisser de mon passage ici-bas la moindre trace bienfaisante.

« Toute ma richesse aura été prodiguée en vain. Je ne verrai pas les résultats de mes efforts. Il me manque..., je ne puis dire moi-même au juste ce qui me manque... Je suis probablement privé de ce don sans lequel il est aussi impossible de remuer le cœur des hommes que de s'emparer du cœur des femmes ; et la domination sur les intelligences seules est aussi peu durable qu'inutile. Ma destinée est étrange, presque risible. Je voudrais me donner absolument, sans réserve, tout entier, et pourtant je ne puis me donner. Je finirai par me sacrifier pour quelque folie à laquelle je ne croirai même pas... Je ne me suis jamais ainsi dévoilé devant personne. — Ceci est ma confession.

« Mais en voilà bien assez sur moi. Je veux vous parler de vous et vous donner quelques conseils. Je ne suis plus bon à autre chose... Vous êtes jeune, mais, dussiez-vous vivre longtemps, ne manquez jamais de suivre les impulsions de votre cœur; gardez-vous surtout de vous assujettir à votre esprit ou à celui des autres. Croyez-moi, plus le cercle dans lequel se meut notre vie est étroit et monotone, plus il suffit à notre bonheur; il ne s'agit pas de chercher de nouvelles voies dans l'existence, mais de faire en sorte que toutes les phases de la vie s'accomplissent à leur moment. « Heureux celui qui est jeune au temps de sa jeunesse!... » Mais je m'aperçois que ces conseils s'adressent bien plus à moi qu'à vous... Je vous avouerai, Natalie, que j'ai le cœur bien serré. Je ne me suis jamais mépris sur la nature du sentiment que j'inspire à Daria Michaëlowna; mais, du moins, j'avais espéré trouver chez elle un refuge momentané; — maintenant je m'en vais de nouveau errer au hasard à travers le monde. Qu'est-ce qui remplacera pour moi votre douce voix, votre présence, votre regard attentif et intelligent?... La faute en est à moi; mais convenez aussi que le sort a semblé se jouer à dessein de nous. Il n'y a de cela qu'une semaine, je soupçonnais à peine que je vous aimais. L'autre jour, le soir dans le jardin, vous m'avez dit pour la première fois... Mais à quoi bon rappeler ce que vous m'avez dit alors? — L'autre jour! et je pars déjà,... je pars honteux, humilié, après une cruelle explication, sans emporter le plus faible espoir... Vous ne savez pas encore pourtant à quel point je suis coupable vis-à-vis de vous... Il y a en moi une si sotte franchise, un tel penchant au bavardage... Mais pourquoi revenir là-dessus? Je pars pour toujours. »

(Roudine voulut ici raconter sa visite à Volinzoff; mais, après un instant de réflexion, il biffa tout ce passage. C'est alors qu'il ajouta le second post-scriptum à la lettre de Volinzoff.)

« Je reste sur la terre uniquement pour me livrer à
d'autres occupations, à des occupations plus dignes
de moi, ainsi que vous l'avez dit ce matin avec un
cruel sourire. Hélas! pourrai-je réellement m'adon-
ner à ces occupations, pourrai-je surmonter ma paresse?... Mais non! je serai toute ma vie cet être
incomplet que j'ai été jusqu'à présent... Devant le
premier obstacle je tomberai en poussière. Ce qui
s'est passé entre nous l'a déjà prouvé. Si du moins
j'avais sacrifié mon amour à mon activité future, à
ma vocation; mais non, je n'ai reculé que devant la
responsabilité qui me menaçait et devant la certitude
de n'être pas digne de vous. Je ne vaux pas la peine
que vous sortiez pour moi de votre sphère, où, tôt ou
tard, le bonheur vous attend... D'ailleurs, tout ce qui
est arrivé est sans doute pour le mieux. Cette
épreuve me laissera peut-être plus pur et plus fort.

« Je vous souhaite le bonheur le plus constant.
Adieu! souvenez-vous quelquefois de moi. J'espère
que vous entendrez encore parler de

« ROUDINE. »

Natalie laissa tomber la lettre de Roudine sur ses
genoux, et resta longtemps immobile, les yeux fixés
à terre. Cette lettre lui prouvait plus clairement que
tous les témoignages possibles combien elle avait eu
raison le matin lorsqu'en quittant Roudine elle s'était
involontairement écriée qu'il ne l'aimait pas. Mais

cette conviction ne soulageait pas son cœur. Elle restait sans mouvement; il lui semblait que des vagues
sombres s'étaient rejointes sans bruit sur sa tête et
qu'elle disparaissait, froide et engourdie, au fond
d'un abîme. Pour tout le monde, la première désillu-
sion est lourde à supporter, mais elle devient presque
écrasante pour une âme sincère, exempte de toute
légèreté, de toute exagération, et peu désireuse de se
tromper elle-même.

Natalie se rappelait son enfance et songeait à ses
anciennes promenades du soir. Elle se dirigeait toujours de préférence vers la partie lumineuse du ciel,
là où le couchant étincelait encore à l'horizon, et elle
détournait instinctivement ses regards du levant déjà
ténébreux. A l'heure présente, au contraire, l'avenir
s'assombrissait devant elle; il lui semblait qu'elle
avait tourné le dos à la lumière... Les yeux de Natalie
se remplissaient de pleurs. Les larmes n'ont pas toujours une action bienfaisante. Elles sont douces et
salutaires lorsqu'après s'être longtemps amassées dans
le cœur elles s'en échappent enfin, — d'abord brû-
lantes et amères, puis abondantes et faciles. C'est
ainsi qu'elles soulagent le muet accablement de la
douleur... Mais il y a des larmes froides, des larmes
répandues une à une. C'est la souffrance sans issue
qui les arrache goutte à goutte de l'âme oppressée
par son pesant et persistant fardeau. Celles-ci n'ap-
portent point de consolation, elles ne procurent pas
de bien-être. Ce sont les larmes que verse le déses-

poir, et nul ne peut se dire malheureux qui ne les a
senties couler de ses paupières. Natalie apprit à les
connaître en ce jour.

Deux heures s'étaient passées. Natalie avait rassem-
blé ses esprits, elle s'était levée, avait essuyé ses yeux
et allumé une bougie, à la flamme de laquelle elle se
mit à brûler la lettre de Roudine. Lorsque le papier
fut complétement consumé, elle en jeta les cendres
par la fenêtre. Puis elle ouvrit au hasard un volume
de poésies de Pouchkine, et lut les premières lignes
qui lui tombèrent sous les yeux (elle avait souvent
consulté ainsi ce livre au hasard) :

> Celui que la passion a une fois maîtrisé ,
> Est sans cesse poursuivi par le fantôme
> Des jours irrévocablement passés...
> Pour lui la vie à perdu son charme,
> Il est rongé par le remords et par le serpent du souvenir.

Elle resta un instant debout, se regarda au miroir
avec un sourire glacé, inclina lentement la tête de
haut en bas et rentra dans le salon.

Aussitôt que Daria l'eut aperçue, elle l'appela dans
son boudoir, la fit asseoir à côté d'elle, lui caressa
tendrement la joue et la regarda dans le blanc des
yeux tout en l'observant avec attention, presque avec
curiosité. Daria ressentait une secrète perplexité.
Pour la première fois de sa vie, elle était frappée de
l'idée qu'elle ne connaissait pas la nature de sa fille.
Instruite par Pandalewski de son entrevue avec Rou-

dine, elle ne s'était pas seulement fâchée, mais étonnée
de ce que la sage Natalie se fût décidée à une démarche pareille. Pourtant, quand elle l'eut appelée et
qu'elle eut commencé à la gronder, non avec le ton
d'une femme élevée dans les idées de l'Europe vraiment civilisée, mais d'une voix criarde et vulgaire,
Daria fut toute troublée et presque effrayée par la fer-
meté des réponses et la résolution du regard et de la
tenue de sa fille. Le départ subit de Roudine, dont
elle ne s'expliquait pas tout à fait la cause, lui avait
ôté un grand poids du cœur, mais elle s'était attendue
à des larmes, à des attaques de nerfs... L'apparente
tranquillité de Natalie la rejetait dans de nouvelles
suppositions.

— Eh bien! enfant, lui demanda Daria, comment
te sens-tu aujourd'hui?

Natalie regarda sa mère.

— Le voilà parti... ce monsieur. Ne sais-tu pas
pourquoi il s'est enfui si vite?

— Maman, répondit Natalie d'une voix calme, si
vous ne m'en parlez pas vous-même, je vous donne
ma parole que son nom ne sortira jamais de ma
bouche.

— Il paraît que tu conviens enfin de tes torts envers
moi.

Natalie baissa la tête et répéta :

— Vous ne m'entendrez jamais parler de lui.

— C'est bien, répliqua Daria en souriant, je te
crois. Mais te rappelles-tu comme l'autre jour...

Allons, n'en parlons plus. C'est fini. Le voilà bien mort et enterré... n'est-ce pas? Je te reconnais, du moins. J'étais toute déconcertée. Eh bien! embrasse-moi, sage et chère enfant.'

Natalie porta la main de Daria à ses lèvres, et Daria embrassa le front incliné de sa fille.

— Écoute toujours mes avis, n'oublie pas que tu es une Lassounska... et ma fille, ajouta-t-elle. Sois heureuse. Tu peux te retirer maintenant.

Natalie sortit en silence.

Daria la suivit des yeux en se disant : « Elle me ressemble, elle aussi souffrira par le cœur, mais elle sera moins expansive que moi. » Et Daria se plongea dans des réminiscences du passé... d'un passé fort lointain... Puis elle fit appeler mademoiselle Boncourt et resta longtemps renfermée avec elle. L'ayant renvoyée, elle demanda Pandalewski. Elle voulait absolument savoir la véritable raison du départ de Roudine. Il va sans dire que Pandalewski la tranquillisa complétement. C'était dans son rôle.

Le lendemain Volinzoff et sa sœur allèrent dîner chez Daria. Elle avait été toujours fort aimable pour eux, mais ce jour-là elle leur fit un accueil particulièrement bienveillant. Natalie se sentait prise d'une tristesse immense. Toutefois Volinzoff se montrait si respectueux envers la jeune fille, il entrait si timidement en conversation avec elle, qu'elle ne put s'empêcher de lui en être reconnaissante au fond du cœur.

La journée avait été calme, même ennuyeuse ; mais en

se séparant tout le monde comprit qu'on était retombé dans l'ancienne ornière, et ce n'est pas peu de chose.

Oui, l'ancienne existence recommençait pour tous, y compris Natalie elle-même. Demeurée enfin seule, elle se traîna péniblement jusqu'à son lit, et, fatiguée, brisée, elle laissa tomber sa tête sur son oreiller.

Vivre lui semblait une chose si amère, si rebutante, si vulgaire ; elle était si honteuse, vis-à-vis d'elle-même, de son amour, de ses tristesses, qu'en ce moment elle aurait probablement consenti à mourir. Elle avait encore devant elle bien des journées accablantes, bien des nuits sans sommeil, bien des agitations pénibles ; mais elle était jeune ! sa vie commençait à peine, et tôt ou tard l'existence, avec son activité et les distractions inévitables qu'elle apporte, prend le dessus, quel que soit le coup dont on est frappé. Quel que soit le coup qui frappe un être humain, il ne peut s'empêcher — lecteur, pardonnez la brutalité de l'expression — de manger le jour même ou le jour suivant, et voilà déjà une première consolation. Natalie souffrait cruellement pour la première fois ; mais ni la première souffrance ni le premier amour ne se renouvellent, et nous devons en remercier Dieu.

XIII

Deux ans environ se sont écoulés. On est aux premiers jours du mois de mai. Alexandra Pawlowna, non plus Lipina, mais désormais madame Lejnieff, est assise sur son balcon. Il y a déjà plus d'un an qu'elle a épousé Michaël Michaëlowitch. Elle est toujours aussi charmante qu'autrefois ; seulement elle a pris un peu d'embonpoint. Le balcon communique par quelques marches avec le jardin, où une nourrice promène dans ses bras un petit enfant aux joues vermeilles, revêtu d'un manteau blanc, et coiffé d'un chapeau orné d'un pompon de même couleur. Alexandra ne le quitte point des yeux. L'enfant ne crie pas, il suce gravement son pouce, et regarde autour de lui d'un air tranquille. Tout en lui dénote déjà le fils de Michaël Michaëlowitch.

Notre ancienne connaissance Pigassoff est assis sur le balcon à côté d'Alexandra.

Il a beaucoup maigri et grisonné depuis que nous l'avons perdu de vue. Son dos s'est voûté et il siffle en parlant, à cause de la perte d'une de ses dents tombée depuis peu. Ce sifflement ajoute encore à l'âcreté de ses discours. L'extrême irritabilité de son caractère n'a pas diminué avec les années, mais son esprit s'est émoussé, et le misanthrope se répète plus souvent qu'autrefois. Michaël n'est pas à la maison, on l'attend pour prendre le thé. Le soleil est déjà couché. Il a laissé en disparaissant une raie couleur d'or pâle, qui s'étend tout le long de l'occident, tandis que le côté opposé du ciel se borde de deux lignes de nuances diverses : l'une, la plus basse, tirant sur le bleu ; l'autre, la plus élevée, d'un rouge violacé. Des nuages légers se confondent dans les hauteurs du ciel. Tout semble annoncer un temps magnifique.

Pigassoff se mit subitement à rire.

— Qu'est-ce qui vous prend donc, Africain Siméo-nowitch? demanda Alexandra.

— Moins que rien. J'ai entendu hier un paysan dire à sa femme qui jasait à perdre haleine : « Allons, cesse de grincer. » Cette expression de « grincer » m'a beaucoup plu. Et, de fait, une femme est-elle capable de raisonner! Vous savez que j'excepte tou-jours les personnes présentes. Nos pères étaient plus sages que nous. Dans leurs contes la jeune fille est représentée assise sous une fenêtre ; elle a une étoile au front, mais sa langue est muette. Cela devrait être encore ainsi. Jugez-en vous-même. Avant-hier la femme de notre maréchal du gouvernement vient me lancer à la tête (je m'y attendais aussi peu qu'à une décharge de pistolet) que mes *tendances* ne lui plaisent pas. Mes tendances! Ne vaudrait-il pas mieux, je vous le de-mande, qu'une disposition bienveillante de la nature eût privé cette dame, et toutes ses sœurs, de l'usage pernicieux de leur langue?

— Vous ne changerez jamais, Africain ; vous frappez toujours sur nous autres pauvres femmes. Je suis presque tentée de vous plaindre de cette fâcheuse idée fixe, comme je vous plaindrais d'un malheur.

— Malheur! que dites-vous donc? D'abord, je ne connais dans le monde que trois malheurs : vivre

10

l'hiver dans une chambre froide, porter en été des bottes trop étroites, et passer la nuit avec un enfant qui crie, et auquel on n'aurait pas le droit de donner le fouet. D'ailleurs, ne suis-je pas devenu un des hommes les plus paisibles du globe? On peut me proposer en exemple aux autres humains, tant est grande la moralité de ma conduite.

— Ah! vraiment, vous vous conduisez bien! comment se fait-il alors que pas plus tard qu'hier Hélène Antonowna est venue se plaindre de vous?

— Vous m'étonnez! Je voudrais bien savoir ce qu'elle a pu vous dire.

— Elle m'a dit que pendant toute une matinée vous vous étiez obstiné à ne répondre à ses questions que par le mot : Quoi? quoi? et cela encore de la voix la plus glapissante.

Pigassoff se mit à rire.

— L'idée était bonne, convenez-en, madame.

— Admirable, tout à fait! Comment pouvez-vous être aussi impertinent vis-à-vis d'une femme?

— Une femme!... Selon vous, Hélène Antonowna est une femme?

— Qu'est-elle donc à vos yeux?

— Un tambour tout simplement, un véritable tambour sur lequel on frappe avec des baguettes.

— Ah! mon ami, s'écria brusquement Alexandra, désireuse de changer le sujet de la conversation, il paraît qu'on peut vous féliciter?

— A quel propos?

— A propos de la fin du procès. Les prés de Gli-
nowa vous restent.

— Ils me restent! répondit Pigassoff d'un air sombre.

— Voilà des années que vous courez après ce but,
et maintenant on dirait que vous n'êtes pas satisfait.

— J'ai l'honneur de vous faire observer, répliqua
lentement Pigassoff, que rien n'est plus désagréable
en ce bas monde qu'un bonheur qui vous arrive tard.
Un pareil bonheur, loin de vous causer du plaisir,
vous prive seulement du plus précieux de tous les
droits : celui de se fâcher et de maudire le sort. Oui,
madame, je le répète, un bonheur tardif n'est qu'une
plaisanterie offensante et amère !

Alexandra, sans lui répondre, haussa imperceptible-
ment les épaules.

— Nourrice, cria-t-elle, il me semble qu'il est temps
de coucher Micha. Apporte-le-moi.

Alexandra s'occupa de son fils, et Pigassoff se retira
en grommelant à l'autre extrémité du balcon.

Tout à coup le drochki de Michaël Michaëlowitch
apparut au bout de la route qui longeait le jardin.
Deux énormes chiens de basse-cour, l'un gris, l'autre
jaune, couraient au-devant du cheval. Lejnieff venait
d'acheter ces deux chiens qui avaient résolu le pro-
blème de vivre dans une inaltérable amitié, tout en se
déchirant à coups de dents du matin au sòir. Une
vieille chienne de garde quitta aussitôt la cour pour
aller à leur rencontre; elle ouvrit la gueule comme
si elle se disposait à aboyer, mais elle se contenta

de bâiller, et se retira en remuant amicalement la queue.

— Sacha, devine un peu qui je t'amène? s'écria Lejnieff du plus loin qu'il la vit en s'adressant à sa femme.

Alexandra n'avait pu reconnaître au premier abord l'homme qui était assis derrière son mari.

— Ah! monsieur Bassistoff! dit-elle enfin.

— Lui-même, répondit Lejnieff, et il apporte une bonne nouvelle; tu la sauras dans un instant, ajouta-t-il en sautant à bas de la voiture avec son compagnon.

Quelques minutes après, il était sur le balcon avec Bassistoff.

— Hourra! cria-t-il en embrassant sa femme. Voilà Serge qui se marie!

— Avec qui? demanda Alexandra tout émue.

— Avec Natalie, bien entendu... Notre ami nous apporte cette nouvelle de Moscou; il a une lettre pour toi... Tu entends, petit Micha, continua-t-il en pressant son fils dans ses bras, — ton oncle se marie! Quel flegme imperturbable! C'est à peine si ce grave événement le fait cligner des yeux.

— Il a envie de dormir, répondit en riant la nourrice.

— Rien n'est plus vrai, dit Bassistoff en s'approchant d'Alexandra. J'arrive aujourd'hui même de Moscou. Daria m'a chargé de vérifier les comptes de la propriété. Mais voici la lettre de Volinzoff.

Alexandra décacheta précipitamment la lettre de

son frère. Elle ne contenait que quelques lignes écrites dans le premier élan de sa joie. Volinzoff informait sa sœur qu'il avait fait sa demande à Natalie, qu'il avait son consentement et celui de sa mère. Il promettait d'en écrire plus long par le prochain courrier, et, en attendant, il saluait et embrassait toute la colonie. Le décousu de sa lettre annonçait bien évidemment la joie la plus profonde, l'émotion la plus vive.

Bassistoff s'assit, et on apporta le thé.

Les questions tombaient sur lui comme de la grêle. Pigassoff même prenait part à la joie que causait la nouvelle dont le jeune homme était porteur.

— Donnez-moi, je vous prie, demanda Lejnieff entre autres choses, quelques détails sur un certain Karchagine dont le nom est parvenu jusqu'ici. Les bruits qui ont couru à son sujet étaient entièrement faux, n'est-il pas vrai ?

Ce Karchagine, dont nous n'avons pas encore eu le temps de nous occuper, était un beau jeune homme, un dandy, fort satisfait de son individu et plein de son importance. Il se donnait de grands airs, qu'il croyait pleins de majesté. Il avait l'air de sa propre statue érigée par souscription nationale.

— Ces bruits avaient un fondement réel, répliqua Bassistoff en souriant. Daria a été fort engouée de ce monsieur, mais Natalie ne voulait pas en entendre parler.

— Mais je le connais! interrompit Pigassoff; c'est un imbécile fieffé, un fat des pieds à la tête. Miséricorde! si tout le monde lui ressemblait, on prendrait cher pour consentir à vivre.

— Je ne dis pas non, reprit Bassistoff, quoique dans le monde il joue un rôle assez brillant.

— Enfin, c'est égal, s'écria Alexandra. Laissons-le en paix! Ah! que je suis joyeuse pour mon frère!... Et Natalie... est-elle contente, heureuse?

— Oui, madame. Elle paraît calme comme d'ordinaire, — vous la connaissez, — mais elle a l'air satisfait.

La soirée se passa en conversations intimes et animées. On servit le souper.

— A propos, demanda Lejnieff à Bassistoff en lui versant un verre de bordeaux-laffitte, savez-vous où est Roudine?

— Je n'en sais rien pour le moment. L'hiver dernier, il est venu passer quelques jours à Moscou, puis il est reparti pour Simbirsk avec une famille. Nous avons été en correspondance lui et moi pendant quelque temps. Sa dernière lettre m'annonçait qu'il allait quitter Simbirsk, sans toutefois préciser le lieu où il se rendait. Depuis lors, je n'ai plus reçu de ses nouvelles.

— Il ne se perdra pas! dit Pigassoff. Il doit être dans quelque endroit en train de prêcher. Ce monsieur se procure toujours deux ou trois admirateurs qui l'écoutent bouche béante, et auxquels il emprunte de l'argent. Il finira, croyez-moi, par mourir n'importe où, soit en prison, soit en exil, mais à coup sûr dans les bras d'une vieille fille en perruque, qui le tiendra pour un des plus grands génies de ce monde.

— Vous avez une manière fort tranchante de le juger, fit observer Bassistoff à demi-voix et d'un air contrarié.

— Tranchante, nullement, répliqua Pigassoff, mais parfaitement juste. Selon moi, c'est tout simplement ce qu'on appelle un *pique-assiette*. J'avais oublié de vous dire, continua-t-il en se tournant vers Lejnieff, que j'ai fait la connaissance de ce Terlasoff avec lequel Roudine a été à l'étranger. Ah ! certes, vous ne pourrez jamais vous imaginer ce qu'il m'a dit sur son compte, — il y a de quoi vraiment en mourir de rire. Il est à remarquer que tous les amis et disciples de Roudine deviennent un jour ou l'autre ses ennemis.

— Je vous prie de ne pas me compter dans le nombre de ces amis-là ! s'écria Bassistoff avec feu.

— Oh ! vous... c'est autre chose ! aussi n'est-il pas question de vous.

— Et que vous a donc raconté Terlasoff? demanda Alexandra.

— Il m'a raconté une foule d'histoires. Je ne puis me les rappeler toutes ; mais voici une de ses meilleures anecdotes à propos de Roudine.

Il paraît, continua Pigassoff, que de raisonnement en raisonnement, Roudine en était arrivé un beau jour à se convaincre qu'il devait se rendre amoureux. Il se met donc en quête d'un objet digne de justifier cette charmante conclusion. La fortune lui sourit enfin. Il fait la

connaissance d'une Française délicieuse... et modiste.
Notez que la chose se passe en Allemagne sur les bords
du Rhin. Il commence par lui faire quelques visites, puis
lui prête différents livres, et lui parle enfin de la nature et de Hégel. Vous figurez-vous la position de cette
malheureuse modiste? Elle le prend pour un astro-
nome. Son extérieur frappe agréablement, comme
vous le savez; de plus, c'est un étranger, — un Russe :
comment le cœur de la belle n'eût-il pas été touché?
Après des hésitations sans fin, il se décide à lui donner un rendez-vous, mais un rendez-vous poétique :
il lui propose une promenade en gondole sur le Rhin.
La Française y consent; elle met sa plus séduisante
toilette, et les voilà tous deux en nacelle. Ils naviguent
ainsi pendant trois heures. Je vous le demande, à quoi
pensez-vous que Roudine employât tout ce temps?
Mais vous ne devineriez jamais! Il caressa les cheveux
de son Alice, contempla le ciel en rêvant, et répéta à
plusieurs reprises qu'il ressentait pour sa bien-aimée
une tendresse toute *paternelle !* La Française, qui ne
s'attendait point à cette idylle prolongée, rentra chez
elle furieuse. C'est elle-même qui plus tard a tout raconté à Terlasoff. Voilà ce qu'est Roudine.

Et Pigassoff éclata de rire.

— Vous êtes un affreux libertin ! s'écria Alexandra
avec dépit, mais moi, je suis de plus en plus convaincue que ceux mêmes qui veulent injurier Roudine ne trouvent rien de déshonorant à dire sur son
compte.

— Rien de déshonorant ? Miséricorde ! et sa vie éternellement aux frais d'autrui, et ses emprunts... Je parierais qu'il vous a aussi emprunté de l'argent, Michaël Michaëlowitch ?

— Écoutez, monsieur, commença Lejnieff, tandis que son visage prenait une expression sérieuse : vous savez, et ma femme sait aussi, que je ne ressentais pas dans les derniers temps une inclination particulière pour Roudine; bien souvent, au contraire, je me suis élevé contre lui. Malgré cela (Lejnieff versa du vin de Champagne dans un verre), voici ce que je vous propose : nous venons de boire à la santé de notre frère aimé et de sa fiancée : eh bien, buvons maintenant à la santé de Dimitri Roudine !

Alexandra et Pigassoff regardèrent Lejnieff d'un air surpris, mais Bassistoff rougit de plaisir et ouvrit de grands yeux.

— Je le connais bien, continua Lejnieff, et je ne connais que trop tous ses défauts. Ils sont d'autant plus grands chez lui, que Roudine n'est pas lui-même un petit homme.

— Oh ! s'écria Bassistoff, c'est une nature pleine de génie.

— Il peut avoir dugénie, je ne m'y oppose pas, — quant à sa nature, c'est par là qu'il pèche. Ce qui lui manque, c'est la volonté, c'est le nerf, la force. Mais il ne s'agit pas de cela. Je veux parler à présent de ce qu'il a de bon et de rare. Il a de l'enthousiasme, et vous pouvez me croire, moi qui suis un homme fleg-

matique, quand je vous dis que c'est une des qualités
les plus précieuses à une époque comme la nôtre. Nous
sommes tous insupportablement réfléchis, indifférents
et apathiques ; nous sommes endormis et glacés : voilà
pourquoi il faut rendre grâce à celui qui nous réchauffe
et nous anime, ne fût-ce que pour un instant, car nous
avons bien besoin de cette féconde surexcitation. Tu
te rappelles, Sacha, que j'ai une fois parlé de Roudine
en l'accusant de froideur. J'étais alors juste et injuste
en même temps. Sa froideur, à lui, est dans son sang,
— il n'y peut rien, — mais non dans sa tête. J'ai eu
tort de le traiter d'acteur, il n'est ni habile ni fripon,
et s'il vit aux frais des autres, c'est comme un enfant,
non comme un intrigant. Oui, il se peut fort bien
qu'il meure dans l'isolement et la misère : mais faut-il
pour cela lui jeter la pierre ? Il ne fera jamais rien par
lui-même, justement parce qu'il n'y a en lui ni un
sang énergique ni une volonté puissante : mais qui
donc a le droit d'affirmer d'avance qu'il n'a jamais
rendu ou qu'il ne rendra jamais un service ? Qui donc
a le droit d'affirmer que ses paroles n'auront pas fait
germer de nobles pensées dans plus d'une jeune âme
à laquelle la nature n'a pas refusé, comme à lui, la
source féconde de l'activité nécessaire à l'exécution
des projets conçus par une imagination exaltée, quoique impuissante ? Moi qui vous parle, moi tout le premier, j'ai subi auprès de lui cette heureuse influence.
Sacha sait bien ce que Roudine a été pour moi dans
ma jeunesse. J'ai soutenu, je m'en souviens, que les

paroles de Roudine ne pouvaient agir sur ses semblables, mais je parlais alors d'hommes parvenus comme
moi à un âge où la vie a déjà émoussé la sensibilité,
où la raison est devenue plus difficile à satisfaire. Il
vient un temps où une seule fausse note suffit pour
détruire à notre oreille toute l'harmonie du plus beau
morceau de musique, mais par bonheur pour la jeunesse elle a l'ouïe moins délicate et surtout moins
blasée. Si l'idée qu'on lui présente lui paraît noble,
peu lui importe le ton. C'est en elle-même que la jeunesse trouve ce ton.

— Bravo! bravo! s'écria Bassistoff. Voilà ce qui
s'appelle parler avec justice! Quant à l'influence de
Roudine, cet homme, je vous le jure, n'a pas seulement la puissance de vous émouvoir, il vous pousse
en avant, il vous empêche de vous arrêter, il vous
retourne de fond en comble, il vous incendie.

— Vous entendez, continua Lejnieff en se tournant
vers Pigassoff, — qu'avez-vous encore besoin de
preuves? Vous attaquez la philosophie, vous ne pouvez trouver assez de paroles pour la flétrir. Moi-même
je l'apprécie peu et la comprends peut-être encore
moins, mais ce n'est pas de la philosophie que viennent nos plus grandes infortunes. Ses subtilités n'auront jamais de prise sur nos âmes. Nous avons, Dieu
merci! nous autres Russes, trop de bon sens pour
cela. Cependant, il ne faut pas non plus se servir du
prétexte de la philosophie pour tomber sur chaque
honnête aspiration vers la science et la vérité. Ce qui

fait le malheur de Roudine, c'est qu'il ne connaît pas la Russie, et certes ce malheur est grand pour lui. La Russie peut se passer de chacun de nous, mais aucun de nous ne peut se passer de la Russie. Malheur à celui qui ne le comprend pas, deux fois malheur à celui qui oublie réellement les mœurs et les idées de sa patrie! Le *cosmopolitisme* est une sottise et un zéro, bien moins qu'un zéro ; hors de la nationalité, il n'y a ni arts, ni vérité, ni vie possible : il n'y a que l'impuissance et le néant. Toute figure idéale doit représenter un type, sous peine de devenir à l'instant insignifiante et vulgaire. Mais, je le répète encore, Roudine reste plus innocent de sa destinée qu'on ne le croit. Cette destinée est déjà bien assez amère et pesante, sans que nous en fassions retomber sur lui la responsabilité entière. Maintenant, pourquoi cette race à laquelle appartient Roudine apparaît-elle fréquemment en Russie? C'est ce que je ne veux pas examiner, de peur de me laisser entraîner trop loin. Contentons-nous d'être reconnaissants pour ce qu'il a de bon. Cela vaudra mieux que l'injustice, et nous étions injustes envers lui. Nous n'avons pas la mission de le punir de son insuffisance, et cette punition n'est même pas nécessaire, croyez-moi : il se punira lui-même bien plus cruellement qu'il ne le mérite. Dieu veuille que le malheur le dépouille de tout ce qui est mauvais en lui et ne lui laisse que ses belles qualités! Je bois à la santé de Roudine! je bois à la santé du camarade de mes meilleures années, je bois à la jeu-

nesse, à ses espérances, à ses aspirations, à sa naïve
confiance, à son honnêteté, en un mot, à tout ce qui
faisait battre nos cœurs de vingt ans ! Nous ne connaissons et nous ne connaîtrons jamais rien de meilleur
dans la vie. Je bois à toi, temps doré ; je bois à la santé
de Roudine !

Tout le monde trinqua avec Lejnieff. Bassistoff y
mit tant d'ardeur qu'il fut sur le point de renverser
son verre ; il le vida néanmoins d'un trait, tandis
qu'Alexandra serrait la main de son mari.

— Je ne vous savais pas aussi éloquent, monsieur
Lejnieff, murmura Pigassoff. — Vous êtes de la force
de monsieur Roudine. J'avoue que j'en suis moi-même
tout ému.

— Je ne suis nullement éloquent, répliqua Lejnieff
avec quelque dépit. Quant à vous émouvoir, je crois
que c'est fort difficile. D'ailleurs en voilà assez sur
Roudine. Parlons d'autre chose. Est-ce que... comment s'appelle-t-il donc? est-ce que Pandalewski demeure toujours chez Daria? continua-t-il en s'adressant
à Bassistoff.

— Certainement! elle lui a même procuré une place
avantageuse.

Lejnieff hocha la tête.

— En voilà un qui ne mourra pas dans la misère,
c'est un pari qu'on peut faire à coup sûr.

Le souper tirait à sa fin. Les convives se séparèrent.

Restée seule avec son mari, Alexandra le regarda
dans les yeux en souriant.

11

— Que tu as été gentil aujourd'hui, Michaël! dit-elle en lui passant la main sur le front : comme tu as parlé avec esprit, avec noblesse! Mais avoue que tu t'es laissé entraîner à défendre Roudine avec un peu d'exagération, de même que tu l'attaquais autrefois avec trop de cruauté.

— On ne frappe pas un ennemi à terre..., et puis, dans ce temps-là, je pouvais craindre qu'il ne te tournât la tête, ajouta-t-il en souriant à son tour.

— Tu te trompais, répondit Alexandra avec bonhomie. Il m'a toujours semblé trop savant pour être dangereux ; j'avais peur de lui tout simplement, et sa présence me rendait interdite. Mais conviens que Pigassoff s'est assez méchamment moqué de lui ce soir.

— Pigassoff? répondit Lejnieff. C'est précisément parce que Pigassoff était là que j'ai pris si chaleureusement le parti de Roudine. Il osait traiter Roudine de *pique-assiette!* Il lui sied bien de parler ainsi des autres! Sa conduite, à lui Pigassoff, n'est-elle pas cent fois plus blâmable? Il a une position indépendante, il déverse le mépris sur chacun ; et pourtant, malgré toute sa prétendue misanthropie, il sait fort bien se cramponner après quiconque est riche ou considéré. Sais-tu que ce Pigassoff, qui injurie ses semblables avec tant d'acrimonie et qui déchire à si belles dents la philosophie et les femmes, — sais-tu bien que ce même Pigassoff, lorsqu'il était au service, recevait volontiers des *pots-de-vin* et trempait dans des tripotages assez peu honorables?

— Est-ce possible ! s'écria Alexandra ; je ne me serais jamais attendue à cela !... Écoute, Micha, continua-t-elle après un moment de silence, il faut que
je t'adresse une question.

— Laquelle ?

— Penses-tu que mon frère sera heureux avec Natalie ?

— Comment te répondre ? Du reste, toutes les pro-
babilités sont pour son bonheur, c'est elle qui le
mènera: Entre nous soit dit, elle a plus d'esprit que
lui ; mais Volinzoff est un excellent homme, et il l'aime
de tout son cœur. Que faut-il de plus ? Nous nous
aimons et nous sommes heureux.

Alexandra serra la main de Michaël.

Ce jour-là même, tandis que tout ce que nous venons
de raconter se passait chez Alexandra, une misérable
kibitka[1], recouverte en lattes et attelée de trois chevaux de paysans, roulait péniblement sur la grande
route d'un des gouvernements éloignés de la Russie.
Un paysan à cheveux gris et en armiak[2] troué la
conduisait, perché sur la banquette de devant. Il était
assis de côté, les jambes appuyées sur le palonnier,
et ne faisait que tirailler ses rênes fabriquées avec des
cordages et brandir son fouet. Un homme de haute
taille, assis sur une méchante valise, occupait le fond

1. Sorte de charrette couverte.
2. Long pardessus de drap que portent particulièrement les
paysans.

de la kibitka. Il portait une casquette ; son habit était
usé et couvert de poussière. Il baissait la tête et avait
enfoncé la visière de sa coiffure jusque sur ses yeux.
Les cahots irréguliers de la voiture le jetaient de côté
et d'autre ; mais il semblait insensible à ces désagré-
ments, on aurait dit qu'il sommeillait. Enfin il se redressa : c'était Roudine.

— Quand arriverons-nous donc au relais? demanda-t-il au paysan qui était juché sur le siége.

— Nous y voici bientôt, petit père, répondit le
paysan en tirant les rênes avec plus de force ; une fois
que nous aurons gravi jusqu'au haut de la montée, il
ne nous restera plus que deux verstes... Allons, toi,
s'écria-t-il en apostrophant un des chevaux, est-ce que
tu rêves? Je t'en donnerai des rêves, continua-t-il
d'une voix glapissante en frappant à tour de bras sur
le cheval de droite.

— Il me semble que tu vas bien mal, fit observer
Roudine. Voilà toute une matinée que nous roulons
sans avancer. Si, du moins, tu me chantais quelque
refrain.

— Et que puis-je y faire, petit père? Vous voyez
bien que les chevaux sont exténués. La chaleur est
affreuse. Pourquoi voulez-vous que je chante? Est-ce
que je suis un postillon, moi?... Ohé ! s'écria-t-il tout
à coup en s'adressant à un passant habillé d'une espèce
de souquenille brune et chaussé de vieux souliers en
écorce de bouleau, fais donc place, mon bonhomme?

— Voilà un fameux cocher ! grommela le passant,

qui s'était arrêté. — Chétif Moscovite! continua-t-il
d'une voix grosse d'injures, en hochant la tête et en
reprenant sa marche.

— Où vas-tu donc encore? cria le paysan en tirant
par saccades les rênes du cheval de brancard. — Ah!
la méchante bête que voilà!

Les petits chevaux harassés arrivèrent enfin, clopin-
clopant, dans la cour de la maison de poste. Roudine
sortit de la kibitka, paya son conducteur, qui ne le
salua pas, mais en revanche fit longtemps sauter l'argent dans la paume de sa main, — le pourboire ne
lui semblait sans doute pas suffisant, — tandis que
le voyageur portait lui-même sa valise dans la salle
d'attente.

Un de mes amis, qui a parcouru la Russie dans tous
les sens, m'a fait remarquer que si les murs de la salle
des voyageurs étaient ornés de tableaux représentant
un prisonnier du Caucase ou des généraux russes, on
pouvait espérer y trouver facilement des chevaux;
mais que si les tableaux étaient tirés de la vie du
fameux joueur *Georges de Germany,* il y avait peu de
chances de pouvoir partir promptement de l'hôtellerie. En pareil cas, le malheureux voyageur a le loisir
d'admirer tout à son aise le toupet poudré, le gilet
blanc à revers, les pantalons fabuleusement étroits et
courts que portait le joueur au temps de sa jeunesse,
et d'étudier son visage en délire, au moment où, déjà
parvenu à la vieillesse et demeurant dans une chau-

mière délabrée, il tue son propre fils en l'assommant avec une chaise. Roudine était entré dans une chambre que décoraient justement les tableaux en question; tous s'efforçaient de représenter les principales scènes de *Trente ans, ou la vie d'un joueur*. Les cris de Dimitri firent apparaître un maître de poste tout endormi, — avez-vous jamais vu un maître de poste qui ne fût pas endormi? — Sans avoir même attendu la question de Roudine, il lui dit d'une voix traînante qu'il n'avait pas de chevaux.

— Comment pouvez-vous me dire qu'il n'y a pas de chevaux sans même savoir où je vais? répliqua Roudine. Je suis arrivé avec un attelage de paysan.

— Nous n'avons pas un seul cheval, reprit le maître de poste. Où allez-vous?

— A ...sk.

— Il n'y a pas de chevaux, répéta le maître de poste en quittant la chambre.

Roudine s'approcha de la fenêtre avec dépit et jeta sa casquette sur la table. Sans avoir beaucoup changé, il avait cependant vieilli depuis deux ans; quelques fils argentés brillaient dans sa chevelure bouclée; ses yeux étaient toujours beaux, mais leur flamme s'était presque éteinte; de petites rides, suite de l'inquiétude et du chagrin, plissaient les coins de sa bouche et de ses yeux, et sillonnaient ses tempes. Ses habits étaient vieux et usés, et l'on devinait trop qu'il n'avait pas de linge. Les beaux jours étaient évidemment passés pour lui : il *montait en graine,* comme disent les jardiniers.

Roudine se mit à lire les inscriptions qui émaillaient les murs, — distraction habituelle des voyageurs ennuyés... Tout à coup la porte grinça sur ses gonds, et le maître de poste entra.

— Il n'y a pas de chevaux pour ...sk, dit-il, et il n'y en aura pas de longtemps; mais en voilà qui retournent à ...off.

— A ...off ! répondit Roudine. Ce n'est pas du tout mon chemin; je vais à Penza, et il me semble que ...off est dans la direction de Tamboff.

— Eh bien, quoi ? Vous pouvez y aller de Tamboff, ou bien vous trouverez quelque autre route.

Roudine réfléchit.

— Soit ! dit-il enfin. Faites atteler les chevaux. Au fond, cela m'est égal; j'irai à Tamboff.

Les chevaux furent bientôt prêts. Roudine prit sa valise, entra dans sa kibitka et s'assit dans la même posture affaissée que nous lui avons vue déjà avant son arrivée à la maison de poste. Il y avait quelque chose de bien abandonné, de bien tristement résigné dans cette pose inclinée. Les trois chevaux prirent lentement le petit trot en faisant résonner leurs clochettes.

ÉPILOGUE

Plusieurs années avaient encore passé.

Par une froide journée d'automne, une voiture de voyage s'arrêta devant le perron du plus bel hôtel du chef-lieu du gouvernement de C***. Un monsieur d'un certain âge en descendit en s'étirant les bras avec force soupirs. Il n'était pas encore vieux, mais il avait atteint déjà cette obésité modérée qu'on est convenu d'appeler respectable. Le voyageur franchit assez rapidement l'escalier jusqu'au second étage, et s'arrêta à l'entrée d'un large corridor. Ne voyant personne autour de lui, il éleva la voix pour demander une chambre. Une porte s'ouvrit aussitôt, et un garçon efflanqué, sortant de l'ombre d'un paravent, se mit en devoir de lui montrer son chemin. Il se glissait respectueusement le long du mur en faisant reluire de temps à autre, malgré la demi-obscurité, son dos râpé et ses manches retroussées.

Entré dans sa chambre, l'étranger se débarrassa de son manteau et de son cache-nez, s'assit sur le divan, appuya ses poings sur ses genoux, regarda un instant autour de lui comme s'il sortait d'un rêve, et ordonna au garçon de faire monter le domestique qu'il avait laissé auprès de la voiture. Le garçon s'inclina humblement et sortit.

Ce voyageur n'était autre que Lejnieff.

L'enrôlement des recrues l'avait forcé de quitter sa campagne pour venir à C***.

Le domestique de Lejnieff apparut. C'était un jeune garçon à cheveux frisés et fort en couleur, habillé d'un manteau gris serré à la taille par une ceinture bleue. Il était, de plus, chaussé de bottes en feutre.

— Eh bien, mon garçon, nous voilà arrivés, malgré la peur que tu avais de voir éclater la jante d'une des roues.

— Oui, oui, répondit le jeune serviteur en s'efforçant de sourire derrière le collet relevé de son manteau. Mais comment la jante tient-elle encore?

— N'y a-t-il donc personne ici? cria une voix dans le corridor.

Lejnieff tressaillit; il se mit à écouter.

— Ohé! quelqu'un! répéta la voix.

Lejnieff s'était levé. Il alla à la porte et l'ouvrit vivement.

Un homme de haute taille se tenait devant lui. Il était voûté, et ses cheveux paraissaient presque complétement gris. Il portait une vieille redingote en velours de coton garnie de boutons en bronze. Lejnieff le reconnut aussitôt.

— Roudine! s'écria-t-il d'une voix émue.

Roudine se retourna. Il ne pouvait distinguer les traits de Lejnieff, car celui-ci était placé de façon à tourner le dos à la lumière. Il lui jeta un regard interrogateur.

11.

— Ne me reconnaissez-vous pas? demanda Lejnieff.

— Michaël Michaëlowitch! s'écria Roudine en lui
tendant la main. Mais il se ravisa aussitôt, et laissa
retomber son bras.

Lejnieff saisit vivement sa main entre les deux
siennes.

—Venez, entrez chez moi, dit-il à Roudine en l'em-
menant dans sa chambre. — Comme vous avez
changé! reprit Lejnieff après un instant de silence et
en baissant involontairement la voix.

— On le dit, répondit Roudine en parcourant la
chambre d'un regard morne. Que voulez-vous! ce sont
les années... Quant à vous, toujours le même. Comment se porte Alexandra... je veux dire votre femme?

— Merci mille fois, elle va fort bien. Mais par quel
hasard êtes-vous ici?

— Moi? Ce serait long à raconter. Au fait, c'est bien
le hasard qui m'a conduit en ce lieu. Je suis à la recherche d'une de mes connaissances. Du reste, je me
félicite fort de ce hasard.

— Où dînez-vous?

— Moi, je n'en sais rien : dans une auberge quelconque. Je suis obligé de partir aujourd'hui.

— Obligé?

Roudine sourit d'une manière significative.

— Obligé, oui. On m'envoie à la campagne avec
l'ordre d'y résider désormais.

— Dînez avec moi.

Pour la première fois, Roudine regarda Lejnieff bien en face.

— Vous me proposez de dîner avec vous? murmura-t-il.

— Oui, Roudine, à l'ancienne façon, comme du temps de notre intimité. Acceptez-vous? Je ne m'attendais pas à vous rencontrer, et Dieu sait si nous nous retrouverons jamais. Je ne voudrais pas vous quitter ainsi.

— Eh bien! volontiers; j'accepte.

Lejnieff pressa la main de Roudine. Il sonna le garçon pour commander le dîner, et lui ordonna de faire frapper une bouteille de vin de Champagne.

Comme s'ils se fussent donné le mot, Lejnieff et Roudine ne causèrent pendant le dîner que de leur vie d'étudiants. Ils évoquèrent de nombreux souvenirs, et parlèrent de beaucoup de leurs amis, morts et vivants. Au commencement, Roudine se montra peu communicatif; mais il but quelques gouttes de vin qui lui délièrent bientôt la langue et réchauffèrent son sang. Dès que le garçon eut emporté le dernier plat, Lejnieff se leva, ferma la porte, et revint s'asseoir droit en face de Roudine en appuyant doucement son menton dans ses deux mains.

— Voyons, dit-il, racontez-moi maintenant tout ce qui vous est arrivé depuis que nous ne nous sommes vus.

Roudine jeta un regard à Lejnieff.

— Mon Dieu! se dit encore celui-ci, comme il a changé, le malheureux!

Ce n'étaient pas tant les traits eux-mêmes de Roudine qui avaient changé que leur expression. En effet, depuis le jour où nous l'avons rencontré dans une salle d'hôtellerie demandant des chevaux pour continuer son voyage, ses traits ne s'étaient pas sensiblement modifiés, quoiqu'une inspection un peu attentive y eût fait découvrir déjà les premières traces d'une vieillesse précoce. Ses yeux avaient un regard différent ; ses mouvements, tantôt lents, tantôt d'une brusquerie inexplicable, sa parole sans accent et comme brisée, tout son être, en un mot, témoignait d'une lassitude définitive, d'une tristesse secrète et désormais sans lutte. Combien cette tristesse profonde était éloignée de la mélancolie à demi feinte dont il se parait autrefois, à la façon de beaucoup de jeunes gens, qui n'en sont pas moins pleins d'espoir et de vanité confiante !

— Vous dire tout ce qui m'est arrivé, répondit-il, ce serait impossible, et, du reste, cela n'en vaut guère la peine. J'ai eu de nombreux chagrins, et ce n'est pas seulement mon corps qui s'est usé en vaines courses à travers le monde, c'est mon âme aussi. De qui, de quoi n'ai-je pas été désenchanté, mon Dieu ! Avec qui n'ai-je pas eu des rapports intimes !... Oui, avec qui ? répéta Roudine en voyant que Lejnieff le suivait des yeux d'un air de compassion toute particulière. — Que de fois mes paroles m'ont soulevé le cœur de dé-

goût; que de fois j'ai ressenti la même impression
pénible en retrouvant dans la bouche des autres mes
propres idées et mes propres opinions! Que de fois
j'ai passé de l'impatience, de l'irritabilité même d'un
enfant, à l'insensibilité stupide du cheval qui reste
morne sous les coups sanglants de son brutal conducteur! Que de fois j'ai espéré, puis haï! Que de fois je
me suis réjoui, puis humilié en vain! Que de fois je
me suis envolé au haut des airs comme un faucon
pour retomber sur la terre ridicule et rampant comme
le limaçon dont on a brisé la coquille!... Où n'ai-je
pas été? par quels chemins n'ai-je point passé? Et
il y a des chemins qui sont sales, ajouta Roudine en
se détournant un peu. — Vous savez, continua-t-il...

— Attendez, interrompit Lejnieff, nous nous tu-
toyions autrefois... Reprenons notre ancienne manière,
le veux-tu?... Buvons à ta santé!

Roudine frissonna, se redressa, et de ses yeux jaill-
lit une flamme fugitive qu'aucune parole ne saurait
décrire.

— Buvons, dit-il. Merci à toi, frère! buvons.

Lejnieff et Roudine burent chacun un verre de vin
de Champagne.

— Tu le sais, reprit Roudine avec un sourire, en
appuyant sur le *tu,* je porte en moi un ver rongeur
qui me dévore et qui ne me laissera de repos qu'à
l'heure dernière. Il me pousse à vouloir dominer mes
semblables. Je commence d'abord par les soumettre à
mon influence, et puis...

Roudine fit un geste de la main.

— Depuis que je me suis séparé de vous... de toi, j'ai beaucoup appris, j'ai beaucoup vu... Vingt fois j'ai recommencé à vivre, vingt fois j'ai remis la main à une nouvelle œuvre : et voilà pourtant où j'en suis, ajouta-t-il en passant la main sur son front.

— Tu n'as pas de persévérance, murmura Lejnieff comme se parlant à lui-même.

— Tu le dis, je n'ai pas eu de persévérance. Je n'ai jamais rien édifié, et il est difficile, en effet, de pouvoir édifier quoi que ce soit lorsque le sol manque sous vos pieds. Je ne veux pas te conter toutes mes aventures, ou pour mieux dire toutes mes déconfitures. Je te citerai seulement deux ou trois incidents de ma vie où le succès allait me sourire, c'est-à-dire où je me mettais à espérer le succès, ce qui ne revient pas tout à fait au même.

Roudine rejeta en arrière ses cheveux gris et déjà rares avec ce même mouvement de la main dont il repoussait jadis ses boucles noires et épaisses.

— Eh bien, écoute, reprit-il. Je me liai à Moscou avec un monsieur assez original. Il était très-riche et possédait d'immenses propriétés. Sa principale, sa seule passion était l'amour de la science, de la science en général. Je ne puis comprendre jusqu'à présent comment cette passion s'était emparée de lui. Elle lui allait comme une selle à un bœuf. Il employait toutes ses forces à se tenir à la hauteur de ce qu'on nomme le niveau intellectuel, quoiqu'il sût à peine s'exprimer

et qu'il dût se contenter de remuer les yeux avec expression en secouant la tête d'un air significatif chaque
fois qu'on énonçait une idée devant lui. Je n'ai jamais
rencontré de nature plus pauvre et plus nulle que la
sienne. Elle rappelait ces terrains si nombreux dans le
gouvernement de Smolensk, où l'on ne trouve que du
sable, encore du sable, et à peine un brin d'herbe, que
du reste aucun animal ne se soucie de brouter. Rien
ne prospérait entre ses mains, tout semblait tourner
contre lui. Il avait la manie de rendre pénibles les
choses les plus faciles, et un singulier talent pour com-
pliquer les questions les plus simples. Si cela n'avait
dépendu que de lui, il aurait trouvé moyen, sois-en
sûr, de vous faire manger avec les pieds. Il travaillait,
écrivait et lisait sans fin comme sans profit. Il s'adon-
nait à l'étude avec une certaine persévérance opiniâtre, avec une patience effrayante; son amour-propre
était sans bornes et son caractère était de fer. Il vivait
seul et passait pour un original. Je fis sa connaissance,
et je lui plus. J'avoue que je le devinai bien vite, mais
son zèle me touchait. Puis il possédait de si grandes
ressources, on pouvait faire tant de bien par lui, rendre de si réels services... Bref, je m'établis chez lui
et le suivis plus tard dans ses terres. — Mes projets
étaient immenses, mon ami; je rêvais des perfection-
nements, des innovations...

— Comme chez les Lassounski, t'en souvient-il? interrompit Lejnieff avec un sourire bienveillant.

— Nullement. Je savais alors en conscience que mes

paroles n'aboutiraient à rien ; mais ici... ici c'était un
tout autre champ qui s'ouvrait devant mes spécula-
tions... J'amassais des livres sur l'agronomie... j'avoue
que je n'en lus pas un seul jusqu'au bout. Mais enfin
je m'étais mis à l'œuvre. D'abord cela n'alla pas
comme je m'y étais attendu, puis enfin cela sembla
prendre une meilleure tournure. Mon nouvel ami se
taisait toujours ; il ne faisait que regarder et ne me
gênait en rien, ou plutôt n'apportait d'obstacle maté-
riel à aucune de mes entreprises, un peu hasardées,
je dois en convenir. Il adoptait mes plans et les mettait en action, mais avec entêtement et roideur, avec
une secrète méfiance surtout et en cherchant à y four-
rer du sien sans m'en prévenir. Il avait la plus grande
estime pour la moindre de ses idées, et s'y crampon-
nait avec mille efforts, comme ces bêtes du bon Dieu
qui, montées sur le faîte du plus petit brin d'herbe,
s'y accrochent, toujours prêtes à déployer leurs ailes
et à prendre leur essor ; puis tout à coup il retombait
pour essayer de grimper encore. — Ne sois pas surpris
de toutes ces comparaisons ; alors déjà elles naissaient
dans mon cerveau. Voilà quelles furent mes occupations pendant deux ans. Malgré tous mes soins, les résultats ne répondaient guère à mes rêves. Je commençais à me lasser, mon ami m'ennuyait et me pesait
comme du plomb. Je devins aigre et maussade. Sa
méfiance se convertit en une irritation sourde ; une
malveillance mutuelle s'empara de nos cœurs, et nous
en vînmes à ne plus pouvoir parler tranquillement sur

le moindre sujet; il cherchait toujours à me prouver
par des allusions transparentes qu'il n'était pas soumis
à mon influence ; tantôt il changeait mes dispositions,
tantôt il les mettait complétement de côté... Je finis
par m'apercevoir que je remplissais chez M. le propriétaire les fonctions du parasite payant en bons mots
l'hospitalité qu'il reçoit. Il m'était pénible de prodi-
guer en vain mon temps et mes forces, plus pénible
encore de voir toutes mes espérances sans cesse déçues. Je comprenais fort bien ce que je perdais en
m'éloignant, mais je ne pouvais me vaincre. Un beau
jour, à la suite d'une scène brutale à laquelle j'assis-
tai et qui me montra mon ami sous des couleurs peu
avantageuses, je me brouillai définitivement avec lui.
Je partis, abandonnant mon gentillâtre pédant, singulier mélange de rudesse cosaque et de sensiblerie
allemande...

— Cela veut dire que tu avais jeté ton morceau de
pain quotidien, s'écria Lejnieff en posant ses deux
mains sur les épaules de Roudine.

— C'est vrai! Je me retrouvai encore une fois nu et
léger dans l'espace. Allons, buvons!

— A ta santé! dit Lejnieff en se soulevant pour serrer Roudine dans ses bras. A ta santé! à la mémoire de
Pokorsky!... Lui aussi a su rester pauvre.

—Voilà ma première aventure, reprit Roudine après
un moment de silence. Faut-il continuer?

— Continue, je t'en prie.

— C'est que je n'ai pas envie de parler, j'en suis

bien las, mon ami... Enfin, puisque tu le veux...
Roulant encore par voies et par chemins, je résolus de devenir, enfin... allons, ne ris pas, je t'en
conjure..., de devenir un homme actif et pratique. L'occasion la plus favorable s'en présentait : je
tombai sur un certain... Peut-être as-tu entendu
parler de lui?... sur un certain Kourbéeff. Tu ne le
connais pas?

— Pas le moins du monde. Mais pour l'amour de
Dieu, Roudine, comment, avec ton intelligence, n'as-
tu pas compris que ce n'était pas ton affaire de devenir
un homme d'affaires? Pardonne-moi ce jeu de mots.

— Je sais fort bien, ami, que je ne valais rien pour
cela; mais si tu avais vu Kourbéeff! Ne vas pas te figurer, d'ailleurs, que ce fût un bavard superficiel,
comme tant d'autres. On a dit autrefois que j'étais
éloquent, et pourtant, comparé à lui, je semblais à
peine bégayer : c'est un homme d'une science extraordinaire, au fait de tout, un véritable créateur pour
ce qui regarde l'industrie et le commerce. Les projets
les plus hardis, les plus inattendus, naissaient d'eux-
mêmes dans son cerveau. Une fois réunis, nous réso-
lûmes de faire servir nos talents à une entreprise
d'utilité publique...

— Je suis curieux de savoir laquelle.

Roudine baissa les yeux.

— Tu vas te moquer!

— Pourquoi cela? Non, je ne ris pas...

— Il s'agissait de rendre navigable une des rivières

du gouvernement de K***, répondit Roudine avec un sourire contraint.

— Rien que cela ! ce Kourbéeff était sans doute capitaliste ?

— Il était aussi pauvre que moi, répliqua Roudine en inclinant légèrement sa tête grise.

Lejnieff éclata de rire ; mais il s'arrêta court, et prit les mains de Roudine.

— Ne m'en veux pas, frère, je te prie, mais c'est que je ne m'attendais pas à celle-là. Eh bien ! votre entreprise est restée sur le papier, n'est-ce pas ?

— Pas exactement. Son exécution fut commencée. Nous avions engagé des ouvriers, l'œuvre était en train ; mais alors sont survenus des obstacles. D'abord, de la part du propriétaire d'un moulin, qui ne veut pas nous comprendre ; mais, ce qui est pis encore, nous découvrons que l'eau ne peut pas être dirigée sans machines. Où prendre l'argent pour ces machines ? Nous avons couché dans des huttes pendant six mois. Kourbéeff ne se nourrissait que de pain, et je ne faisais pas meilleure chère que lui. Du reste, je ne m'en plains pas, car la nature est très-belle dans ces parages. Nous faisions des efforts surhumains, cherchant à entraîner des marchands, écrivant des lettres, des circulaires. Cela aboutit à me faire dépenser mon dernier kopek pour ce projet.

— Allons, je crois que ton dernier kopek ne fut pas difficile à dépenser, fit observer Lejnieff.

— Eh ! mon Dieu, non !

Roudine se mit à regarder par la fenêtre.

— Je te jure pourtant que l'entreprise n'était pas mauvaise. Les profits auraient pu être immenses.

— Où s'est réfugié ce Kourbéeff? demanda Lejnieff.

— Lui! il est en Sibérie. A présent, il cherche de l'or. Mais, sois-en certain, il fera fortune un jour ou l'autre.

— Je le veux bien ; mais ce qui est également certain, c'est que toi, tu resteras pauvre.

— Moi! que veux-tu? D'ailleurs, je sais que j'ai toujours passé à tes yeux pour un homme nul.

— Toi! quelle folie! frère! Il y eut un temps, il est vrai, où les mauvais côtés de ta nature seuls me sautaient aux yeux ; mais maintenant, crois-moi, je commence à savoir t'apprécier avec plus de justice. Tu n'es pas capable de faire fortune... Eh bien! je t'aime à cause de cela.

Roudine sourit faiblement.

— Oui, vraiment, je t'en estime davantage, répéta Lejnieff; me comprends-tu?

Ils restèrent silencieux tous les deux.

— Voyons, passons-nous au numéro 3? demanda Roudine.

— Fais-moi ce plaisir.

— Volontiers. Troisième et dernière aventure... Mais est-ce que je ne t'ennuie pas?

— Raconte, raconte.

— Eh bien! reprit Roudine, voilà qu'en un jour de loisir (j'ai toujours eu beaucoup de loisirs) il me

vient une idée. J'ai assez de savoir, me dis-je, et j'ai
le désir du bien ; tu ne me contesteras pas, je l'espère, ce désir du bien ?

— Loin de là.

— Tous mes autres projets n'avaient pas réussi.
Un jour donc je me demandai pourquoi, au lieu de
vivre dans une laborieuse oisiveté, je n'essaierais pas
de me faire professeur.

Roudine s'arrêta et soupira.

— Pourquoi vivre sans rien faire ? continua-t-il. Ne
valait-il pas mieux essayer d'enseigner ce que je
savais aux autres ? Peut-être en tireraient-ils quelque
avantage. Mes facultés ne sont pas ordinaires, puis je
possède ma langue... Je me résolus donc à em-
brasser cette nouvelle carrière. J'eus une peine infinie à trouver une place ; je ne voulais pas donner
des leçons au cachet, et je ne pouvais m'occuper
en aucune façon des écoles primaires. Je parvins enfin
à trouver une place de professeur dans le gymnase
de cette ville.

— Professeur de quoi ? demanda Lejnieff.

— Professeur de belles-lettres russes. Je te dirai que
je ne m'étais jamais mis à rien avec tant d'ardeur.
L'idée d'agir sur la jeunesse me transportait. Je
passai trois semaines à préparer ma première leçon.

— Ne l'as-tu pas sur toi ? demanda Lejnieff.

— Non : je l'ai perdue, je ne sais plus où. Elle
réussit assez bien, elle plut même beaucoup. Je vois
encore à présent les visages de mes auditeurs, visages

bons, jeunes, avec une expression d'attention naïve, d'intérêt, de dévouement même. Je monte en chaire brûlé par la fièvre, et je lis ma leçon ; j'avais pensé qu'elle durerait plus d'une heure, mais je ne mis que vingt minutes à la terminer. L'inspecteur, vieillard sec avec ses lunettes d'argent et une perruque écourtée, penchait de temps en temps la tête de mon côté. Quand j'eus fini et que j'eus quitté mon fauteuil, il me dit : « Bien, monsieur, mais un peu transcendantal, un peu obscur, le sujet est à peine effleuré. » En revanche, les étudiants me suivaient des yeux avec admiration. L'enthousiasme, voilà ce qui est précieux dans la jeunesse. J'apporte des notes pour la seconde leçon, pour la troisième aussi... puis je me mets à improviser.

— Avec succès? demanda Lejnieff.

— Grand succès. Les auditeurs m'arrivaient en foule. Je leur livrai tout ce que j'avais dans l'âme. Il y avait parmi eux deux ou trois jeunes gens d'un mérite réel; le reste me comprenait mal, et, il faut que je l'avoue, ceux mêmes qui me comprenaient me troublaient quelquefois par leurs questions. Quant à leur affection, je l'avais conquise du premier coup; ils m'adoraient tous, et aux examens je leur donnais toujours de bonnes notes. Mais on avait déjà commencé à intriguer contre moi. Du reste, était-il nécessaire d'intriguer pour me perdre? Je n'étais pas dans ma sphère, voilà la vérité. Je gênais les autres, les autres me pesaient et m'étouffaient. Je faisais à ces

élèves du gymnase des cours comme n'en entendent
que rarement les étudiants de l'université; mes auditeurs en tiraient pourtant peu de profit, car, tu le
sais, mon érudition est assez mince, et je suis plutôt
un vulgarisateur qu'un savant proprement dit. D'un
autre côté, je ne pouvais me contenter du cercle
étroit où tournait mon activité. Tu n'ignores pas que
ce tort a toujours été le mien. Je voulais une transformation radicale dans mon gymnase, et je te jure
que cette transformation était réalisable, facile même.
J'espérais y parvenir par l'entremise du directeur,
honnête et excellent homme, sur lequel j'avais commencé à prendre de l'influence. Sa femme me venait
en aide. Ami, j'ai rarement rencontré une femme qui
lui ressemblât. Elle avait déjà près de quarante ans,
mais elle croyait au bien, elle aimait le beau avec
toute l'ardeur d'une jeune fille de quinze ans, et elle
était assez courageuse pour soutenir ses convictions
devant l'univers entier. Je n'oublierai jamais son
noble enthousiasme, sa pureté. Je traçai un plan
d'après ses conseils. C'est alors qu'on travailla à me
diminuer et à me noircir dans son esprit. Le professeur de mathématiques se montra mon plus cruel
ennemi. Figure-toi un petit homme mordant et bilieux,
sans croyance aucune, un homme dans le genre de
Pigassoff, seulement bien plus distingué que lui... A
propos, Pigassoff vit-il encore?

— Oui, et imagine-toi qu'il a épousé une bour-
geoise, qui le bat, dit-on.

— Il ne méritait pas mieux ! et Natalie Alexeiéwna se porte-t-elle bien ?

— Oui.

— Est-elle heureuse ?

— Oui.

Roudine demeura un instant silencieux.

— De quoi parlais-je donc ?... Ah oui ! du professeur de mathématiques. Il se prit de haine contre moi ; il comparait mes leçons à un feu d'artifice, saisissait au vol chaque expression qui n'était pas d'une clarté rigoureuse , et alla même une fois jusqu'à me pousser au pied du mur à propos de je ne sais plus quel document du seizième siècle que je ne connaissais pas. Toutes mes intentions lui étaient suspectes ; la dernière de mes séduisantes bulles de savon vint crever sur lui comme sur une épingle. L'inspecteur, avec lequel je m'étais trouvé plus d'une fois en désaccord, excita le directeur contre moi ; il s'ensuivit une scène où je ne voulus pas céder. Je m'emportai. L'affaire fut déférée aux autorités ; je me vis obligé de quitter le service. Je ne me tins pas pour battu ; je voulus montrer qu'on ne pouvait pas agir de la sorte avec moi... Mais, hélas ! on peut agir avec moi comme on le veut... Maintenant il faut que je m'en aille d'ici.

Il y eut encore un moment de silence. Les deux amis gardaient la tête baissée.

Roudine fut le premier à reprendre la parole.

— Oui, frère, poursuivit-il, j'en suis venu à dire

avec Kolzoff : « Où donc m'as-tu conduit, ô ma jeunesse? Je n'ai plus où reposer ma tête... » Et pourtant, est-ce possible que je ne sois plus bon à rien?
Est-ce possible qu'il n'y ait rien à faire ici-bas pour
moi? Je me suis souvent posé cette question, et quels
que soient les efforts que je fasse pour m'humilier à
mes propres yeux, je ne puis m'empêcher de me
sentir animé d'une force peu commune. Pourquoi
donc cette force reste-t-elle impuissante? Il y a un
fait qui m'étonne. Te rappelles-tu nos voyages ensemble à l'étranger? J'étais alors présomptueux et
menteur. Alors, certainement, je ne me rendais pas
bien compte de ce que je voulais, je m'enivrais du
son de mes propres paroles, je poursuivais des chi-
mères. A l'heure qu'il est, au contraire, je puis dire
hautement devant le monde entier quels sont mes désirs. Je n'ai décidément plus rien à cacher; je suis
complétement et dans la véritable acception du mot
un homme bien intentionné; j'ai rabaissé mes prétentions, je veux me conformer aux circonstances,
j'ai restreint mes vœux, je tends au but le plus rapproché, je me tiens au plus petit service à rendre, et
cependant rien ne me réussit. Quelle est la raison de
cet insuccès persistant? Qu'est-ce qui m'empêche de
vivre et d'agir comme les autres? A peine ai-je le
temps de me faire une position définie, à peine
puis-je m'arrêter sur un point donné, que le sort
semble me précipiter hors de la voie commune. Pourquoi tout cela? donne-moi la solution de cette énigme !

12

— Énigme! répéta Lejnieff, oui, tu as raison. Tu
as toujours été une énigme pour moi. Déjà, au temps
de notre jeunesse, lorsque je te voyais alternative-
ment mal agir et bien parler, et recommencer toujours ainsi (tu sais ce que je veux dire), même alors
je ne te comprenais pas nettement; c'est pour cela
que j'ai cessé de t'aimer... Tu as tant de feu, ton entraînement vers l'idéal est si infatigable...

— Des paroles, toujours des paroles! jamais d'actes, interrompit Roudine.

— Que veux-tu dire?

— Ce que je veux dire! c'est bien simple. Quand
on ne ferait qu'entretenir par son travail une vieille
grand'mère aveugle et toute sa famille, comme le faisait Pragenzoff, ne serait-ce pas là une action?

— Oui certes, mais une bonne parole est aussi une
action.

Roudine regarda Lejnieff en silence et secoua tristement la tête.

Lejnieff fit un mouvement comme s'il allait parler,
mais il se retint et passa seulement sa main sur son
visage.

— Vas-tu vraiment à la campagne? demanda-t-il
enfin.

— Oui, je vais à la campagne.

— Il te reste donc une campagne?

— J'ai encore quelque chose dans ce genre. Deux
âmes et demie. J'ai un trou où je puis mourir. En
m'écoutant, tu te dis sans doute : « A présent même

il ne peut se passer de phrases! » Ce sont certainement les phrases qui m'ont perdu; elles m'ont dé-
voré.... Mais ce que je viens de dire n'est pas une
phrase ; ce ne sont pas des phrases, frère, que ces
cheveux blancs, ces rides ; ces coudes déchirés ne
sont pas des phrases. Tu as toujours été sévère pour
moi et tu as eu raison : mais à quoi bon la sévérité à
cette heure, lorsque tout est fini, qu'il n'y a plus
d'huile dans la lampe, que la lampe elle-même est
brisée et que voilà déjà la mèche presque consumée?
Frère, la mort doit pourtant tout réconcilier.

Lejnieff fit un bond sur sa chaise.

— Roudine! s'écria-t-il, pourquoi me parles-tu de
la sorte? En quoi ai-je mérité ces durs reproches?
Quel homme serais-je donc si le mot phrase — pouvait me venir en tête à la vue de tes rides et de tes
joues creuses? Tu désires savoir ce que je pense de
toi? Volontiers ! Je pense : voici un homme... avec
ses facultés, à quoi ne pouvait-il pas atteindre ? Quels
avantages terrestres ne pouvait-il pas posséder, s'il
avait su vouloir? Pourtant il est aujourd'hui nu et
sans asile !

— J'excite donc ta pitié? dit soudainement Roudine.

— Non, tu te trompes : c'est de l'estime et de la
sympathie que tu m'inspires! — Telle est la vérité.
Qu'est-ce qui t'empêchait de passer toute une suite
d'années chez ton ami le propriétaire? J'en suis convaincu, il aurait assuré ton avenir si tu avais voulu

seulement t'accommoder à sa volonté. Pourquoi n'as-
tu pas pu vivre au gymnase? Pourquoi, singulier
homme, quand tu entreprenais une affaire, l'aban-
donnais-tu, en sacrifiant tes intérêts propres et sans
prendre racine dans aucune terre si fertile qu'elle fût?

— Je suis *perecati-pole* [1] de naissance, répondit
Roudine avec un humble sourire. Je ne puis pas
m'arrêter.

— C'est vrai, mais ce qui n'est pas vrai, c'est ce que
tu as dit tout à l'heure, en affirmant que tu portais en
toi un ver rongeur qui t'empêchait de te fixer... Ce
n'est pas un ver que tu portes en toi, ce n'est pas l'esprit d'une agitation oisive. Le feu qui te consume est
celui de l'amour de la vérité, et, malgré toutes tes
faiblesses, il est clair qu'il brûle plus fortement en toi
que chez bien des hommes qui ne se tiennent pas pour
des égoïstes et qui osent t'appeler, toi, un intrigant.
Oui, à ta place, moi le premier, j'aurais déjà depuis
longtemps détruit ce ver dont tu parles, pour me réconcilier avec la réalité; mais toi, rien ne te change.
As-tu même, après tant de douloureuses déceptions,
plus de fiel et d'amertume? Je suis sûr qu'aujourd'hui
encore, qu'à cette heure même, tu entreprendrais un
nouveau travail avec toute l'ardeur d'un jeune homme.

— Non, frère, à présent je suis las, répondit Roudine, oh! bien las!

---

1. Plante qui croît dans les steppes et dont la nature est de
prendre racine là où le vent la pousse.

— Las! à la bonne heure! mais un autre serait
mort depuis longtemps. Tu dis que la mort réconcilie; crois-tu donc que la vie ne réconcilie pas?
Celui que la vie ne rend pas plus indulgent pour
les autres ne mérite aucune indulgence pour lui-
même. Et qui peut dire qu'il n'a pas besoin d'indulgence? Tu as fait ce que tu as pu faire, tu as lutté
autant que tu l'as pu... Que faut-il de plus? Nos chemins se sont séparés...

— Toi, frère, tu es un tout autre homme que moi,
interrompit Roudine avec un soupir.

— Nos chemins se sont séparés, reprit Lejnieff,
peut-être est-ce justement parce que, grâce à ma
fortune, à mon sang-froid et à d'autres circonstances
favorables, rien ne m'empêchait de rester les mains
croisées en spectateur oisif, tandis que toi tu as dû
descendre dans l'arène, retrousser tes manches, te fatiguer et lutter. Nos chemins se sont séparés... et
pourtant vois comme nous sommes près l'un de
l'autre. Vois, nous parlons presque la même langue,
nous nous comprenons à demi-mot, nous avons grandi
avec les mêmes sentiments. Il ne reste plus que peu
d'entre nous, frère; nous sommes à nous deux les
derniers des Mohicans! Nous pouvions nous séparer,
nous haïr autrefois, il y a bien des années, lorsque la
vie paraissait encore longue devant nous; mais maintenant que les rangs s'éclaircissent dans notre batail-
lon, que de nouvelles générations nous dépassent en
poursuivant des buts qui ne sont pas les nôtres, il faut

12.

tenir fermement l'un à l'autre. Trinquons, frère, et
chante-moi, comme dans le bon temps : *Gaudeamus
igitur !*

Les amis trinquèrent, et d'une voix de fausset,
d'une vraie voix russe, ils se mirent à chanter avec
émotion cet ancien *lied* des étudiants allemands.

— Tu vas donc décidément à la campagne? reprit
encore Lejnieff. Je ne pense pas que tu y restes longtemps, et je ne puis m'imaginer avec qui, où et comment tu finiras ta vie... mais rappelle-toi, quoi qu'il
t'arrive, que tu as toujours un refuge, un nid pour
t'abriter : c'est ma maison, — entends-tu, vieux camarade? La pensée a aussi ses invalides : et ceux-là
qui l'ont servie doivent également trouver un asile.

Roudine s'était levé.

— Merci, frère, dit-il, merci! Je n'oublierai jamais
ton offre. Mais j'en suis indigne. J'ai gâté ma vie, je
n'ai pas servi la pensée comme on le doit...

— Tais-toi, interrompit Lejnieff. Chacun reste
comme l'a fait la Providence, et on ne peut exiger
davantage! Tu t'es appelé le *Juif errant*... Peut-être,
après tout, le sort te condamnait-il à errer éternellement; peut-être remplis-tu par là une destination su-
périeure et que tu ignores toi-même. La sagesse du
peuple ne dit-elle pas que nous marchons tous où
nous pousse la main de Dieu. Marche donc où cette
main te conduit, continua Lejnieff, en voyant que
Roudine cherchait son chapeau. Ne veux-tu pas passer la nuit ici?

— Je m'en vais ! Adieu ! Merci... Et pourtant je finirai mal, j'en ai le sinistre pressentiment.

— Dieu seul le sait... Tu t'en vas décidément ?

— Oui. Adieu ! Ne me conserve pas un mauvais
souvenir.

— Mais alors, de ton côté, garde-moi un bon souvenir... et n'oublie pas ce que je t'ai dit. Adieu donc !

Les amis s'embrassèrent. Roudine sortit rapidement.

Lejnieff arpenta longtemps la chambre de long en
large, s'arrêta devant la fenêtre, se mit à réfléchir,
soupira à demi-voix le mot « infortuné ! » et s'assit
enfin devant la table pour écrire à sa femme.

Le vent s'était élevé au dehors et poussait de lu-
gubres hurlements en faisant résonner les vitres sous
ses rafales précipitées et furieuses.

C'était le prélude d'une longue nuit d'automne.
Heureux celui qu'une nuit pareille trouve à l'abri du
toit domestique, près du foyer de la famille où rayonne
une douce chaleur... Et que le Seigneur vienne en
aide à tous les malheureux sans asile !

C'était le 24 juin 1848. L'insurrection des *ateliers
nationaux* était à peu près étouffée ; l'armée et la
garde nationale triomphaient sur tous les points de
Paris.

Dans une des rues étroites du faubourg Saint-An-

toine quelques ouvriers retranchés derrière une barricade échangeaient encore de temps en temps un
coup de fusil avec les soldats ; mais ils se disposaient
à cesser une résistance désormais inutile, quand un
homme de haute taille, aux longs cheveux flottants
et presque blancs, apparut tout à coup sur le sommet
de la barricade. Il était vêtu d'une mauvaise redingote et portait une large écharpe rouge autour des
reins.

Il se mit à crier d'une voix qu'il s'efforçait de
rendre perçante, tout en agitant au-dessus de sa tête
un lambeau d'étoffe rouge attaché au bout d'un bâ-
ton. Cinq ou six coups de fusil partirent aussitôt des
rangs des soldats, et l'homme tomba lentement et
lourdement la face en avant, comme s'il saluait quelqu'un jusqu'à terre. Il avait été tué roide.

« Tiens! dit en ce moment un des derniers défen-
seurs de la barricade à son compagnon : *Voilà qu'on
nous a tué le Polonais.* »

— Diable! répondit l'autre, sauvons-nous! et tous
les deux se jetèrent dans la porte entre-bâillée d'une
maison voisine.

Ce Polonais était Dimitri Roudine.

LE JOURNAL

D'UN

HOMME DE TROP

———————

Au village d'O..., 20 mars 18...

Le médecin me quitte. Je l'ai obligé à s'expliquer enfin. Il a eu beau dissimuler, il lui a fallu me confesser toute la vérité. Je vais mourir : oui, je vais mourir bientôt ; les rivières vont dégeler, et je m'en irai probablement avec les derniers glaçons... Où irai-je ? Dieu le sait ! A la mer aussi !... Eh bien ! quoi ! s'il faut mourir, autant vaut mourir au printemps... Mais n'est-il pas ridicule de commencer un journal peut-être quinze jours seulement avant l'heure de la mort ? Bah ! qu'est-ce que cela fait ? En quoi quinze jours diffèrent-ils de quinze ans, de quinze siècles ? En face de l'éternité, tout est néant, dit-on ; soit ; mais dans ce cas, l'éternité même n'est que néant. Il me semble

que je tombe dans la métaphysique, c'est mauvais
signe; aurais-je peur? Mieux vaut raconter quelque
chose. Le temps est humide, le vent souffle avec violence. Il m'est défendu de sortir. Que raconterai-je?
Un homme bien élevé ne parle pas de ses maladies;
écrire un roman n'est pas de mon ressort; raisonner
sur de graves sujets est au-dessus de mes forces; la
description des objets qui m'entourent ne m'offrirait
aucun plaisir; ne rien faire est ennuyeux; lire me
fatigue... Ah! je vais me raconter ma propre vie.
Quelle bonne idée! Cette revue de soi-même est chose
convenable avant la mort, et ne peut nuire à personne.
Je commence.

Je suis né, il y a trente ans, d'une famille de propriétaires aisés. Mon père était un terrible joueur;
ma mère, une femme de grand caractère et très-ver-
tueuse, mais je n'ai jamais connu de femme dont la
vertu causât moins de plaisir. Elle s'affaissait sous
le poids de ses mérites et en fatiguait tout le monde,
à commencer par elle-même. Pendant les cinquante
années de sa vie, elle ne se reposa pas une seule fois,
elle ne se croisa pas une seule fois les bras; elle travaillait et s'évertuait comme une fourmi, mais sans
aucune utilité, ce que nul ne dira d'une fourmi. Un
ver infatigable la rongeait nuit et jour. Une fois seulement je la vis parfaitement tranquille, et cela dans son
cercueil, le lendemain de sa mort. Aussi son visage me
semblait-il vraiment exprimer un silencieux étonnement. On aurait dit que ses lèvres à demi fermées,

ses joues creuses et ses yeux paisiblement immobiles respiraient ces paroles : « Qu'il fait bon ne pas bouger! » Oui certes, il est bon de se dépouiller enfin de l'accablante conscience de la vie, de la sensation continue et inquiète de l'existence!

Je grandis mal et sans joie. Mes parents me témoignaient de la tendresse; mais la vie ne m'en était pas plus douce. Ouvertement adonné à un vice dégradant et ruineux, mon père n'avait aucune autorité dans sa propre maison. Il reconnaissait son abjection, et, n'ayant pas la force de renoncer à la passion qui le dominait, il cherchait du moins à mériter l'indulgence de sa femme par une soumission à toute épreuve. Ma mère supportait son malheur avec cette magnifique et fastueuse longanimité de la vertu dans laquelle respire tant d'orgueil et d'amour-propre. Elle ne faisait jamais de reproche à mon père; elle lui donnait silencieusement le fond de sa bourse et payait ses dettes. Présente ou absente, il la portait aux nues; mais il n'aimait pas rester à la maison, et il ne me caressait qu'en secret, à la dérobée, comme s'il eût craint de me porter malheur. Ses traits altérés avaient alors une telle expression de bonté, le rire fiévreux qui errait sur ses lèvres se changeait en un sourire si touchant, ses yeux bruns entourés de rides fines s'arrêtaient avec tant d'amour sur moi, que je pressais involontairement ma joue contre sa joue humide et chaude de larmes. J'essuyais ces larmes avec mon mouchoir; mais elles recommençaient à couler sans

effort, comme l'eau déborde d'un vase trop plein. Je
me mettais aussi à pleurer, et il me consolait. Il pres-
sait mes mains entre les siennes, et ses lèvres trem-
blantes me couvraient de baisers. Voilà déjà plus de
vingt ans qu'il est mort, et pourtant chaque fois que
je pense à mon pauvre père, des sanglots muets me
montent au gosier, et mon cœur bat dans ma poitrine; il bat avec tant de chaleur et d'amertume, il
est accablé d'une si douleureuse compassion, qu'on
croirait qu'il lui reste encore longtemps à battre et à
regretter.

Ma mère au contraire était toujours la même pour
moi, bienveillante, mais froide. On rencontre souvent
dans les livres écrits pour les enfants des mères toutes
semblables, morales et justes. Elle m'aimait, mais je
ne l'aimais pas. Oui, j'évitais ma mère vertueuse, et
j'aimais passionnément mon père vicieux.

Mais c'est assez pour aujourd'hui. Le commencement est fait; quant à la fin et à ce qui en adviendra,
je ne m'en inquiète guère. C'est l'affaire de ma maladie.

21 mars.

Le temps est magnifique aujourd'hui, il est chaud
et serein; le soleil se joue gaiement sur la neige qui
fond. Tout reluit, fume et se dissout; les moineaux
crient comme affolés autour des haies sombres et
humides; un air tiède m'irrite la poitrine et me cause
une sensation à la fois douce et pénible. Le prin-

temps, le printemps arrive! Je suis assis à la fenêtre,
mon regard franchit la rivière et se repose sur les
champs. O nature, nature! je t'aime, quoique je sois
sorti de ton sein incapable de vivre. Voilà un petit
oiseau qui déploie ses ailes et sautille ; il crie, et chaque
vibration de sa voix , chaque petite plume ébouriffée
de son corps mignon, respirent la santé et la force...

Que s'ensuit-il? rien. Il se porte bien, et a le droit
de crier et de secouer ses plumes : moi je suis malade
et je dois mourir : voilà tout. Ce n'est pas la peine de
s'y arrêter davantage. Ces larmoyantes invocations à la
nature sont ridicules à l'excès. Revenons à notre récit.

Comme je l'ai dit déjà, je grandis péniblement et
sans joie. Je n'avais ni frères ni sœurs. On m'élevait à
la maison. De quoi se serait donc occupée ma mère,
si on m'avait mis en pension ou envoyé dans un
établissement public? Les enfants sont là pour empêcher les parents de s'ennuyer. Nous demeurions habituellement à la campagne et n'allions à Moscou que
de temps à autre. J'avais des précepteurs et des maîtres selon l'usage. Je me souviens surtout d'un Allemand maigre et pleurnicheur, du nom de Rickmann.
Cet être extrêmement triste et maltraité du sort se
consumait inutilement à regretter sa patrie lointaine.

Plus d'une fois, tandis que, dans l'affreuse chaleur
d'une antichambre étroite, tout infectée de l'odeur
aigre du *kvass* [1], mon vieux menin Basile, surnommé

1. Boisson fermentée qu'on fait avec de la farine.

l'Oie mâle, jouait aux cartes avec le cocher Potape,
vêtu d'une pelisse de mouton toute neuve et chaussé
de ses grandes bottes frottées de goudron, — plus
d'une fois, dis-je, Rickmann chantait derrière la
cloison :

> Cœur, mon cœur, pourquoi si triste?
> Qu'est-ce qui t'oppresse si fort?
> La terre étrangère est si belle!
> Cœur, mon cœur, que te faut-il encore [1]?

Nous nous établîmes définitivement à Moscou après
la mort de mon père. J'avais alors douze ans. Mon
père mourut une nuit d'un coup d'apoplexie. Je n'oublierai jamais cette nuit-là. Je dormais de ce profond
sommeil dont dorment habituellement tous les enfants; mais je me rappelle que j'entendais même à
travers ce sommeil un ronflement pénible et pareil à
un râle. Je sens tout à coup que quelqu'un me saisit
par l'épaule et me secoue. J'ouvre les yeux : mon
menin était devant moi. « Qu'y a-t-il?... — Venez,
venez; Alexis Michaëlitch se meurt... » Je me jette
comme un fou à bas de mon lit et m'élance dans la
chambre de mon père. Il était couché, la tête ren-
versée en arrière, le visage tout rouge, et il râlait avec

---

1.   Herz, mein Herz, warum so traurig?
         Was bekümmert dich so sehr?
         'S ist ja schön im fremden Lande!
         Herz, mein Herz, was willst du mehr?

effort. Les domestiques se pressent à la porte avec des mines effarées; une voix enrouée demande dans l'antichambre si on a envoyé chercher le médecin. J'entends les pas lourds du cheval qu'on fait sortir de l'écurie pour le conduire dans la cour: la porte cochère crie sur ses gonds. Une chandelle brûle par terre sur le plancher de la chambre; ma mère se livre au désespoir, sans oublier toutefois ni les convenances, ni sa propre dignité. Je me précipitai sur mon père et l'embrassai en balbutiant : « Papa, papa! » Il était étendu, immobile, roulant étrangement les yeux. Une terreur insurmontable m'ôta la respiration; je poussai des cris d'effroi comme un oiseau qu'on aurait saisi avec rudesse. On m'entraîna hors de la chambre. La veille encore, comme s'il avait pressenti sa fin prochaine, mon père m'avait caressé avec tant d'ardeur et de tristesse! On amena une espèce de médecin endormi et velu qui répandait une forte odeur d'eau-de-vie. Mon père mourut sous sa lancette. Le lendemain, je me tenais, un cierge à la main, devant la table sur laquelle on avait couché le cadavre, et j'écoutais stupidement les monotones psalmodies du chantre, interrompues de temps à autre par la voix fluette du prêtre. Les larmes coulaient sur mes joues, sur mes lèvres, sur mon col et sur ma chemise. Je regardais continuellement, je regardais fixement le visage immobile de mon père, comme si j'eusse attendu quelque chose de lui, et pendant ce temps ma mère se prosternait lentement la face contre

terre, se relevait lentement et faisait le signe de la
croix en appuyant ses doigts avec force sur son front,
sur ses épaules et sur son estomac. Je n'avais pas une
seule idée dans la tête ; j'étais complétement stupide,
pourtant je sentais que quelque chose de terrible s'accomplissait en moi... La mort m'a regardé alors en
face et m'a remarqué.

Mon père mort, nous allâmes demeurer à Moscou,
et cela par une raison fort simple : tous nos biens
furent vendus à l'encan pour payer nos dettes, tous
absolument, à l'exception d'une petite terre, la même
où se termine maintenant ma magnifique existence !
Quoique je fusse encore bien jeune alors, j'avoue que
la vente de notre nid me fit souffrir, ou plutôt je ne
regrettai, à vrai dire, que notre jardin. Ce jardin se
trouvait lié presque aux seuls souvenirs heureux de
ma jeunesse. C'est là que, par une paisible soirée de
printemps, j'enterrai un vieux chien à pattes torses,
mon meilleur ami, un basset du nom de Trix. C'est
là que, caché dans les hautes herbes, je mangeai des
pommes volées, de ces pommes de Novogorod, vermeilles et douces ; c'est là enfin qu'au milieu d'un
carré de framboisiers je vis pour la première fois une
de nos femmes de chambre, Claudie, qui, malgré son
nez camard et son habitude de rire en s'enfonçant la
face dans son mouchoir, éveilla en moi une passion
si tendre que sa présence me faisait perdre la respiration et la parole. Un jour de Pâques, lorsqu'arriva
son tour d'appliquer ses lèvres sur ma main seigneu-

riale, je me souviens que je manquai me jeter à ses
pieds pour baiser ses souliers de cuir tout déformés.
Est-il possible, grand Dieu! qu'il y ait de cela vingt
ans? Tant d'années se sont-elles écoulées depuis que
je courais sur mon petit cheval alezan le long de la
vieille haie de notre jardin, et que je me levais sur
mes étriers pour arracher du peuplier blanc des
feuilles à double nuance? Pendant qu'il vit, l'homme
ne sent guère sa propre existence; elle ne lui devient
perceptible, comme le son, qu'à une certaine distance, après un certain temps écoulé.

O mon jardin! ô sentiers couverts d'herbe autour
du petit étang! ô charmant recoin sablonneux sous la
vieille digue où je me livrais à la pêche des goujons
et des tanches! et vous, bouleaux aux longues branches pendantes, à travers lesquelles m'arrivait, du
chemin de traverse, la chanson mélancolique d'un
paysan qu'interrompaient par moments les brusques
cahots de sa *telega*[1], je vous envoie mon dernier
adieu!... En quittant la vie, c'est à vous, à vous seuls
que je tends les bras... Je voudrais respirer encore
une fois la fraîcheur amère de l'absinthe, la douce
odeur du sarrasin coupé sur les champs de ma patrie;
je voudrais encore une fois entendre au loin le modeste tintement de la cloche fêlée de notre paroisse,
m'étendre encore une fois à l'ombre du buisson de
chêne sur la pente du ravin, suivre encore une fois

1. Charrette à quatre roues non suspendue.

des yeux les traces fuyantes du vent qui court en
vagues sombres sur l'herbe dorée de notre prairie...
Bah ! à quoi bon tout cela ? Je ne puis plus écrire aujourd'hui. A demain.

22 mars.

Aujourd'hui il fait de nouveau sombre et froid. Ce
temps-ci me convient davantage ; il est en harmonie
avec mes occupations. La journée d'hier est venue
réveiller mal à propos bien des sentiments et bien des
souvenirs inutiles. Cela ne se répétera plus. Ces épanchements de la sensibilité rappellent l'impression que
vous fait la racine de réglisse. Au premier abord et
tant qu'on ne suce qu'un peu, le goût n'en est pas
désagréable ; mais un instant après la bouche en est
tout amère. Je vais me remettre simplement et tranquillement au récit de ma vie.

Nous allâmes donc à Moscou... Mais il me vient
une idée : est-ce bien la peine de raconter ma vie ?
Non décidément... Ma vie ne diffère en rien de la plupart des autres vies. La maison paternelle, l'université, le service dans les grades inférieurs, la retraite,
un petit cercle de connaissances, une pauvreté honnête, des plaisirs modestes, des occupations paisibles,
des désirs modérés, dites, de grâce, qui donc ignore
tout cela ? Une autre raison pour ne pas conter ma
vie, c'est que je n'écris que pour mon propre plaisir,
et que si mon passé n'offre rien de particulièrement
gai ou de particulièrement triste, même à mes yeux,

c'est qu'en effet il ne renferme rien qui soit digne d'attention. Mieux vaut essayer de m'expliquer mon caractère.

Quelle espèce d'homme suis-je?... On pourra me faire observer que personne ne me le demande non plus. J'en conviens; mais je vais mourir, et il me semble que c'est un désir pardonnable que celui de vouloir apprendre avant la mort quelle sorte d'oiseau l'on a été.

Ayant dûment pesé cette importante question, et n'ayant d'ailleurs nulle raison pour m'exprimer avec trop d'amertume sur mon propre compte, comme le font les gens bien convaincus de leur mérite, je commence par convenir d'une chose : j'ai été l'homme, ou, si l'on veut, l'oiseau le plus superflu de ce monde. Je le prouverai demain, car aujourd'hui je tousse comme une vieille chèvre, et Térence, ma garde-malade, ne me laisse pas un instant de repos. « Couchez-vous, mon petit père [1], et prenez du thé, » me dit-elle. Je sais bien qu'elle me presse ainsi parce qu'elle veut du thé elle-même. Eh bien! soit. Pourquoi ne serait-il pas permis à la pauvre vieille femme de retirer tout le profit possible de son maître, tandis qu'il en est temps encore?

1. Formule d'usage dans la conversation russe.

23 mars.

L'hiver est revenu. La neige tombe à flocons...
« Superflu... De trop... » C'est une excellente expression que j'ai trouvée là. Plus je pénètre dans les profondeurs de mon être, plus je regarde attentivement
dans ma vie passée, et plus je suis convaincu de la
sévère justesse de cette expression. Superflu !... c'est
bien cela. Ce mot ne s'applique pas aux autres... Les
hommes sont ou méchants, ou bons, ou intelligents,
ou stupides, ou agréables, ou désagréables ; mais su-
perflus,... non. C'est-à-dire, comprenez-moi bien, le
monde peut se passer de ces gens-là !... certainement ;
mais la superfluité n'est pas leur signe distinctif, et,
en parlant d'eux, ce n'est pas le mot « superflu » qui
vous vient tout d'abord sur les lèvres. Quant à moi,...
c'est tout ce qu'on peut dire : « superflu, ou être sur-
numéraire, » voilà tout. Il est évident que la nature
ne comptait pas sur mon apparition, aussi m'a-t-elle
traité en visiteur importun et non invité. Ce n'est pas
en vain qu'un plaisant, grand amateur de cartes, a
dit, à propos de moi, que ma mère a fait une remise,
comme au boston, en me mettant au monde. A l'heure
qu'il est, je parle de moi avec calme et sans aucun
fiel... C'est une affaire finie ! Pendant tout le cours de
mon existence, j'ai trouvé ma place prise, peut-être
parce que je ne la cherchais pas là où elle devait être.
J'ai été susceptible, timide et irritable comme tous les

malades. Il y avait de plus en moi, probablement à
cause d'un amour-propre excessif ou par suite de
l'organisation défectueuse de mon être moral, un
obstacle incompréhensible et insurmontable entre mes
sentiments, mes idées et l'expression de ces sentiments et de ces idées. Lorsque je me décidais violemment à vaincre cet obstacle, à faire tomber cette
barrière, toute ma personne prenait l'empreinte d'une
tension pénible. Non-seulement je paraissais affecté et
guindé, je l'étais réellement; je sentais cela, et me
hâtais de rentrer en moi-même. Un trouble épouvan-
table s'élevait alors dans mon for intérieur. Je m'ana-
lysais jusqu'à la dernière fibre, je me comparais aux
autres, je me rappelais les moindres regards, les
moindres sourires, les moindres paroles de ceux devant lesquels j'avais voulu briller; je prenais tout
dans le mauvais sens; je riais amèrement de ma pré-
tention d'être « comme tout le monde, » et au milieu de mon rire je m'affaissais tout à coup, je tom-
bais dans un découragement inepte; en un mot, je
m'agitais sans relâche, comme l'écureuil dans sa roue.
Je passais des journées entières à ce travail infruc-
tueux et maussade. Et maintenant dites vous-même,
dites, de grâce, à quoi un homme pareil peut être
utile! Pourquoi en est-il ainsi de moi? Quel est le
motif de ces sombres tracasseries intérieures? Qui le
sait? qui me le dira?

Je me souviens que je pris un jour la diligence
pour aller à Moscou. La route était bonne, et pour-

tant le postillon attela un cheval de volée de front
avec les quatre autres. Misérable et parfaitement inutile, attaché n'importe comment à l'avant-train par
une corde épaisse et courte qui lui coupait sans pitié
la cuisse, lui frottait la queue, le forçait à courir de
la façon la plus grotesque, et donnait à tout son être
l'aspect d'une virgule, ce misérable cheval excitait
toujours ma plus profonde compassion. Je fis observer au postillon qu'il me semblait qu'on aurait pu se
passer du cinquième cheval... Il secoua la tête, lui
donna une dizaine de coups de fouet dans toute la
longueur de son dos décharné, de son ventre bouffi,
et marmotta avec une sorte d'ironie : « C'est vrai, il
est de trop!... » Moi aussi, je suis de trop... Le relais
heureusement n'est plus loin.

Superflu!... J'ai promis de prouver la justesse de
mon opinion, et je vais remplir ma promesse. Je ne
crois pas nécessaire de m'arrêter à mille bagatelles,
aux événements et incidents de chaque jour, quoiqu'ils puissent servir, aux yeux de tout homme réfléchi, de preuves incontestables en ma faveur, ou, pour
mieux dire, en faveur de ma manière de me juger.
Mieux vaut commencer de prime abord par le récit
d'un fait assez important, après lequel il ne restera
probablement plus le moindre doute au sujet de
l'exactitude du mot « superflu. » Je n'ai pas, je le répète, l'intention d'entrer dans les détails; mais je ne
puis passer sous silence une circonstance assez cu-
rieuse et remarquable, l'étrange conduite de mes

amis avec moi, car j'avais aussi des amis. Chaque fois
que je me trouvais sur leur chemin ou que je m'ap-
prochais d'eux, ils semblaient mal à leur aise ; ils souriaient d'un air contraint en venant à ma rencontre,
fixaient leurs regards non sur mes yeux ou sur mes
pieds, comme le font certaines gens, mais plutôt sur mes
joues, me tendaient la main d'un air pressé, disaient
d'un air pressé : « Ah ! bonjour, Tchoulkatourine ! »
(le sort m'avait affublé de ce nom), ou bien : « Voilà
Tchoulkatourine ! » et s'en allaient aussitôt. D'autres
s'arrêtaient même quelquefois immobiles, comme
s'ils cherchaient à se rappeler quelque chose. Je remarquais tout cela, car je ne manquais ni d'observation ni de perspicacité. En somme, je ne suis pas bête,
il me vient même parfois à l'esprit des pensées assez
amusantes et qui ont leur originalité ; mais, en ma
qualité d'homme superflu et verrouillé à l'intérieur,
j'évitais constamment d'exprimer ma pensée, d'autant plus que je savais d'avance que je la rendrais fort
mal. Il me semblait même parfois fort étrange d'entendre les autres parler si simplement et si librement...
Quelle hardiesse ! pensais-je involontairement. Pourtant il faut avouer que, malgré mon verrou, la langue
me démangeait souvent ; mais ce n'est décidément que
dans ma première jeunesse que j'arrivais à prononcer
une parole : en avançant dans la vie, je parvenais presque toujours à me vaincre. Je me disais à part moi :
« Il vaut mieux que nous nous taisions, » et je me
calmais instantanément. Nous sommes tous habiles en

silence, nous autres Russes !... Mais il ne s'agit pas de
cela, et ce n'est pas à moi de critiquer les autres.

Grâce à un concours de circonstances insignifiantes,
mais importantes pour moi, il m'arriva, il y a quelques
années, de passer six mois dans la ville de district O...
Cette ville était fort incommodément bâtie sur le flanc
d'une montagne. Elle contenait environ huit cents
habitants; la pauvreté y était extrême, les maisons n'y
ressemblaient à rien de connu. La rue principale était
obstruée, par-ci par-là, d'immenses plaques de pierres
calcaires brutes qui tenaient lieu de pavé, et forçaient
même les *telegas* à un détour. Il y avait une place
principale, d'une malpropreté incroyable, au centre
de laquelle s'élevait un petit bâtiment percé de trous
sombres. Ces trous abritaient des gens à larges cha-
peaux qui faisaient semblant de se livrer au commerce. Là aussi figurait une haute perche bigarrée
près de laquelle on avait placé par ordre, sur l'invitation des autorités, une charrette de foin jaunâtre,
autour de laquelle rôdait une poule appartenant au
gouvernement. Pour tout dire, on vivait misérable-
ment dans cette ville d'O... Dès les premiers jours de
mon séjour, j'y faillis devenir fou d'ennui. Je dois
ajouter que, quoique je sois certainement un homme
de trop, ce n'est pas que je l'aie voulu ainsi; je suis
malade moi-même, mais je déteste tout ce qui est
malsain... Je n'ai pas fui le bonheur, j'ai même essayé
de l'atteindre en prenant à droite et à gauche... Aussi
n'est-il pas étonnant que j'aie la faculté de m'en-

nuyer comme tout autre mortel. C'étaient des affaires de service qui m'avaient amené dans la ville d'O...

Térence a décidément juré de me faire mourir. Voici un échantillon de notre conversation :

TÉRENCE. — Mon Dieu ! petit père, qu'écrivez-vous donc toujours là ? Cela ne vous vaut rien d'écrire ainsi.

Moi. — Mais, Térence, je m'ennuie.

ELLE. — Prenez une tasse de thé et couchez-vous. Dieu fera en sorte que vous transpiriez et que vous dormiez un peu.

Moi. — Mais je n'ai pas envie de dormir.

ELLE. — Ah ! petit père, pourquoi parler ainsi ? Que le Seigneur vous bénisse ! Couchez-vous, couchez-vous, c'est ce que vous pouvez faire de mieux.

Moi. — Je mourrai de toute façon, Térence.

ELLE. — Que Dieu vous bénisse, vous dis-je ! Eh bien ! faut-il vous donner du thé ?

Moi. — Je n'ai plus une semaine à vivre, Térence.

ELLE. — Hi ! hi ! petit père, que chantez-vous là ?... Je vais préparer le *samovar*[1].

O créature décrépite, jaune et édentée, se peut-il que je ne sois pas un homme, même pour toi ?

24 mars. — Gelée aiguë.

Le jour même de mon arrivée dans la ville d'O..., les affaires de service dont j'ai parlé plus haut me

---

1. Bouilloire en cuivre d'un usage très-répandu en Russie.

forcèrent de me rendre chez un certain Ojoguine Cyril Matvéitch, un des plus importants employés du
district, dont je ne fis la connaissance ou plutôt dont
je ne me rapprochai qu'au bout de deux semaines. Sa
maison était située dans la principale rue et se distinguait de toutes les autres par un toit coloré et les
deux lions qui gardaient la porte. Ces lions étaient
de l'espèce de ceux qu'on voit aux portes cochères à
Moscou, et qui ressemblent eux-mêmes à des chiens
fantastiques. Ces lions seuls suffisaient à prouver
l'opulence d'Ojoguine, et il avait en effet quatre cents
âmes, recevait la meilleure société d'O... et passait
pour être hospitalier. Le préfet de la ville, homme
d'une obésité peu commune et qui semblait avoir été
taillé dans un ballot avarié, se rendait chez lui dans
un large *drochki* à deux chevaux. Il recevait aussi
les autres employés : le procureur, créature bilieuse
et méchante ; l'arpenteur, grand diseur de bons
mots, d'origine allemande et à figure tartare ; l'officier des ponts et chaussées, âme tendre, bon chan-
teur, mais mauvaise langue ; l'ex-chef du district,
individu à cheveux teints, à chemise fripée et à pan-
talon étroit. Celui-ci était doué de cette expression
grandiose de physionomie particulière aux gens qu'un
jugement a convaincus de péculat. On trouvait encore chez Ojoguine deux propriétaires, amis insépa-
rables, tous les deux vieux et cassés, dont le plus
jeune cherchait constamment à humilier l'autre en
lui fermant la bouche à tout propos avec ce seul et

même reproche : « Allons, Serge Serguéitch, finissez donc! Où voulez-vous en venir, vous qui écrivez bouchon avec un *p*? Oui, messieurs, continuait-il en s'adressant avec indignation à ceux qui l'écoutaient, Serge Serguéitch n'écrit pas *bouchon,* mais *pouchon.* » Et tous les assistants de rire, quoique aucun d'eux probablement ne fût très-compétent en fait d'orthographe, tandis que le malheureux Serge Serguéitch se taisait, baissait la tête et souriait d'un air résigné... Mais j'oublie que mes jours sont comptés, et que je me lance dans une description trop détaillée. Ainsi donc, sans plus longs détours, Ojoguine était marié ; il avait une fille nommée Élisabeth Cyrillovna, et je m'épris de cette jeune fille.

Ojoguine n'était ni bon ni mauvais, c'était un homme comme on en voit tant ; sa femme,... j'oserais la nommer une vieille volaille ; mais la fille ne tenait nullement de ses parents. Elle était jolie de figure, d'un caractère enjoué et modeste ; ses yeux gris regardaient avec bonté et candeur sous des sourcils constamment relevés comme ceux des enfants ; elle souriait presque toujours et riait fort souvent. Sa voix fraîche avait un timbre agréable, ses mouvements étaient libres et rapides ; elle rougissait facilement et joyeusement. Ses toilettes n'étaient pas toujours de bon goût ; il n'y avait guère que les robes simples qui lui allassent bien. J'étais en général peu prompt à faire connaissance ; je n'avais surtout aucune habitude du commerce des femmes, et quand il m'arri-

vait de me trouver en leur présence, je me mettais à
froncer le sourcil et à prendre un air farouche, ou
bien je bégayais niaisement et tournais avec embarras ma langue dans ma bouche. Ce fut le contraire qui
eut lieu avec Élisabeth Cyrillovna ; je me sentis à mon
aise dès la première fois. Voici comment la chose
m'arriva. J'allai un jour chez Ojoguine avant l'heure
du dîner, et demandai s'il était chez lui. « Il y est,
me répondit-on : mais il s'habille. Veuillez passer dans
le salon. » J'y entrai en regardant autour de moi ;
j'aperçus près de la fenêtre une jeune fille en robe
blanche qui me tournait le dos. Elle tenait une cage
dans ses mains. Je me sentis troublé comme à l'ordinaire ; je me remis cependant et toussai pour avoir
une contenance. La jeune fille se retourna si vivement que ses boucles de cheveux lui frappèrent le
visage ; elle m'aperçut, s'inclina et me montra en
souriant une petite boîte à moitié remplie de graines
de chènevis. « Vous permettez ? » me dit-elle. Moi,
tout naturellement et comme cela se fait en pareille
occurrence, j'inclinai d'abord la tête, puis je souris,
levai la main en l'air et l'agitai deux fois avec grâce.
La jeune fille se détourna aussitôt, enleva la petite
planchette de la cage, se mit à la gratter fortement
avec un couteau, et sans changer de place elle prononça les paroles suivantes : « C'est le bouvreuil de
papa... Aimez-vous les bouvreuils ? — Je préfère les
serins, répondis-je non sans un certain effort. — Ah !
moi aussi, j'aime les serins, mais regardez donc comme

il est gentil ! Voyez, il n'a pas peur. » J'étais surpris de
n'avoir pas peur moi-même. « Approchez-vous ; il s'appelle Popka. » Je m'approchai et me penchai sur la
cage. « Il est gentil, n'est-ce pas ? » Elle se tourna vers
moi ; nous étions si près l'un de l'autre qu'elle fut
obligée de renverser un peu la tête pour me regarder
avec ses yeux brillants. Je la contemplai : tout son jeune
visage vermeil s'illumina d'un sourire si affectueux
que je souris à mon tour et faillis même rire de plaisir. La porte s'ouvrit, M. Ojoguine entra. Je me mis
aussitôt à causer très-librement avec lui, et, je ne
sais comment cela se fit, je restai à dîner et passai
toute la soirée chez eux. Le lendemain le laquais
d'Ojoguine, pauvre diable efflanqué et presque aveugle, me souriait déjà comme à un ami de la maison
en me débarrassant de mon manteau.

Trouver un refuge, se faire un nid même tempo-
raire, connaître le charme tranquille des habitudes et
des rapports journaliers, c'était un bonheur que moi,
homme de trop et sans souvenirs de famille, je n'a-
vais jamais éprouvé jusqu'alors. S'il était possible
que quelque chose en moi pût faire songer à une
fleur, et si cette comparaison n'était déjà si usée, je
pourrais me résoudre à dire que de ce jour mon
âme s'épanouit. Un changement instantané sembla se
faire en moi et autour de moi : toute ma vie fut illu-
minée par l'amour, oui, ma vie entière, jusqu'aux
moindres détails, ainsi qu'une chambre sombre et
abandonnée dans laquelle aurait subitement pénétré

la lumière. Je me levais et je me couchais, je déjeu-
nais, je fumais ma pipe autrement que par le passé.
Je sautillais même en marchant, oui, vraiment, je
sautillais, comme s'il m'était tout à coup poussé des
ailes aux épaules. Je me rappelle que je n'eus pas un
seul instant de doute au sujet du sentiment que
m'inspira Élisabeth Cyrillovna. Je fus passionnément
amoureux d'elle dès le premier jour, et je sus dès le
premier jour que j'étais amoureux d'elle. Pendant
trois semaines, je ne cessai de la voir. Ces trois semaines furent le temps le plus heureux de ma vie ;
mais c'est un souvenir qui me pèse. Je ne puis penser
à ces trois semaines sans songer involontairement à ce
qui arriva ensuite, et sans qu'une amertume empoisonnée ne pénètre ce cœur qui allait s'attendrir.

Lorsqu'un homme heureux est complétement sain
d'esprit et de cœur, on sait que son cerveau travaille
peu. Un sentiment calme et serein, le sentiment de la
satisfaction, s'empare de tout son être ; il en est en-
vahi, la conscience de sa personnalité lui échappe.
« Il nage dans la béatitude, » disent les mauvais
poëtes ; mais lorsque ce « charme » s'évanouit enfin,
l'homme éprouve quelquefois un certain dépit,
presque un regret de s'être si peu observé au milieu
de son bonheur, de n'avoir point appelé la réflexion
et le souvenir à son aide pour prolonger et doubler ses
jouissances, comme si « dans la béatitude » l'homme
pouvait trouver qu'il valût la peine de réfléchir sur ses
sentiments ! L'homme heureux est comme une mouche

au soleil. Aussi m'est-il presque impossible, lorsque je
me rappelle ces trois semaines, de retenir dans mon
esprit une impression exacte et définie. Cela me réussit d'autant moins qu'il ne se passa rien de particulièrement remarquable entre nous pendant tout ce
temps... Ces vingt jours m'apparaissent comme quelque chose de chaud, de jeune et de parfumé, comme
un rayon lumineux dans ma vie mate et décolorée.
Ma mémoire ne devient tout à coup inexorablement
précise et sûre qu'à compter du moment où, pour
employer encore les expressions de ces mêmes mauvais poëtes, « les coups du sort s'abattirent sur moi. »

Et pourtant ces trois semaines ont laissé en moi
quelque empreinte. Lorsqu'il m'arrive parfois de réfléchir longuement sur cette époque, certains souvenirs se dégagent soudain des ténèbres du passé, pareils
aux étoiles que le regard fixement tendu découvre
inopinément au milieu du ciel nocturne. J'ai conservé
surtout le souvenir d'une promenade à travers le bois
qui se trouve derrière la ville d'O... Nous étions
quatre : la vieille Ojoguine, Lise, moi et un certain
Besmionkof, dont j'aurai encore à parler, employé
inférieur domicilié à O..., petit homme blondasse,
paisible et bon. M. Ojoguine était resté chez lui. Il
s'était donné une migraine à force de dormir. La journée était magnifique, chaude et pure. Les Russes ne
sont pas en général grands amateurs de jardins de
plaisance ou de promenades publiques. Quelle qu'en
soit la raison, on rencontre rarement âme qui vive

dans ces soi-disant jardins publics; une vieille femme
vient de temps en temps s'asseoir en gémissant sur un
banc de gazon bien rôti au soleil, près duquel s'élève
un chétif arbuste. Si pourtant il se trouve aux environs de la ville un maigre petit bois de bouleaux, les
marchands et quelquefois les employés aiment à s'y
transporter les dimanches et les jours de fête; ils em-
portent avec eux des *samovars,* des gâteaux et des
melons d'eau, et, après avoir étalé toutes ces frian-
dises sur l'herbe poussiéreuse qui borde la grande
route, ils s'assoient tout à l'entour, boivent et man-
gent jusqu'au soir à la sueur de leurs fronts. Il existait justement un petit bois semblable à deux verstes
de la ville d'O... Nous y allâmes un peu après le dîner. Besmionkof offrit son bras à la vieille Ojoguine,
je donnai le mien à Lise. Le jour était déjà sur son
déclin. C'était le temps de la première ferveur de
mon amour (nous nous connaissions à peine depuis
quinze jours). Je me trouvais dans cet état d'adora-
tion passionnée et attentive où toute notre âme suit
innocemment et involontairement les moindres mouvements de l'être aimé, où nous ne pouvons nous
rassasier de sa présence, ni assez entendre sa voix, où
nous regardons autour de nous et sourions comme
un enfant en convalescence, où tout homme quelque
peu expérimenté doit reconnaître à cent pas et à première vue ce qui se passe en nous. Il ne m'était pas
arrivé jusqu'à ce jour de donner le bras à Lise. Nous
marchions côte-à-côte, foulant doucement l'herbe

verte. Une légère petite brise voltigeait autour de
nous à travers les troncs blanchâtres des bouleaux,
et me jetait parfois le ruban du chapeau de Lise au
visage. Je suivais obstinément son regard jusqu'au
moment où elle se tournait enfin gaiement vers moi,
et nous nous mettions à nous sourire l'un à l'autre.
Les oiseaux semblaient nous gazouiller leur approba-
tion, le ciel bleu nous contemplait avec tendresse à
travers le feuillage menu et transparent. L'excès du
bonheur me donnait le vertige. Je me hâte de faire
observer que Lise n'était aucunement éprise de moi.
Je lui plaisais, elle n'était pas sauvage de nature ;
mais ce n'était pas à moi qu'il était donné de troubler
sa placidité enfantine. Elle se suspendait à mon bras
comme à celui d'un frère. Elle venait d'entrer dans
sa dix-septième année... Et cependant ce soir-là même
commença devant moi cette douce fermentation in-
térieure qui précède la transformation de la jeune
fille en femme... Je fus témoin de cette transfigura-
tion, de cette incertitude innocente, de cette méditation inquiète ; je fus le premier à remarquer cette
subite mollesse du regard, cette inégalité dans les
sons de la voix, et, ô pauvre niais ! homme de trop
sur la terre ! je n'eus pas honte de supposer pendant toute une semaine que j'étais, moi, la cause de
ce changement !...

Il y avait longtemps que nous nous promenions ; le
soir était venu, nous nous parlions peu. Je me taisais, comme le font tous les amoureux qui ont peu

d'expérience, et elle faisait de même, probablement
parce qu'elle n'avait rien à me dire ; mais elle paraissait absorbée par une pensée secrète, et secouait
la tête d'une façon toute particulière en mordillant
d'un air rêveur une feuille qu'elle venait de cueil-
lir. Elle se mettait par moments à marcher en avant
d'une manière résolue, puis s'arrêtait tout à coup,
m'attendait et regardait autour d'elle en souriant
d'un air distrait. La veille, nous avions lu ensemble
le Prisonnier du Caucase[1]. Avec quelle avidité elle
m'avait écouté, tout en tenant son visage dans ses
deux mains et sa poitrine appuyée contre la table !
Je me mis à lui parler de cette lecture ; elle rougit,
me demanda si avant de partir j'avais donné de la
graine de chènevis à son bouvreuil, entonna à haute
voix une romance et retomba subitement dans le
silence. Le bois s'adossait d'un côté à un escarpement roide et élevé ; une petite rivière sinueuse coulait au-dessous, et au delà de la rivière s'étendait
une vaste prairie qui tantôt ondulait légèrement, et
tantôt devenait unie comme une nappe ; des ravins
l'entrecoupaient çà et là. Nous étions arrivés les premiers, Lise et moi, sur la lisière du bois ; Besmionkof
était resté en arrière avec la vieille Ojoguine. Nous
sortîmes du fourré, nous nous arrêtâmes, et tous les
deux nous fûmes forcés de cligner des yeux : juste
en face de nous, le soleil se couchait, sanglant et

1. Poëme de Pouchkine.

superbe, au milieu d'un nuage incandescent. Une
moitié du ciel était embrasée ; des rayons empourprés
tombaient obliquement sur les prairies, jetaient un
reflet vermeil jusque sur la partie des ravins déjà
couverte d'ombre, s'étendaient en jets de plomb fondu
sur la petite rivière aux endroits où elle ne se cachait
pas sous les arbrisseaux penchés sur ses rives, et allaient donner d'aplomb sur le flanc de l'escarpement
et sur le rideau serré du bois. Nous restions immobiles, enveloppés d'une lueur ardente. Je ne suis pas
en état de rendre toute la solennité passionnée de ce
tableau. On dit que pour un aveugle la couleur rouge
correspond au son des trompettes. Je ne saurais dire
à quel point la comparaison est exacte; mais il y
avait réellement quelque chose d'impérieusement
éclatant, comme un appel suprême, dans ce torrent
d'or flamboyant, dans ce vaste embrasement du ciel
et de la terre. Je jetai un cri d'enthousiasme et me
tournai aussitôt vers Lise. Elle tenait les yeux fixés
droit sur le soleil. Je me rappelle qu'il se reflétait
dans ses yeux en petits points lumineux. Elle était
touchée et profondément émue. Elle ne répondit
pas à mon exclamation , mais resta longtemps immobile, la tête baissée... Je lui tendis la main; elle
se détourna et se mit tout à coup à pleurer. Je la
regardais avec une incertitude secrète et presque
joyeuse... La voix de Besmionkof retentit à deux pas
de nous. Lise essuya rapidement ses larmes et me
regarda avec un sourire indécis. Mme Ojoguine sor-

tit du bois appuyée sur son cavalier. Ils s'arrêtèrent
à leur tour pour admirer ce magnifique tableau.
La vieille dame fit une question à sa fille, et je me
rappelle mon tressaillement involontaire quand la
voix de Lise résonna avec une vibration cristalline
en répondant à sa mère. Le soleil s'était couché pendant ce temps, et l'incendie du soir commençait à
s'éteindre. Nous retournâmes sur nos pas. Je repris
le bras de Lise. Il faisait encore assez clair dans le
bois, et je pouvais distinguer ses traits. La rougeur
qui s'était répandue sur tout son visage n'avait pas
encore disparu : elle semblait être encore enveloppée des rayons du soleil couchant. Son bras effleu-
rait à peine le mien. Je fus longtemps avant d'oser
parler, tant mon cœur battait fortement. Une voiture
apparut dans le lointain à travers les arbres : c'était le
cocher qui venait à notre rencontre, au pas, sur la
route sourde et sablonneuse.

— Élisabeth Cyrillovna, dis-je enfin, pourquoi donc
pleuriez-vous?

— Je ne sais, répondit-elle après un instant de silence. — Elle fixa sur moi ses yeux encore humides
de larmes. Son regard me parut transformé.

— Je vois que vous aimez la nature? repris-je. Ce
n'était pas là du tout ce que j'avais voulu dire, et
j'eus de la peine à balbutier la fin de cette phrase.
Elle secoua la tête. Je n'étais plus en état de prononcer une syllabe... J'attendais je ne sais quoi;...
était-ce un aveu? Allons donc! J'attendais un regard

confiant, une question... Mais Lise tenait les yeux
baissés et se taisait. Je répétai encore à demi-voix :
« Pourquoi?. » et restai sans réponse. Je voyais qu'elle
était gênée et presque honteuse.

Un quart d'heure après, nous étions assis tous les
quatre dans la voiture et nous nous approchions de la
ville. Les chevaux couraient d'un trot régulier; nous
roulions rapidement à travers l'air frais et obscur. Je
me mis à causer, m'adressant toujours soit à Besmionkof, soit à Mme Ojoguine. J'évitais de tourner les yeux
vers Lise, mais je pouvais remarquer qu'enfoncée dans
un coin de la voiture, ses regards erraient çà et là, et ils
s'arrêtèrent plus d'une fois sur moi. Arrivée à la maison, elle reprit son empire sur elle-même ; mais elle
ne voulut cependant pas continuer notre lecture, et elle
alla se coucher de bonne heure. La crise, cette crise
dont j'ai parlé, venait de s'accomplir en elle. Elle
avait cessé d'être une enfant, elle aussi commençait
à attendre... comme moi. Elle n'attendit pas longtemps.

Je rentrai ce soir-là avec un enchantemeut dans le
cœur. Quelque chose de vague qui avait germé en
moi comme un pressentiment, comme un soupçon,
s'évanouit soudain. Je mis sur le compte de la pudeur
virginale et de la timidité cette subite contrainte que
j'avais remarquée dans la manière d'être de Lise vis-
à-vis de moi... N'avais-je pas lu mille fois, et dans
beaucoup d'ouvrages, que la première apparition de
l'amour trouble et effraie une jeune fille? Je me sen-

tais excessivement heureux et me livrais déjà à toute
sorte de projets.

Si quelqu'un m'avait alors dit à l'oreille : « Tu fais
fausse route, l'ami; ce n'est pas là ce qui t'attend,
frère. Ce qui t'attend, c'est la mort dans l'isolement,
sous le toit d'une vilaine maison délabrée, au bruit
des gronderies insupportables d'une vieille mégère
qui guette impatiemment ta dernière heure afin de
vendre tes vieilles bottes!... » Oui, je me sens malgré moi porté à répéter avec un grand philosophe
russe : « Comment savoir ce qu'on ne sait pas? » A
demain.

25 mars. — Neigeuse journée d'hiver.

Je viens de relire ce que j'ai écrit hier, et j'ai été
au moment de tout déchirer. Il me semble que je
raconte avec trop de sensiblerie et que j'entre dans
trop de détails. Pourquoi, du reste, ne me passerais-je
pas cette petite fantaisie, puisque les autres souvenirs
de cette époque ne peuvent m'offrir que cette jouissance d'espèce particulière que Lermontof a en vue
lorsqu'il dit qu'on trouve à la fois de la souffrance et
de la joie à irriter les cicatrices d'une ancienne blessure? Mais il faut enfin savoir s'arrêter. Voilà pourquoi je continue sans aucune sensiblerie.

Pendant la semaine qui suivit notre promenade, ma
situation ne s'améliora pas le moins du monde, et
pourtant la transformation de Lise devenait plus frap-

pante de jour en jour. Je le répète, je m'étais expli-
qué ce changement de la manière la plus flatteuse
pour moi... Le malheur des gens solitaires et timides,
— timides par amour-propre, — consiste en ce que
tout en ayant des yeux, en les écarquillant même, ils
voient tout sous un aspect faux, comme s'ils regardaient à travers les lunettes de couleur. Leurs propres
pensées et leurs propres observations les troublent à
chaque pas. Aux premiers jours de notre liaison, Lise
était libre et confiante avec moi comme un enfant, il
est même possible qu'il y eût dans cette manière
d'être quelque inclination naïve... Mais lorsque s'accomplit cette crise étrange et presque instantanée, elle
se sentit, après une courte incertitude, gênée en ma
présence ; elle me fuyait involontairement et se montrait en même temps triste et rêveuse... Elle attendait... Qu'attendait-elle ? Elle n'en savait rien elle-
même,... et moi,... moi, j'étais heureux de ce changement... Je suis prêt à convenir d'ailleurs que tout
autre aurait pu s'y tromper à ma place, car qui donc
est sans amour-propre ? Il est inutile de dire que tout
cela ne devint clair pour moi que dans les derniers
temps, lorsque je fus enfin obligé de replier mes ailes
froissées, ces ailes qui ne m'auraient jamais porté ni
haut ni loin.

Ce malentendu entre Lise et moi dura toute une
semaine, et il n'y a là rien d'étonnant : il m'est arrivé
d'être témoin de malentendus qui ont duré des années. Quel est celui qui ose dire que la vérité seule est

réelle? Le mensonge est tout aussi vivace que la vérité;
peut-être l'est-il plus encore. Je me souviens en effet
que pendant cette semaine même mon ver rongeur,
le doute, se remua plus d'une fois dans mon cœur...
Mais les hommes solitaires de notre espèce ne sont
pas plus en état de comprendre ce qui se passe en
eux que ce qui s'accomplit sous leurs yeux. Et l'a-
mour serait-il par hasard un sentiment naturel? Est-il
dans la nature de l'homme d'aimer? L'amour est une
maladie, et les maladies ne sont soumises à aucune
règle. J'admets que mon cœur se soit parfois serré d'une
manière désagréable; mais c'est que tout était sens
dessus dessous en moi. Comment donc reconnaître ce
qui est vrai ou faux, et quelle raison, quelle signification donner à chaque sensation séparée? Quoi qu'il
en soit, tous ces malentendus, tous ces pressentiments et toutes ces espérances furent bientôt dissipés.

Un jour, — c'était le matin, il pouvait être midi,
— je venais d'entrer dans l'antichambre d'Ojoguine,
lorsque j'entendis une voix inconnue et sonore qui
retentissait dans le salon. La porte s'ouvrit, et sur le
seuil apparut, en compagnie du maître de la maison,
un jeune homme d'environ vingt-cinq ans, grand et
bien fait; il s'enveloppa rapidement dans un manteau
militaire qu'il avait laissé sur un banc, prit affectueu-
sement congé de Cyril Matvéitch, passa devant moi
en portant négligemment la main à sa casquette, et
disparut en faisant résonner ses éperons.

— Qui est-ce donc? demandai-je à Ojoguine.

— C'est le prince N..., me répondit-il avec une figure soucieuse. Il a été envoyé de Pétersbourg pour inspecter des recrues. Que sont devenus mes gens? continua-t-il avec dépit. Un aide de camp de l'empereur, il n'y avait personne pour lui mettre son manteau !

Nous entrâmes dans la salle. — Est-il arrivé depuis longtemps! demandai-je.

— Depuis hier au soir. Je lui ai offert une chambre qu'il a refusée. Il a d'ailleurs l'air d'un aimable garçon.

— Est-il resté longtemps chez vous?

— Une heure. Il m'a demandé de le présenter à Olympie Nikitichna.

— Et vous l'avez fait?

— Naturellement.

— Et à Lise Cyrillovna?...

— Cela s'entend. Ils ont fait connaissance.

— Ne savez-vous pas pour combien de temps il est venu?

— Oui, pour une quinzaine de jours à peu près.

Là-dessus Cyril Matvéitch courut s'habiller. Je ne me rappelle pas que l'arrivée du prince ait éveillé alors la moindre appréhension en moi, si ce n'est ce sentiment de malveillance qui s'empare ordinairement de nous lorsqu'un nouveau visage s'introduit dans notre cercle d'intimes. Peut-être se mêlait-il encore à ce sentiment un je ne sais quoi qui ressemblait à la jalousie qu'inspire tout brillant officier de Pétersbourg à un timide et obscur habitant de la province. « Ce prince, me disais-je, est un des beaux de la capitale ; il va nous regarder du haut de sa grandeur...» Je ne l'avais guère vu plus d'une minute, mais j'avais déjà remarqué qu'il était joli garçon, adroit et bien tourné. Après avoir fait quelques tours dans la salle, je m'étais enfin arrêté devant un miroir ; je tirai un petit peigne de ma poche pour donner à ma chevelure un air de négligence pittoresque, et, comme cela arrive parfois, je m'étais subitement plongé dans la contemplation de mon propre visage. Je me souviens que mon attention s'était péniblement concentrée sur mon nez, dont les contours mous et incertains ne me plaisaient guère, lorsque je vis tout à coup une porte s'ouvrir dans la profondeur de la glace penchée, qui reflétait presque toute la chambre, et se montrer la svelte figure de Lise. Je ne sais pourquoi je restai immobile. Lise avança la tête, me regarda attentivement, se mordit les lèvres, et, en retenant son haleine comme quelqu'un qui se flatte de n'avoir pas été aperçu, elle recula avec précaution et tira doucement la porte sur elle. Les gonds firent un léger bruit... Je ne bougeai pas. Elle tira le bouton de la porte et disparut. Il n'y avait plus aucun doute possible. L'expression du visage de Lise, cette expression dans laquelle on ne lisait que le désir d'échapper à une rencontre désagréable, la passagère lueur de plaisir que j'avais eu le temps de saisir dans son regard quand elle crut avoir réellement réussi à disparaître sans être remar-

quée, tout me disait assez clairement : Cette jeune
fille n'a pas le moindre amour pour vous. Je restai
longtemps, bien longtemps, sans avoir la force de détacher mon regard de la porte immobile et muette
qui avait reparu comme une tache blanche dans le
fond du miroir. Je voulus sourire à ma propre image,
mais ma mine allongée ne s'y prêta point. Je baissai
la tête, m'en retournai à la maison et me jetai sur
mon divan. J'avais un poids si affreux sur le cœur que
je ne pus pleurer. — Est-ce possible? me répétai-je
sans cesse, couché sur le dos comme un mort et les
bras croisés sur ma poitrine; est-ce possible?... Que
pensez-vous de mon « est-ce possible? »

                        26 mars. — Dégel.

Lorsque j'entrai le lendemain, après de longues
hésitations et en tremblant, dans le salon des Ojoguine, je n'étais déjà plus le même homme que celui
qu'ils connaissaient depuis trois semaines. Toutes les
anciennes manies dont j'avais commencé à me désha-
bituer sous l'influence d'un sentiment nouveau repa-
rurent soudain, et reprirent possession de moi comme
un maître de maison qui rentre chez lui. Et ce n'est
pas étonnant : les êtres de mon espèce tiennent moins
de compte des faits positifs que des impressions per-
sonnelles. Pas plus tard que la veille, j'avais encore
rêvé aux « enthousiasmes de l'amour réciproque, » et
le lendemain déjà je ne doutais pas le moins du

monde de mon « infortune, » et me considérais
comme au comble du désespoir, quoique je n'eusse
pas été en état de trouver le plus petit prétexte raisonnable à ma douleur. Je ne pouvais pas être jaloux
du prince, car, quels que fussent ses mérites, son apparition seule ne suffisait pas pour détruire d'un coup
toutes les bonnes dispositions de Lise à mon égard...
Cependant ces dispositions existaient-elles réellement?
Je me rappelais le passé. — Et la promenade au bois?
me disais-je. Mais l'expression de son visage dans le
miroir?... Eh bien! continuais-je, il semblerait néanmoins que la promenade au bois... Mon Dieu! quel
être insipide je fais! m'écriai-je enfin à haute voix.
C'est ainsi que des pensées inachevées et à demi ex-
primées renaissaient mille fois en tourbillon uniforme
pour bourdonner dans mon cerveau. A mon retour
chez les Ojogüine, j'étais redevenu, je le répète, le
même homme susceptible, soupçonneux et guindé
que j'avais été dès l'enfance.

Toute la famille était réunie au salon. Besmionkof
aussi était assis dans un coin. Tout le monde paraissait de bonne humeur. Ojoguine surtout était rayonnant; il m'apprit dès la première parole que la veille
le prince N... avait passé la soirée chez eux. Lise
m'accueillit poliment. « Eh bien! me dis-je, je comprends maintenant pourquoi vous êtes tous de bonne
humeur. » J'avoue que la seconde visite du prince me
surprenait. Je ne m'y étais pas attendu. Les gens qui
me ressemblent s'attendent à tout au monde, excepté

à ce qui doit arriver dans l'ordre naturel des choses.
Je me mis à bouder et à prendre l'air d'un homme
offensé, mais généreux. Je voulais punir Lise en lui
témoignant mon déplaisir, ce qui prouve du reste que
je n'avais pas encore perdu tout espoir. On dit qu'il
peut être quelquefois utile de tourmenter l'être adoré,
quand on est véritablement aimé soi-même ; mais
c'était une sottise inouïe dans ma position. Lise ne
faisait nulle attention à moi. Seule la vieille Ojoguine
fut frappée de mon silence solennel, et s'informa de
ma santé d'un air inquiet. Je lui répondis naturellement, mais avec un sourire amer, qu'elle était, Dieu
merci ! parfaitement bonne. Ojoguine continuait à s'é-
tendre en mille détails au sujet de son hôte ; mais,
voyant que je lui répondais de mauvaise grâce, il
s'adressa à Besmionkof, qui l'écoutait avec la plus
grande attention, lorsqu'un domestique entra pour
annoncer le prince N... Le maître de la maison se
leva précipitamment pour aller à sa rencontre. Lise,
sur laquelle j'avais aussitôt fixé un regard d'aigle,
rougit de plaisir et fit un mouvement sur sa chaise.
Le prince entra parfumé, gai, caressant...

Comme je ne compose pas mon récit pour le soumettre à un lecteur bienveillant, mais que j'écris simplement pour mon propre plaisir, je puis me dispenser
d'avoir recours aux manéges ordinaires de messieurs
les romanciers, et dire tout de suite, sans de plus
longs détours, que du premier jour Lise s'était éprise
du prince, et que le prince était devenu amoureux

d'elle, en partie par oisiveté, en partie par l'habitude qu'il avait de tourner la tête aux femmes, mais aussi parce que Lise était vraiment une créature charmante. Le prince ne s'était pas attendu probablement à trouver un pareil joyau dans une aussi vilaine coquille (je parle de l'horrible ville d'O...), et jusqu'alors Lise n'avait pas même vu en songe un être semblable à ce gentilhomme brillant et spirituel.

Après les premiers compliments d'usage, Ojoguine me présenta au prince, qui se montra fort poli. Il était en général très-affable pour tout le monde, et, malgré la distance incommensurable qui existait entre lui et notre obscure société de province, il avait non-seulement l'art de ne gêner personne, mais encore celui de paraître se croire des nôtres et de n'habiter Pétersbourg que par hasard.

Ce premier soir... oh! ce premier soir !... Aux jours heureux de notre enfance, nos professeurs nous racontent et nous citent comme exemple le trait d'héroïque patience de ce jeune Lacédémonien qui, ayant dérobé un renard et l'ayant caché sous sa chlamyde, se laissa ronger les entrailles sans jeter un seul cri, préférant ainsi la mort à l'opprobre... Je ne puis trouver de meilleure comparaison pour exprimer mes cruelles souffrances pendant cette soirée où je vis pour la première fois le prince à côté de Lise. Mon sourire continuellement forcé, ma surveillance pleine d'anxiété, mon silence stupide, mon désir constant et inutile de m'éloigner, étaient sans doute des choses assez remarquables dans leur genre. Ce n'était pas un renard seul qui me dévorait les entrailles : la jalousie, l'envie, le sentiment de ma nullité, une méchanceté impuissante, me déchiraient tour à tour. Je ne pouvais m'empêcher de reconnaître que le prince était réellement fort aimable... Je le dévorais des yeux, et je crois même que j'oubliai mon clignement habituel en le regardant. Il ne s'entretenait pas uniquement avec Lise, mais tout ce qu'il disait s'adressait à elle seule. Je devais certes l'ennuyer affreusement... Je suppose qu'il devina bientôt qu'il avait affaire à un amoureux éconduit, et que ce fut par compassion sans doute et aussi par une profonde conviction de ma parfaite innocuité qu'il se montra si affable avec moi. Vous pouvez vous imaginer combien je me sentais blessé !

Je... — ne vous moquez pas de moi, qui que vous soyez, sous les yeux duquel seront tombées ces lignes, d'autant plus que ce furent là mes derniers rêves, — je me figurai tout à coup, au milieu de mes angoisses, que Lise voulait me punir pour la froideur présomptueuse que j'avais montrée au commencement de ma visite, qu'elle était irritée contre moi, et que le dépit seul la portait à faire la coquette avec le prince. Je saisis un moment favorable pour m'approcher d'elle, et je balbutiai avec un sourire à la fois soumis et tendre : « Assez ; pardonnez-moi... Du reste, ce n'est pas que je craigne... » Et, sans attendre sa réponse, je donnai tout à coup à mon visage une expression vive et dégagée qui ne lui était nullement habituelle, puis

je levai la main au-dessus de ma tête dans la direction
du plafond (il me souvient que je croyais arranger
ma cravate), et me disposai même à pirouetter sur
un pied, comme si je voulais dire : « Tout est fini,
me voilà de bonne humeur, soyons tous de bonne
humeur... » J'abandonnai cependant l'idée de la
pirouette, car je me sentais une certaine roideur
peu naturelle dans les genoux qui aurait pu me
faire choir sur le plancher... Lise ne me comprenait décidément pas; elle me regarda avec surprise
droit dans les yeux, sourit avec la précipitation d'une
personne qui désire en finir vite, et retourna auprès
du prince. J'avais beau être aveugle et sourd; il n'y
avait pas moyen de croire qu'elle était le moins du
monde irritée ou dépitée contre moi dans ce moment;
elle ne songeait pas même à moi. Le coup était déci-
sif : mes dernières espérances s'écroulèrent avec fracas, comme un bloc de glace exposé au soleil, qui se
brise soudain en menus fragments. Je fus complète-
ment désarçonné dès la première attaque et perdis
tout en un jour, comme les Prussiens à Iéna. Non,
elle ne m'en voulait point... bien au contraire, hélas!
Je m'apercevais qu'elle était elle-même emportée
comme par un flot. Pareille à un jeune arbre déjà à
moitié arraché du rivage, elle se penchait sur le torrent avec avidité, prête à lui donner pour toujours et
le premier épanouissement de son printemps et sa vie
entière. Celui qui est condamné à être témoin d'un
entraînement pareil peut se dire qu'il a passé par un

instant très-amer, s'il aime lui-même sans qu'on lui
rende son amour. Je me rappellerai éternellement
cette attention dévorante, cette gaieté pleine de ca-
resse, cet oubli de soi-même, ce regard encore enfant
et déjà féminin, ce sourire heureux, et pour ainsi dire
à peine épanoui, qui ne quittait ni ses lèvres entr'ou-
vertes ni ses joues rougissantes... Tout ce que Lise
avait vaguement pressenti au temps de notre promenade dans le bois s'accomplissait alors, et, s'abandonnant tout entière à l'amour, elle s'apaisait et devenait
plus sereine à la fois, comme un vin nouveau qui
cesse de fermenter, parce que son heure est venue...

J'avais eu la patience de passer cette soirée avec
elle; il en fut de même de toutes les soirées suivantes, — toutes, jusqu'à la dernière.

Lise et le prince s'attachaient tous les jours davantage l'un à l'autre. Je ne pouvais plus conserver le
moindre espoir... Mais j'avais décidément perdu le
sentiment de ma propre dignité, et je n'avais plus la
force de me dérober au spectacle de mon propre
malheur. Je me rappelle que j'essayai un jour de ne
pas aller chez les Ojoguine; je m'étais donné dès le
matin ma parole d'honneur de rester à la maison,
mais, à huit heures du soir (j'y allais ordinairement
à sept heures), je m'étais jeté comme un fou à bas
de mon siége, pour prendre mon chapeau et courir
tout essoufflé dans le salon de Cyril Matvéitch. Ma
position était des plus sottes; je me taisais obstinément, je ne prononçais souvent pas un seul mot pen-

15

dant des journées entières... J'ai déjà dit que je ne
m'étais jamais distingué par mon éloquence, mais
dans ce temps-là tout ce que j'avais dans l'esprit semblait s'envoler quand je me trouvais en présence du
prince. De plus je mettais, quand j'étais seul, ma
pauvre cervelle tellement à la torture, en la forçant de
réfléchir à fond sur tout ce que j'avais surpris ou observé la veille, qu'il me restait à peine assez de forces
pour de nouvelles observations, quand je retournais
chez les Ojoguine. On me ménageait comme on ménage un malade ; je m'en apercevais. Chaque matin,
je prenais une résolution « nouvelle et définitive »
que j'avais la plupart du temps péniblement couvée
pendant une nuit sans sommeil. Tantôt je me dis-
posais à avoir une explication avec Lise, à lui donner
un conseil d'ami ; puis, s'il m'arrivait d'être seul avec
elle, ma langue cessait soudain d'agir, comme frappée
de paralysie, et nous en étions tous les deux réduits
à appeler avec angoisse la présence d'un tiers. Tantôt je voulais fuir, pour la vie s'entend, et laisser à
celle que j'aimais une lettre pleine de reproches ; cette
lettre fut même commencée, mais l'instinct de la
justice n'était pas encore complétement éteint en
moi : je compris que je n'avais aucun droit de faire
des reproches à qui que ce fût, et je jetai ma missive
au feu. Tantôt je m'offrais généreusement en holo-
causte, je donnais ma bénédiction à Lise, je lui souhaitais un amour heureux et j'adressais de mon coin
un sourire affectueux à mon rival : mais non-seule-

ment ces amoureux impitoyables ne me remercièrent pas de mon sacrifice, ils ne le remarquèrent même pas, ils ne se souciaient évidemment ni de mes bénédictions ni de mes sourirès... Le dépit me faisait alors tomber tout à coup dans une disposition d'esprit complétement opposée : je me promettais de m'envelopper dans un manteau à l'espagnole pour aller égorger mon heureux rival dans une embuscade, et je me figurais avec une joie bestiale le désespoir de Lise ; mais premièrement la ville d'O... ne possédait que peu de recoins commodes, et en second lieu une palissade de bois, de fumeux réverbères, une sentinelle endormie dans une vieille guérite... Non, décidément, dans de pareilles rues il est plus naturel de faire le commerce d'échaudés que de verser le sang de son prochain. Je dois confesser que, parmi les divers moyens de délivrance, — c'était une des expressions fort vagues que j'employais en conversant à part moi, j'avais compté celui de m'adresser à Ojoguine lui-même,... d'appeler l'attention de ce gentilhomme sur la position dangereuse de sa fille, sur les suites déplorables de son imprudence ; je me décidai même à entamer un jour avec lui ce sujet délicat... Mes discours avaient quelque chose de si entortillé et de si ténébreux, qu'après m'avoir longtemps écouté en silence, il fit tout à coup un brusque mouvement, passa rapidement la paume de sa main sur son visage, de l'air d'un homme qui veut s'empêcher de dormir, articula un grognement sourd, et passa de l'autre côté de la chambre. Inutile de dire que je m'étais persuadé que je n'agissais que d'après les vues les plus désintéressées en prenant cette résolution, que je croyais remplir le devoir d'un ami de la maison ; mais j'ose affirmer que lors même que Cyril Matvéitch n'eût pas interrompu mes épanchements, je n'aurais pas eu le courage de terminer mon monologue. Je me mettais parfois à peser les mérites du prince avec la gravité d'un sage de l'antiquité ; parfois je cherchais une consolation dans l'espoir, et me disais que tout cela n'avait rien de sérieux, que Lise reviendrait à elle, que son amour n'était pas l'amour véritable... Je ne sais vraiment quelle est la pensée après laquelle je n'essayai pas de courir alors. J'avoue franchement qu'il y avait une solution, une seule, qui ne me vint jamais en tête : je ne songeai pas une seule fois à m'ôter la vie. Je ne saurais dire pourquoi cette pensée ne se présenta jamais à mon esprit... Peut-être pressentais-je déjà qu'il ne me restait après tout que peu de temps à vivre.

On comprend que ma position devenait de plus en plus embarrassée. La vieille Ojoguine elle-même, cette créature obtuse, commençait à me fuir et ne savait par quel bout me prendre. Besmionkof, toujours poli et serviable, m'évitait aussi ; il me semblait que nous étions confrères, et que lui aussi aimait Lise. Seulement il ne relevait jamais mes allusions et ne causait pas volontiers avec moi. Le prince lui témoignait beaucoup d'amitié, il l'estimait sans doute. Nous n'empêchions ni l'un ni l'autre le prince de poursuivre ses projets sur Lise ; mais Besmionkof ne les fuyait pas comme moi, il n'avait pas l'air d'un loup ou d'une victime et se rapprochait d'eux de bonne grâce quand ils le désiraient. Il faut dire qu'il ne montrait pas grande jovialité dans ces occasions, mais il y avait toujours eu quelque chose de contenu dans sa gaieté.

Deux semaines environ s'étaient écoulées de la sorte. Outre qu'il était beau et spirituel, le prince était musicien, chantait, dessinait assez bien et contait à ravir. Les anecdotes qu'il tirait des sphères élevées du monde de Pétersbourg faisaient sur ses auditeurs une impression d'autant plus forte qu'il avait l'air de n'y attacher aucune importance. Le résultat de cette simple habileté du prince fut qu'il charma décidément toute la société d'O... pendant le court séjour qu'il fit dans cette ville. Il est très-facile à un brillant homme du monde d'ensorceler des provinciaux comme nous. Les fréquentes visites que le prince faisait aux Ojoguine (il y passait toutes ses soirées) excitaient naturellement la jalousie des autres propriétaires et employés; mais le prince avait trop de savoir-vivre et d'intelligence pour négliger le moindre d'entre eux ; il allait chez les uns et les autres, adressait ne fût-ce qu'un seul mot aimable à tous les hommes et à toutes les femmes, se laissait offrir des mets bizarres et indigestes, buvait des vins frelatés à étiquettes pompeuses, et se montrait, en un mot, convenable, prudent et adroit. Le caractère du prince était habituellement enjoué et sociable, aimable par penchant, et par calcul aussi quand il le jugeait à propos : comment n'aurait-il pas réussi complétement ?

Depuis le jour de son arrivée, toute la maison des Ojoguine trouvait que le temps s'envolait avec une rapidité prodigieuse. Quoique feignant de ne rien remarquer, les vieux époux se frottaient probablement les mains en secret à l'idée de captiver un gendre pareil ; le prince lui-même menait les choses avec un calme parfait, lorsque tout à coup un événement inattendu...

A demain encore !... Je suis fatigué aujourd'hui. Ces souvenirs m'irritent jusqu'au bord du tombeau. Térence a trouvé aujourd'hui que mon nez s'effilait du bout, et on dit que c'est un mauvais signe.

27 mars. — Le dégel continue.

Toutes choses se trouvaient dans la situation que j'ai décrite plus haut. Le prince et Lise s'aimaient ; les vieux Ojoguine attendaient une solution. Besmionkof aussi faisait acte de présence ; c'est tout ce qu'on pouvait dire de lui. Je me heurtais à tout comme un poisson sous la glace et j'observais de tous mes yeux. C'était le temps où je m'étais donné la mission de veiller à ce que Lise ne se laissât pas prendre dans les piéges du séducteur : en effet, j'avais déjà commencé à fixer mon attention sur les femmes de service et sur le fatal escalier dérobé, ce qui ne m'empê-

chait pas de passer des nuits entières à me représenter
la touchante générosité avec laquelle je tendrais plus
tard ma main à la victime délaissée en lui disant : « Il
t'a trahie, le misérable ! mais je reste éternellement ton
meilleur ami... Oublions le passé et soyons heureux ! »

Telles étaient mes réflexions lorsqu'une nouvelle
joyeuse se répandit subitement par toute la ville
d'O... Le bruit courut que le maréchal du district
donnait, en l'honneur du noble visiteur, un grand
bal dans son château. Des invitations furent envoyées
à toutes les notabilités et à toutes les puissances, à
partir du préfet jusqu'à l'apothicaire, un Allemand
par excellence qui avait de cruelles prétentions à
parler purement le russe, et qui, tout en étant le
plus pacifique des hommes, employait sans cesse et
hors de propos les expressions les plus fortes et les
plus exagérées... Les préparatifs de la fête furent terribles. Un parfumeur vendit seize pots de pommade
ornés de l'inscription : « à la *jasmine*, » avec un *e* à
la fin. Les demoiselles étaient plongées dans la con-
fection de robes empesées qui leur prenaient la taille
comme dans un étau et dont les pointes arrivaient
sur le ventre ; les mères surchargeaient leurs propres
têtes de certains monuments curieux qui devaient
ressembler à des bonnets ; les pères affairés n'avaient
plus, comme on dit, ni pieds ni pattes. Le jour désiré
arriva enfin. J'étais au nombre des invités. Le château
du maréchal était situé à neuf verstes de la ville.
Cyril Matvéitch m'offrit une place dans sa voiture,

mais je la refusai, comme un de ces enfants en péni-
tence qui voudraient se venger de leurs parents en se
privant à table de leurs mets favoris. Je sentais aussi
que ma présence gênerait Lise. Besmionkof me rem-
plaça. La prince alla dans sa calèche, moi dans un
vilain *drochki* que j'avais loué fort cher pour cette
occasion solennelle.

Je ne vais pas décrire ce bal. Tout ce qui constitue
un bal de province s'y trouvait : dans les tribunes,
des musiciens avec des trompettes extraordinairement
fausses, des propriétaires ébahis avec leurs familles
aux costumes surannés, des glaces violettes, de l'or-
geat visqueux, des domestiques en bottes déformées
et en gants de coton tricotés, des lions de petite ville
aux visages convulsivement contractés. Tout ce petit
monde tournait autour de son soleil... autour du
prince. Perdu dans la foule, dédaigné même des demoiselles de quarante-huit ans, qui avaient des boutons rouges sur le front et des fleurs bleues sur le
sommet de la tête, je regardais continuellement soit
le prince, soit Lise. Elle était fort bien mise et très-
jolie ce soir-là. Ils n'avaient dansé que deux fois ensemble (il est vrai qu'il dansa la mazurka avec elle),
mais je crus m'apercevoir qu'il existait une certaine
intelligence entre eux. Même sans la regarder, sans lui
parler, on sentait toujours que le prince ne s'adressait qu'à elle, à elle seule ; s'il était beau, brillant et
aimable avec les autres, ce n'était que pour elle seule
qu'il l'était. Elle avait évidemment la conscience d'être

la reine du bal et d'être aimée : son visage reflétait à
la fois une joie enfantine et un orgueil innocent ; il
s'illuminait même d'un autre sentiment plus profond. Elle rayonnait de bonheur. Je remarquais tout
cela ;... ce n'était pas la première fois qu'il m'arrivait
de l'observer. J'en fus d'abord fort attristé, puis
touché en quelque sorte, et enfin complétement furieux. Je me sentis tout à coup excessivement méchant, et je me souviens que cette nouvelle sensation me causa une jouissance extrême, et que j'en
ressentis même quelque estime pour ma personne.

« Montrons-leur que nous ne sommes pas encore
réduit à néant, » me dis-je en moi-même. Dès que
résonnèrent les sons entraînants de la mazurka, je jetai
tranquillement les yeux autour de moi et les arrêtai
sur une demoiselle qui avait une figure allongée, un
nez rouge et luisant, une bouche qui s'ouvrait si dis-
gracieusement qu'on l'aurait crue déboutonnée, et un
cou veineux qui rappelait l'archet d'une contre-basse.
Je m'approchai froidement d'elle et l'invitai d'un air
dégagé en faisant sèchement frapper mes talons l'un
contre l'autre. Elle portait une robe rose qui paraissait
relever de maladie et entrer à peine en convalescence ;
une espèce de mouche déteinte et mélancolique trem-
blait sur sa tête et se balançait sur un gros ressort en
cuivre. Elle semblait en général pénétrée d'outre en
outre, si l'on peut s'exprimer ainsi, d'une sorte d'ennui aigre et d'infortune moisie. Elle n'avait pas bougé
de sa place depuis le commencement de la soirée, car

15.

personne n'avait songé à l'inviter. Un blondin de seize ans avait voulu, dans sa disette d'autres danseuses, s'adresser à elle, et avait déjà fait quelques pas dans cette direction, lorsqu'il réfléchit un instant, la regarda et se perdit précipitamment dans la foule. On peut se figurer le joyeux étonnement avec lequel elle accepta mon invitation. Je la conduisis triomphalement à travers toute la salle ; je m'emparai de deux chaises et m'installai avec elle dans le cercle des danseurs, où nous formions le dixième couple et étions presque en face du prince, auquel on avait naturellement réservé la meilleure place. Le prince, je l'ai déjà dit, dansait avec Lise. Je ne fus guère fatigué d'invitations, ni ma danseuse non plus. Il nous restait suffisamment de temps pour causer. Il faut pourtant dire que ma compagne ne se distinguait point par une conversation soutenue et suivie : elle se servait plutôt de ses lèvres pour produire un certain sourire étrange qui abaissait sa bouche vers son menton, tandis que ses yeux s'étiraient en l'air comme si une force invisible avait tendu son visage en sens inverse ; mais je n'avais que faire de son éloquence. Heureusement je me sentais méchant, et ma danseuse n'était pas de force à me rendre timide. Je me mis à tout critiquer, à médire de tout le monde et particulièrement des jeunes gens de la capitale et des *mirliflores* de Saint-Pétersbourg. Je parlais avec tant de volubilité et de verve que ma voisine cessa enfin de sourire, et qu'au lieu d'élever ses yeux en l'air, elle commença, — par étonnement sans doute,—à loucher si singulièrement qu'on aurait dit qu'elle remarquait pour la première fois qu'elle avait un nez au milieu du visage, tandis que mon voisin, un de ces *lions* dont j'ai déjà parlé, me toisa avec l'expression d'un acteur en scène qui s'éveille dans des parages inconnus.

Tout en bavardant, je continuais à observer le prince et Lise. On venait constamment les inviter; cependant je souffrais moins quand ils dansaient tous les deux. Ma douleur était même supportable quand ils étaient assis à côté l'un de l'autre, et qu'ils causaient en se souriant de ce sourire qui est comme gravé sur le visage de tous les amants heureux ; mais lorsque Lise voltigeait par la salle avec quelque petit-maître et que le prince tenait son écharpe de gaze bleue sur les genoux, lorsqu'il semblait jouir de son triomphe et la suivre des yeux d'un air pensif, oh ! alors je ressentais un tourment intolérable, et mon dépit m'arrachait des remarques si méchantes que les prunelles de ma compagne se rapprochaient complétement des deux côtés de son nez. Pourtant la mazurka tirait à sa fin... On commença une nouvelle figure nommée la *confidente*. Une dame s'assied au milieu du cercle, se choisit une confidente et lui glisse à l'oreille le nom de celui avec lequel elle désire danser. Son cavalier lui amène les danseurs un à un, et la confidente les congédie jusqu'à ce qu'on tombe enfin sur l'heureux mortel désigné d'avance. Lise était placée au milieu du cercle et avait choisi pour confidente la fille de la mai-

son, une de ces demoiselles dont on ne peut que dire :
« Que Dieu la bénisse ! » Le prince était allé à la recherche de l'élu. Après avoir présenté inutilement dix
cavaliers environ, que la fille de la maison avait tous
congédiés de l'air le plus aimable du monde, il s'était
dirigé enfin de mon côté. Quelque chose d'extraordinaire se passa alors en moi. Je frissonnai de la tête
aux pieds, je voulus refuser ; pourtant je me levai et
partis avec lui. Le prince me conduisit à Lise... Elle
ne me jeta pas même un regard ; la fille de la maison
me fit un signe de tête négatif. Le prince se tourna
vers moi et me salua profondément, frappé sans doute
par la sotte expression de mon visage. Ce salut iro-
nique, ce refus qui m'était signifié par un rival triom-
phant, son sourire négligent, l'expression indifférente
de Lise, tout cela me mit hors de moi... Je m'approchai du prince et murmurai à son oreille avec rage :
« Il me semble que vous vous permettez de vous moquer de moi ! » Le prince me regarda d'un air de surprise méprisante, reprit ma main, comme pour me
ramener à ma place, et me répondit froidement :
— Moi ?

— Oui, vous ! continuai-je à voix basse en me ré-
signant cependant, c'est-à-dire en me laissant conduire
à mon siége. Oui, vous ; mais je n'ai pas l'intention
de permettre à n'importe quel insipide parvenu de
Pétersbourg...

Le prince sourit avec calme, presque avec indulgence ; il me serra la main et dit à demi-voix : « Je

vous comprends, mais ce n'est pas ici le lieu ; nous nous reverrons. » Il se détourna, s'approcha de Besmionkof, et le mena à Lise. Le petit employé pâle se trouva être l'élu. Lise se leva pour aller à sa rencontre.

Assis à côté de ma danseuse avec sa triste mouche pour coiffure, je me sentais presque un héros. Mon cœur battait avec force, ma poitrine se soulevait noblement sous ma chemise empesée, ma respiration était profonde et accélérée, et je lançai tout à coup au *lion* mon voisin un regard si superbe, qu'il fit un mouvement involontaire du pied qui était de mon côté. En ayant fini avec lui, je laissai errer mes yeux sur le cercle des danseurs... Il me semblait que deux ou trois de ces messieurs me regardaient avec une sorte d'étonnement ; mais en général on n'avait pas remarqué ma conversation avec le prince... Mon rival avait déjà repris sa place avec une tranquillité parfaite, et conservait le même sourire aux lèvres. Besmionkof ramena Lise à sa chaise : elle le salua d'un air affectueux, et se tourna aussitôt vers le prince avec un certain trouble, à ce qu'il me parut ; mais il lui sourit de nouveau en faisant un gracieux signe de la main, et lui dit sans doute quelque chose de fort agréable, car elle devint toute rouge de plaisir, baissa les yeux et les fixa de nouveau sur lui avec un air de reproche caressant.

Les dispositions héroïques qui avaient subitement pris possession de moi ne diminuèrent pas tant que

dura la mazurka ; mais je ne lançais plus de saillies,
ni de critiques, et me contentais de regarder de temps
en temps ma danseuse d'un air sombre et sévère. Elle
commençait évidemment à avoir peur de moi, et bé-
gayait affreusement en clignotant sans cesse des yeux.
Je la reconduisis sous la garde naturelle de sa mère,
grosse femme dont la tête était ornée d'une toque
roussâtre. Après avoir remis la demoiselle épouvantée
à qui de droit, je m'étais approché de la fenêtre en
me croisant les bras sur ma poitrine pour attendre la
suite des événements. J'attendis assez longtemps. Le
prince était continuellement entouré, c'est bien le
mot, tout aussi entouré que l'Angleterre l'est par la
mer, du maître de la maison, des nombreux membres
de sa famille et des hôtes qui restaient encore, et de
plus il lui était impossible, sans éveiller la surprise,
de s'approcher d'un homme aussi peu important que
moi. Je me rappelle que je jouis alors de mon peu de
considération. — Tu as beau faire, me disais-je en
voyant avec quelle politesse il s'adressait tour à tour
aux diverses notabilités qui briguaient l'honneur d'attirer son attention, ne fût-ce, comme s'expriment les
poëtes, que « pendant l'espace d'un moment; » tu as
beau faire, l'ami... Je t'ai offensé... il faudra bien que
tu viennes à moi.—Ayant enfin réussi à se débarrasser
adroitement de la foule de ces adorateurs, le prince
passa à côté de moi, laissa tomber un regard vague
sur la fenêtre, puis sur mes cheveux, fit un mouvement pour se retourner, et s'arrêtant tout à coup,

comme s'il se rappelait quelque chose : — Ah! oui, dit-il en s'adressant à moi; à propos, nous avons à causer ensemble.

Deux propriétaires des plus acharnés, qui suivaient obstinément le prince, pensèrent qu'il s'agissait sans doute « d'affaires de service, » et se retirèrent respectueusement en arrière. Le prince me prit le bras et m'emmena de côté. Mon cœur battait avec violence.

— Je crois que vous m'avez insulté? me dit-il en appuyant sur le mot « vous, » et en me regardant sous le menton avec une expression de mépris qui allait singulièrement bien à son frais et gracieux visage.

— J'ai dit ce que je pensais, répliquai-je en haussant la voix.

— Chut!... plus bas! dit-il. Les gens comme il faut ne crient pas. Vous voulez sans doute vous battre avec moi?

— Cela vous regarde, repris-je en me redressant.

— Si vous ne rétractez pas vos expressions, il faudra bien que je vous défie, me répondit-il négligemment.

— Je n'ai nulle envie de me rétracter ni de me résigner en quoi que ce soit, poursuivis-je avec fierté.

— Vraiment? ajouta-t-il, non sans un sourire d'ironie. Dans ce cas, reprit-il après un moment de silence, j'aurai l'honneur de vous envoyer demain mon témoin.

— Fort bien! répondis-je d'une voix aussi indifférente que possible.

Le prince s'inclina légèrement.

— Je ne puis vous empêcher de me trouver insipide, continua-t-il en ouvrant les yeux d'une façon
hautaine, mais les princes N... ne sauraient être des
parvenus. Au revoir, monsieur... monsieur Chtoukatourine.

Il me tourna le dos et se rapprocha du maître de la
maison.

M. Chtoukatourine [1] !... Je m'appelle Tchoulkatourine... Je ne trouvai rien à répondre à cette dernière
offense et me contentai de le suivre des yeux d'un air
furieux. « A demain ! » murmurai-je les dents serrées,
et je me mis aussitôt à la recherche d'un officier de
ma connaissance, le capitaine de hulans Koloberdaef,
viveur désespéré et excellent garçon, auquel je racontai en peu de mots ma dispute avec le prince, en le
priant de me servir de témoin. Il y consentit tout de
suite, et je m'en retournai chez moi.

Je ne dormis pas de la nuit ; mais c'était l'agitation
et non la peur qui troublait mon sommeil. Je ne suis
pas lâche. Je ne songeais même pas que j'allais m'exposer à perdre la vie, ce plus grand bien de la terre,
à ce qu'assurent les Allemands. Je ne pensais qu'à
Lise, à mes espérances déçues, à ce qu'il me restait à
faire. Je me demandais si je devais chercher à tuer le
prince, non pour me venger certes, mais pour sauver
Lise. « Elle ne survivra pas à ce coup, me disais-je ;

---

1. *Chtoukatoura* veut dire *plâtre* en russe.

non, il vaut mieux que ce soit lui qui me tue ! » Je
conviens qu'il m'était agréable de penser que moi,
provincial obscur, j'avais forcé un personnage aussi
important à se battre avec moi. Le matin me surprit
dans ces réflexions, et peu après Koloberdaef parut.

— Eh bien ! me demanda-t-il en entrant bruyam-
ment dans ma chambre à coucher, où est le témoin
du prince ?

— Belle question que celle-là ! lui répondis-je avec
dépit. Il est sept heures à peine. Le prince dort sans
doute.

— Dans ce cas, faites-moi donner du thé, reprit l'infatigable capitaine. J'ai mal à la tête depuis hier au soir.
Je ne me suis pas déshabillé. Du reste, il m'arrive rarement de me déshabiller, ajouta-t-il en bâillant.

On lui servit du thé. Il en but six verres avec du
rhum, fuma quatre pipes, me raconta que la veille il
avait acheté pour une bagatelle un cheval que tous les
maquignons avaient refusé, qu'il allait le dresser lui-
même en lui attachant la jambe de devant, et s'endor-
mit tout habillé sur le divan, la pipe à la bouche. Je
m'étais levé et m'étais mis à ranger mes papiers. J'a-
vais trouvé un billet d'invitation de Lise, la seule lettre
qu'elle m'eût jamais écrite, et je voulais la mettre
sur ma poitrine ; mais un instant de réflexion me porta
à la jeter dans ma boîte. Koloberdaef ronflait faiblement. Sa tête avait glissé sur le coussin de cuir... Je
me rappelle que je contemplai longtemps ce visage
insouciant, ébouriffé, bon et hardi. A dix heures, mon

domestique vint m'annoncer Besmionkof, que le prince avait choisi pour témoin.

Nous réveillâmes à nous deux le capitaine endormi. Il se releva, nous regarda avec ses yeux troublés, demanda un verre d'eau-de-vie d'une voix enrouée, s'étira, salua Besmionkof, et s'en alla avec lui pour conférer dans la chambre voisine. Cette conférence de nos témoins ne fut pas de longue durée. Au bout d'un quart d'heure, ils étaient revenus. Koloberdaef m'expliqua que nous nous battions au pistolet ce jour même à trois heures. J'inclinai silencieusement la tête en signe d'acquiescement. Besmionkof prit aussitôt congé de nous. Il était un peu pâle et intérieurement agité, comme un homme qui n'a pas l'habitude de ces sortes de démarches; mais il se montra du reste fort résolu et poli. Je ressentais pour ainsi dire une certaine honte en sa présence, et je n'osais pas le regarder en face. Koloberdaef se remit à conter l'histoire de son cheval. Cette conversation m'allait on ne peut mieux. J'avais redouté quelque allusion à Lise; mais mon bon capitaine n'aimait nullement les médisances, de plus il méprisait les femmes et les confondait toutes, Dieu sait pourquoi, sous le nom de « salade. » Nous mangeâmes à la hâte vers les deux heures, et à trois nous nous trouvions sur le terrain de l'action, dans ce même bois de bouleaux où je m'étais autrefois promené avec Lise, à quelques pas même de l'escarpement...

Nous étions arrivés les premiers, mais le prince et

Besmionkof ne se firent pas longtemps attendre. Le
prince était, sans exagération, frais comme une rose ;
ses yeux bruns pétillaient de bonne humeur sous la
visière de sa casquette. Il fumait une cigarette de
paille, et, ayant aperçu Koloberdaef, lui tendit amicalement la main. Il me salua même fort gracieusement.
Quant à moi, au contraire, je sentais, à mon grand dépit, que je pâlissais, que mes mains tremblaient légèrement... que ma gorge se desséchait... C'était la première fois que je me battais en duel. « Mon Dieu !
pensai-je, pourvu que cet être moqueur ne prenne
pas mon trouble pour de la lâcheté ! » J'envoyais intérieurement mes nerfs à tous les diables, et, ayant
enfin regardé le prince droit au visage et surpris sur
ses lèvres un sourire presque imperceptible, j'étais
redevenu méchant et avais aussitôt retrouvé mon
calme. Pendant ce temps, nos témoins établissaient les
barrières, comptaient les pas et chargeaient les pistolets. Koloberdaef était celui qui agissait le plus. Besmionkof le regardait faire. C'était une journée aussi
belle que celle de la mémorable promenade dont j'ai
parlé en commençant. Le bleu profond du ciel apparaissait, comme alors, à travers la verdure dorée du
feuillage, dont le bruissement semblait me narguer
cette fois. Le prince avait l'épaule appuyée contre le
tronc d'un jeune tilleul, et continuait à fumer son
cigare.

— Veuillez vous placer, messieurs, tout est prêt,
dit enfin Koloberdaef en nous tendant nos pistolets.

Le prince fit quelques pas, s'arrêta, rejeta sa tête en arrière et dit par-dessus son épaule : — Vous ne voulez donc pas rétracter vos paroles?

J'allais lui répondre, mais la voix me manqua, et je me contentai de faire un geste méprisant de la main. Le prince alla prendre sa place. Nous nous approchâmes l'un de l'autre. J'avais levé mon pistolet et visé la poitrine de mon ennemi... il était certainement mon ennemi alors; mais le canon se releva subitement, comme si quelqu'un m'avait poussé sous le coude, et je lâchai la détente. Le prince chancela et porta la main à sa tempe gauche : un filet de sang jaillit de dessous ses gants de peau de chamois blancs, et ruissela sur sa joue. Besmionkof se précipita vers lui.

— Ce n'est rien, dit-il en ôtant sa casquette, qu'une balle avait traversée; je suis frappé à la tête et je reste debout : ce ne sera qu'une égratignure.

Il tira de sa poche un mouchoir de batiste et l'appliqua sur ses cheveux humectés de sang. Je ne bougeais pas,... j'avais été comme pétrifié sur place.

— Veuillez aller à la barrière, me dit sévèrement Koloberdaef.

J'obéis.

— Le duel va-t-il continuer? demanda-t-il en se tournant vers Besmionkof.

Besmionkof ne lui répondit pas; mais le prince, sans enlever le mouchoir de sa blessure et sans se donner même la satisfaction de me faire attendre à la

barrière, répliqua en souriant : — Le duel est fini, —
et tira en l'air. Je manquai pleurer de dépit et de rage.
Cet homme me traînait définitivement dans la boue
avec sa générosité, il m'égorgeait. Je voulais me ré-
crier, je voulais insister pour qu'il tirât sur moi, mais
il s'approcha et me tendit la main.

— Tout est oublié, n'est-ce pas? me dit-il d'une
voix caressante.

Je jetai un regard rapide sur son visage altéré, sur
son mouchoir teint de sang, et, complétement éperdu,
honteux et anéanti, je lui serrai la main...

— Messieurs, reprit-il en se tournant vers les témoins, j'espère que ceci restera secret?

— Naturellement! s'écria Koloberdaef; mais permettez, prince...

Et il lui pansa sa blessure.

Le prince me salua encore une fois en partant, mais
Besmionkof ne me regarda même pas. — Tué, mora-
lement tué! dis-je à Koloberdaef en rentrant à la
maison.

— Qu'est-ce donc qui vous tourmente? me demanda
le capitaine. Tranquillisez-vous, la blessure n'est pas
dangereuse; demain il pourra danser, s'il en a envie.
Ou bien seriez-vous fâché de ne pas l'avoir tué? S'il
en est ainsi, vous avez tort : c'est un charmant
garçon !

— Pourquoi m'a-t-il ménagé? grommelai-je enfin.

— Voilà encore une belle idée! répliqua tranquillement le capitaine. C'est bien digne d'un *littérateur !* —

Je ne sais à quel propos il me gratifiait de ce mot-là.

Je renonce décidément à raconter mes angoisses pendant la soirée qui suivit le duel. Mon amour-propre souffrait affreusement. Ce n'est pas ma conscience qui me faisait des reproches; le sentiment de ma sottise m'anéantissait. « C'est moi-même qui me suis porté le dernier coup! » m'écriai-je en faisant de grands pas dans la chambre. Le prince blessé par moi et m'accordant son pardon!... Oui, Lise est maintenant à lui; rien ne peut plus la sauver, la retenir au bord de l'abîme.

Je savais fort bien, quoi qu'en eût dit le prince, que notre duel ne pouvait rester secret; dans aucun cas il ne pouvait rester secret pour Lise. « Le prince n'est pas assez sot, murmurai-je avec fureur, pour n'en pas tirer avantage... » Je me trompais pourtant. Dès le lendemain, toute la ville connaissait le secret du duel et savait ce qui l'avait amené; mais ce n'est pas le prince qui avait été indiscret, bien au contraire. Lise était déjà au courant de tout lorsqu'il apparut devant elle la tête bandée et muni d'un prétexte qu'il avait inventé d'avance... Je ne saurais dire si c'est Besmionkof qui me livra, ou si la nouvelle lui en était parvenue par d'autres voies. Et de fait, y a-t-il possibilité de cacher quoi que ce soit dans une petite ville? On peut se figurer l'accueil que lui fit Lise, l'accueil que lui fit toute la famille Ojoguine! Quant à moi, je me trouvai subitement l'objet de l'aversion et de l'indignation générales; on me traita de jaloux, d'insensé et d'anthropophage. On m'évita comme un lépreux. Les autorités de la ville s'adressèrent précipitamment au prince en lui proposant de me faire subir une punition grave et exemplaire; ce ne furent que les prières expresses et instantes du prince lui-même qui détournèrent l'orage près de fondre sur ma tête. Cet homme était destiné à m'humilier de toutes façons. Il m'écrasait sous sa générosité comme sous un couvercle sépulcral. Inutile d'ajouter que la maison des Ojoguine me fut aussitôt fermée; Cyril Matvéitch m'avait même fait rapporter un misérable crayon que j'avais oublié chez lui. Comme il arrive souvent en pareil cas, c'est précisément lui qui n'aurait pas dû se fâcher contre moi. « Ma jalousie insensée, » c'était le mot dont on se servait dans la ville, avait déterminé et pour ainsi dire précisé les rapports du prince et de Lise. Les vieux Ojoguine et leurs amis s'étaient mis à le considérer presque comme un fiancé. Je crois bien que cela ne devait pas lui être agréable du tout; mais Lise lui plaisait infiniment, et il n'avait pas encore atteint son but... Il s'adapta à sa nouvelle position avec toute l'adresse et toute la finesse d'un homme du monde, et entra aussitôt dans ce qui pouvait s'appeler l'esprit de son rôle...

Mais moi!... Il ne me restait plus qu'à me tordre les mains en considérant ma situation et mon avenir. Quand la souffrance arrive au point où tout notre intérieur se met à craquer comme une *telega* trop chargée, elle devrait du moins cesser d'être ridicule; mais

non, le rire accompagne les larmes, non-seulement
jusqu'à la fin, jusqu'à l'épuisement, jusqu'à l'impos-
sibilité d'en répandre davantage, oh! malheur! il retentit encore et résonne là où la langue devient
muette, où la plainte elle-même commence à s'éteindre... C'est pourquoi, ne voulant point paraître ridicule même à mes propres yeux, et me sentant d'ailleurs terriblement fatigué aujourd'hui, je vais remettre à demain la continuation et, si Dieu le permet,
la fin de mon journal...

29 mars. — Gelée insignifiante. Il dégelait hier.

Je n'ai pas eu hier la force de continuer mon journal. J'ai passé la plus grande partie de mon temps au
lit à causer avec Térence.

Voilà une femme! Il y a soixante ans qu'elle a perdu
son premier fiancé de la peste, elle a survécu à tous
ses enfants, elle est d'une vieillesse qu'on ne se permet plus; elle boit du thé à cœur joie, elle mange à
satiété, elle est chaudement vêtue, et de quoi pensez-
vous qu'elle m'ait entretenu pendant toute la journée?
J'ai fait cadeau à une autre vieille, absolument dé-
pourvue de tout, du col à moitié mangé par les mites
d'une ancienne livrée dont elle va se faire un de ces
plastrons qu'elle porte en guise de gilet... Pourquoi
ne le lui avais-je pas donné à elle, Térence? « Il me
semble que je suis votre bonne... Ah! c'est bien mal
à vous, mon petit père... Je crois vous avoir bien

dorloté!... » Et ainsi de suite. Cette vieille femme impitoyable m'a poursuivi toute la journée de ses doléances. Mais revenons à notre récit.

Je souffrais donc comme un chien dont une roue a écrasé le ventre. Ce n'est qu'après mon expulsion de la maison des Ojoguine, ce n'est qu'alors que j'ai su définitivement combien on peut puiser de jouissances dans la contemplation de sa propre infortune. O hommes! race réellement digne de mépris et de pitié!... Mais laissons là les remarques philosophiques... Je passais mes journées dans une solitude complète, et je me voyais forcé d'avoir recours aux moyens les plus tortueux et souvent les plus méprisables pour savoir ce qui se faisait dans la famille Ojoguine, et ce que devenait le prince. Mon domestique s'était mis en rapport avec la tante de la femme de son cocher. Cette connaissance me procurait quelque allégement, car mon valet, stimulé par mes allusions et par mes présents, avait fini par deviner de quoi il devait entretenir son seigneur le soir pendant qu'il lui tirait ses bottes. Il m'arrivait quelquefois de rencontrer dans la rue soit un membre de la famille Ojoguine, soit Besmionkof, soit le prince. Je saluais le prince et Besmionkof; mais je n'entrais jamais en conversation avec eux. Je ne revis Lise en tout que trois fois : dans un magasin de modes avec sa mère, en voiture découverte avec son père, sa mère et le prince, enfin à l'église. Je n'osais naturellement point m'approcher, et je devais me contenter de la regarder

16

de loin. Dans le magasin, elle s'était montrée très-
préoccupée, mais gaie... Elle fit une commande de
chapeau et rassortit des rubans d'un air affairé. Sa
mère la suivait des yeux, levant le nez en l'air et souriant de ce sourire insignifiant et dévoué qui n'est
permis qu'à une mère aimante. Dans la voiture et en
compagnie du prince, Lise était... Je n'oublierai jamais cette rencontre! Les vieux Ojoguine étaient assis
dans le fond, le prince et Lise occupaient la banquette
de devant. Elle était plus pâle qu'à l'ordinaire; c'est à
peine si deux raies roses se voyaient sur ses joues.
Elle se tournait à demi vers le prince et le regardait
en plein visage avec ses yeux expressifs, en s'appuyant
sur sa main droite un peu tendue en avant (la gauche
tenait son ombrelle) et en penchant langoureusement
sa petite tête. En ce moment, elle s'abandonnait entièrement à lui, elle se confiait irrévocablement, tous
ses désirs étaient comblés. Je ne réussis pas à bien
observer sa figure, — la voiture passa trop rapidement, — mais il me semblait qu'il était, lui aussi,
profondément ému.

La troisième fois que je la vis, ce fut, je l'ai dit, à
l'église. Dix jours s'étaient à peine écoulés depuis que
je l'avais rencontrée en voiture avec le prince, trois
semaines depuis le jour de mon duel. L'affaire qui
avait amené le prince à O... était terminée; mais il
continuait à remettre son départ en faisant croire à
Saint-Pétersbourg qu'il était malade. Toute la ville
d'O... s'attendait journellement à lui voir faire une

proposition formelle à Cyril Matvéitch. Je n'attendais plus moi-même que ce dernier coup pour m'éloigner à jamais.

Le séjour d'O... m'était devenu insupportable. Il m'était impossible de rester à la maison ; je parcourais les environs du matin au soir. Un jour que par un temps gris et humide je revenais d'une promenade qu'avait interrompue la pluie, n'ayant rencontré que des corbeaux maussades, marchant silencieusement dans la boue, il m'arriva d'entrer dans une église. On venait de commencer le service du soir ; les fidèles étaient peu nombreux. Je jetai les yeux autour de moi, et je distinguai tout à coup près d'une fenêtre un profil qui me frappa. Je ne le reconnus pas d'abord : un visage pâle, un regard éteint, des joues creuses, non, ce ne pouvait être là cette Lise que j'avais vue deux semaines auparavant. Enveloppée dans son manteau, sans chapeau sur la tête, elle était éclairée de côté par un froid rayon qui pénétrait à travers la large fenêtre et fixait un regard immobile sur l'*iconostase*[1]. Elle paraissait faire des efforts pour prier et sortir d'un triste engourdissement.

Un robuste petit cosaque, qui avait des joues rouges et de petites poches jaunes sur la poitrine, se tenait à côté d'elle, les mains croisées derrière le dos, considérant sa maîtresse d'un air d'étonnement endormi. Je poussai un cri involontaire et voulus m'approcher

1. Paroi couverte d'images qui sépare le sanctuaire de l'église.

d'elle; mais je m'arrêtai soudain. Un pressentiment affreux me serrait le cœur. Lise ne remua point jusqu'à la fin des vêpres. Tout le monde était sorti, le sacristain se disposait à balayer l'église, Lise restait toujours clouée à sa place. Le petit cosaque s'approcha, lui parla bas et la tira par sa robe; elle se retourna, passa la main sur son visage et sortit de l'église. Je la suivis de loin jusqu'à la maison et m'en allai chez moi. — Elle est perdue! m'écriai-je en entrant dans ma chambre.

Je puis donner ma parole d'honneur que j'ignore encore aujourd'hui de quel genre étaient mes sensations d'alors. Je me rappelle que je me jetai sur mon divan et fixai les yeux sur le plancher en me croisant les bras. Je ne saurais dire si j'éprouvai quelque satisfaction au milieu de ma douleur. Je n'en conviendrais pour rien au monde si je n'écrivais que pour moi seul... Il est certain que j'étais déchiré de pressentiments pénibles et funestes... Et qui sait? peut-être aurais-je été surpris si ces pressentiments ne s'étaient pas réalisés. « Tel est le cœur humain! » s'écrierait maintenant d'une voix énergique un pédagogue de gymnase russe en levant en l'air son index graisseux orné d'une bague en cornaline; mais que ferons-nous de l'opinion du pédagogue russe avec sa voix énergique et sa bague en cornaline?

Quoi qu'il en soit, mes pressentiments se trouvèrent justes. La nouvelle du départ du prince se répandit tout à coup dans la ville. On disait qu'il était parti à la suite d'un ordre de Saint-Pétersbourg, qu'il était parti sans avoir fait aucune proposition ni à Cyril Matvéitch ni à sa femme, et que Lise passerait le reste de ses jours à pleurer sa perfidie. Ce départ du prince fut complétement inattendu, car mon domestique affirma que la veille encore le cocher ne se doutait nullement des intentions de son maître. Cette nouvelle me donna la fièvre. Je m'habillai à la hâte avec l'intention de courir chez les Ojoguine; mais après quelques réflexions il me sembla qu'il serait plus convenable d'attendre au lendemain. Je ne perdis rien d'ailleurs à rester à la maison. Un certain Pandopipopoulo m'arriva ce soir-là même. C'était un Grec de passage, un bavard de la pire espèce, qui s'était embourbé par hasard dans la ville d'O... et avait été des plus indignés contre moi lors de mon duel avec le prince. Sans même donner à mon domestique le temps de l'annoncer, il se précipita de vive force dans ma chambre, me serra la main, me fit mille caresses, m'appela un modèle de générosité et de bravoure, dépeignit le prince sous les couleurs les plus sombres, ne ménagea pas les vieux Ojoguine, que le sort, selon lui, n'avait que justement punis, désapprouva même Lise en passant, et se sauva après m'avoir baisé sur l'épaule. Il m'avait appris, entre autres choses, que la veille de son départ le prince, en vrai grand seigneur, à une délicate allusion de Cyril Matvéitch, avait répondu froidement que son intention n'était de tromper personne, et qu'il ne pensait nullement

16.

à se marier ; là - dessus il s'était levé, avait salué et avait disparu.

J'allai le lendemain chez Ojoguine. Le laquais à demi aveugle s'élança de son banc à mon apparition avec la rapidité de l'éclair. Je lui dis de m'annoncer. Il obéit précipitamment et revint aussitôt. « Veuillez vous donner la peine d'entrer, » me dit-il. J'entrai dans le cabinet de Cyril Matvéitch... A demain.

30 mars. — Gelée.

J'étais donc entré dans le cabinet de Cyril Matvéitch. Je donnerais une forte somme à celui qui me montrerait aujourd'hui mon propre visage au moment où ce notable employé croisa vivement les pans de sa robe de chambre persane, et s'approcha de moi en me tendant les bras. Tout mon être respirait sans doute un triomphe modeste, une sympathie indulgente, une générosité infinie... Je me comparais intérieurement à Scipion l'Africain. Ojoguine était visiblement troublé et chagrin, il fuyait mon regard, et sans cesse remuait ses pieds. Je remarquai qu'il parlait plus haut que cela ne lui était naturel, et qu'il employait en général des expressions indécises. Il m'avait demandé pardon en termes fort vagues, mais chaleureux ; il avait fait vaguement allusion à son hôte absent en ajoutant quelques observations incohérentes sur les déceptions et les vicissitudes des félicités humaines ; puis, sentant tout à coup qu'il lui était venu une larme à l'œil, il

s'était hâté de prendre du tabac, probablement pour
me donner le change quant à la raison qui le faisait
pleurer... Il employait le tabac vert russe, et on sait
que cette plante fait larmoyer même les vieillards, et
donne pour quelques instants à l'œil humain une expression trouble et stupide. Je mis naturellement beaucoup de prudence dans mon attitude vis-à-vis du vieil
Ojoguine ; je lui demandai des nouvelles de la santé
de sa femme et de sa fille, et détournai aussitôt habi-
lement la conversation sur une certaine question d'a-
gronomie domestique. J'étais habillé comme de coutume, mais les sentiments de douce convenance et
d'indulgente modestie dont je me sentais animé me
donnaient une sensation de fraîcheur et de fête,
comme si j'avais été en gilet blanc et en cravate blanche. Une seule chose m'agitait : la pensée de me re-
trouver avec Lise... Ojoguine me proposa enfin de me
conduire lui-même auprès de sa femme. Cette créature sotte, mais bonne, fut d'abord terriblement confuse en me voyant, mais sa cervelle n'était pas capable de conserver longtemps une seule et même
impression : aussi se calma-t-elle bientôt. Je vis enfin
Lise... Elle entra dans la chambre. Je m'attendais à
trouver en elle une pécheresse confuse et repentante,
et j'avais donné d'avance à ma physionomie son expression la plus aimable et la plus encourageante...
Pourquoi mentir ? je l'aimais sincèrement et soupirais
avec ardeur après le bonheur de lui pardonner et de
lui tendre la main... Mais jugez de mon inexprimable

étonnement lorsqu'elle ne répondit que par un éclat de rire glacé à mon salut significatif! Elle me dit d'un air négligent : « Ah! c'est vous? » et se détourna aussitôt. Il est vrai que son rire me parut forcé, et que dans tous les cas il s'accordait mal avec son visage amaigri.

... Je ne m'étais certes pas attendu à une réception pareille... Je la contemplais avec surprise... Quelle altération dans toute sa personne! Il n'y avait plus rien de commun entre cette femme et l'enfant des premiers jours. Elle avait pour ainsi dire grandi, sa taille s'était allongée; tous les traits de sa figure, ses lèvres surtout, avaient pris des contours plus accusés... Le regard était plus profond, plus ferme et plus sombre. Les vieux Ojoguine me retinrent à dîner. Lise se levait, sortait de la chambre, revenait, répondait tranquillement à mes questions, et évitait à dessein de faire attention à moi. Je voyais qu'elle voulait me faire sentir que je n'étais pas même digne de sa colère, quoique j'eusse failli tuer l'homme qu'elle aimait. Je perdis enfin patience, une allusion empoisonnée s'échappa de mes lèvres... Elle tressaillit, me lança un regard rapide, se leva, et, s'approchant de la fenêtre, me dit d'une voix légèrement émue : « Vous pouvez penser tout ce qu'il vous plaira, mais sachez que j'aime cet homme, que je l'aimerai toujours, et que je ne le considère nullement comme coupable envers moi, au contraire... » Sa voix faiblit, elle s'arrêta, chercha à se vaincre, mais n'y réussit pas, et sortit de la cham-

bre en fondant en larmes. Les vieux Ojoguine per-
dirent toute contenance ; je leur tendis mes deux
mains, poussai un soupir, levai les yeux au ciel et
m'enfuis...

Ma faiblesse est trop grande, mon temps trop limité,
pour que je puisse décrire avec les mêmes détails la
nouvelle phase de pénibles considérations, de fermes
desseins et d'autres aménités que fit naître la lutte in-
térieure à laquelle je fus livré dès la reprise de mes
rapports avec les Ojoguine. Je savais, à n'en pas douter, que Lise aimait toujours, qu'elle aimerait longtemps le prince ; mais, en homme dompté par sa propre volonté non moins que par les circonstances
extérieures, j'en étais venu à ne plus même attendre
son amour. Je souhaitais seulement son amitié ; je
désirais obtenir cette confiance, cette estime que les
gens expérimentés ont l'habitude de considérer comme
le support le plus assuré du bonheur domestique...
Malheureusement je ne tenais pas compte d'un fait
assez grave,—la haine que Lise m'avait vouée depuis
le jour du duel. Je m'en aperçus trop tard. J'avais recommencé à fréquenter la maison des Ojoguine comme
par le passé. Cyril Matvéitch était celui qui me caressait le plus, j'ai même des raisons de croire qu'il m'aurait donné sa fille avec plaisir, quoique je ne fusse
pas un gendre des plus enviables. L'opinion publique
s'acharnait contre Lise et contre lui, et me portait au
contraire aux nues. Lise ne changeait pas d'attitude à
mon égard : elle se taisait la plupart du temps, obéis-

sant quand on l'engageait à manger, ne donnant aucun signe extérieur d'affliction; mais il était facile de
voir qu'elle fondait comme la cire au feu. Il faut rendre justice à Cyril Matvéitch : il la ménageait tant
qu'il pouvait. La vieille mère ne faisait que gémir
lorsqu'elle regardait sa pauvre enfant. Il y avait un
seul être que Lise n'évitait pas, quoiqu'elle ne causât
guère avec lui : c'était Besmionkof. Les vieux Ojoguine le recevaient avec une froideur qui ressemblait
à de la grossièreté : ils ne pouvaient lui pardonner
d'avoir servi de témoin au prince; mais Besmionkof
continuait d'aller chez eux, et semblait ne pas s'apercevoir de leur malveillance. Il était très-froid avec
moi, — et, chose étrange! je le craignais presque.
Tout cela dura environ quinze jours. A la suite d'une
nuit sans sommeil, je m'étais enfin décidé à demander une explication à Lise, à lui découvrir mon cœur,
à lui dire que, malgré le passé, malgré tous les bavar-
dages, je me sentirais encore heureux, si elle me
trouvait digne d'elle et voulait me rendre sa confiance.
Je m'imaginais de bonne foi offrir l'exemple du désin-
téressement le plus sublime, et croyais que la surprise seule suffirait pour l'amener à donner son consentement. Je voulais, dans tous les cas, avoir une
explication avec elle, afin de pouvoir sortir enfin de
cette incertitude.

Derrière la maison des Ojoguine s'étendait un jardin d'assez grande dimension, terminé par un bois de
bouleaux abandonné et touffu. Une ancienne tonnelle

dans le goût chinois s'élevait au milieu du bois. Le
jardin était séparé d'une impasse par une palissade
en pieux. Lise se promenait souvent dans ce jardin
pendant des heures entières. Cyril Matvéitch le savait,
et avait défendu de la déranger ou de la suivre, disant
que son chagrin passerait avec le temps. Si on ne la
trouvait pas dans la maison, on n'avait qu'à sonner la
cloche du perron à l'heure du dîner pour la faire arriver aussitôt; elle revenait, le même silence obstiné
aux lèvres et dans les yeux, et quelque feuille froissée
à la main. Un jour que j'avais remarqué qu'elle n'était
pas dans la maison, je fis semblant de partir. Je traversai l'antichambre et la cour comme pour aller dans
la rue, puis je revins rapidement sur mes pas et me
glissai dans le jardin. J'eus le bonheur de n'être
aperçu de personne. Sans perdre un instant, je m'en-
fonçai dans le bois à pas précipités. J'aperçus Lise devant moi, au milieu du sentier. Je sentais mon cœur
qui battait à se rompre. Je m'arrêtai en soupirant profondément et j'allais enfin m'approcher d'elle, lorsque je la vis tout à coup lever la main sans se retourner et prêter l'oreille à je ne sais quel bruit... Dans la
direction de l'impasse retentissent derrière les arbres
deux coups distincts, comme si quelqu'un heurtait la
palissade. Lise frappe dans la paume de sa main, j'entends le faible grincement de la petite porte et vois
Besmionkof qui sort du fourré. Je me cachai à la hâte
derrière un arbre. Lise se dirigea vers lui sans parler...
Il lui prit silencieusement le bras, et tous les deux se

mirent à marcher doucement dans le sentier. Je les
suivais des yeux avec ébahissement. Ils s'étaient arrêtés, avaient regardé autour d'eux, s'étaient perdus un
instant entre les buissons et avaient reparu de nouveau pour entrer enfin dans la tonnelle. Cette tonnelle
était un petit édifice rond muni d'une porte et d'une
fenêtre; une vieille table recouverte d'une mousse
fine occupait le centre de ce réduit, deux bancs étaient
placés de chaque côté à quelque distance des murs
humides et sombres. Autrefois on y prenait le thé par
les journées les plus chaudes. La porte était disjointe,
les châssis ne tenaient plus depuis longtemps; accro-
chés par un seul angle, ils pendaient tristement comme
l'aile blessée d'un oiseau. Je m'approchai furtivement
de la tonnelle et les épiai avec précaution à travers
les fentes de la fenêtre. Lise était assise sur un des
bancs et baissait la tête; sa main droite pendait sur
ses genoux, Besmionkof tenait la gauche dans les deux
siennes.

— Comment vous sentez-vous aujourd'hui? lui
demanda-t-il à demi-voix.

— Toujours de même, répondit-elle, ni mieux, ni
plus mal... Un vide, un vide affreux! continua-t-elle
en relevant tristement les yeux.

Besmionkof ne lui répondit pas.

— Pensez-vous, reprit-elle, qu'il m'écrive encore?

— Je ne le pense pas, Lise Cyrillovna!

Elle resta silencieuse.

— Eh! qu'écrirait-il en effet? Il m'a tout dit dans

sa première lettre. Je ne puis pas être sa femme ;
mais j'ai été heureuse..., non pour longtemps..., j'ai
été heureuse !

Besmionkof se détourna.

— Ah ! poursuivit-elle avec vivacité, si vous saviez
combien ce Tchoulkatourine m'est odieux !... Il me
semble toujours que je vois son sang sur les mains de
cet homme.

Je frissonnai derrière ma cachette.

— Du reste, continua-t-elle mélancoliquement, qui
sait ?... peut-être que sans ce duel... Ah ! quand je le
revis blessé, je compris que j'étais toute à lui.

— Tchoulkatourine vous aime, dit Besmionkof.

— Qu'est-ce que cela me fait ? Ai-je besoin de l'a-
mour de qui que ce soit ?... — Elle s'arrêta et ajouta
lentement : — Sauf le vôtre ; oui, mon ami, votre
amour m'est indispensable. Sans vous, j'aurais été
perdue... Vous m'avez aidée à supporter des moments
affreux...

Elle se tut... Besmionkof lui serrait la main avec
une tendresse paternelle.

— Que faire ? que faire, Lise Cyrillovna ? répéta-t-il
plusieurs fois de suite.

— Oui, continua-t-elle sourdement, il me semble
maintenant que je serais morte sans vous. Vous seul
m'avez soutenue, et puis vous me le rappelez..., car
vous saviez tout. Vous souvenez-vous combien il était
beau, ce jour ?... Mais pardonnez-moi, ces souvenirs
doivent vous être pénibles.

— Parlez, parlez, interrompit Besmionkof ; quelle
idée est-ce là ! Que Dieu vous bénisse !

Elle lui serra la main.

— Vous êtes bien bon, Besmionkof, poursuivit-elle ;
vous êtes bon comme un ange ! Que puis-je faire ? Je
sens que je l'aimerai jusqu'au tombeau. Je lui ai pardonné, je lui serai reconnaissante. Que Dieu lui accorde toute félicité ! que Dieu lui donne une femme
selon son cœur !

Les yeux de Lise se remplissaient de larmes.

— Pourvu qu'il ne m'oublie pas, pourvu qu'il se
souvienne quelquefois de sa Lise !... Sortons d'ici,
ajouta-t-elle après un moment de silence.

Besmionkof porta la main de Lise à ses lèvres.

— Je sais, reprit-elle avec chaleur, que tout le
monde m'accuse à présent, que tout le monde me
jette la pierre. Soit. Je n'échangerais pourtant pas
mon infortune contre leur bonheur... Non ! non !...
Il ne m'a pas aimée longtemps, mais il m'a aimée ! Il
ne m'a jamais trompée, il ne m'a jamais dit que je
serais sa femme ; moi-même je n'y ai jamais songé.
Mon pauvre père seul avait de l'espoir. Et à l'heure
qu'il est, je puis me dire que je ne suis pas encore
tout à fait malheureuse ; il me reste le souvenir, et
quelles que soient les terribles suites... J'étouffe ici...
C'est ici que je l'ai vu pour la dernière fois... Retour-
nons en plein air.

Ils s'étaient levés. J'eus à peine le temps de me
jeter à l'écart et de me cacher derrière un gros tilleul.

Ils sortirent de la tonnelle et s'enfoncèrent de nouveau dans le bois. Je ne sais combien de temps je restai sans bouger de ma place, plongé dans une espèce de torpeur stupide; mais le bruit des pas se fit encore entendre. Je me remis à les observer. Besmionkof et Lise revenaient par le même sentier. Ils étaient fort agités tous les deux, Besmionkof surtout. Lise s'arrêta et prononça distinctement les paroles suivantes : « J'y consens, Besmionkof. Je n'aurais pas accepté, si vous aviez seulement voulu me sauver et m'enlever à ma situation pénible ; mais vous m'aimez, vous savez tout, et vous m'aimez. Je ne trouverai jamais un ami plus sûr et plus fidèle ; je serai votre femme. »

Besmionkof lui baisa la main. Elle lui sourit tristement et rentra chez elle. Besmionkof se jeta dans le taillis, et moi... je rentrai chez moi. Ainsi donc Besmonkof avait dit à Lise justement ce que j'aurais voulu lui dire, et Lise lui avait répondu justement ce que j'aurais voulu qu'elle me répondît ; je n'avais plus à m'inquiéter de rien. Lise l'épousa au bout de quinze jours. Les vieux Ojoguine étaient enchantés... et ils avaient raison de l'être.

Eh bien! dites-le maintenant, ne suis-je pas un homme *superflu*, un homme de trop? N'ai-je pas joué dans toute cette histoire le rôle d'un homme de trop? Quelle stupide cinquième roue de carrosse!... Ah! c'est amer, bien amer!... Oui, mais, comme disent les gens qui traînent les lourds bateaux sur le Volga, encore un coup, un seul petit coup de collier, encore un petit jour et puis un autre, et il n'y aura plus pour moi ni amertume ni douceur.

31 mars.

Je vais mal. J'écris ces lignes dans mon lit. Hier soir le temps a subitement changé ; aujourd'hui il fait chaud, c'est presque une journée d'été. Tout fond, coule et se dissout. Une senteur de terre remuée se répand dans l'air ; c'est un parfum chaud, lourd et accablant. La vapeur s'élève de toutes parts. Le soleil vous pique et vous pénètre. Je vais mal. Je sens que je me décompose.

J'ai voulu écrire mon journal, et qu'ai-je fait ? J'ai raconté un seul épisode de ma vie. Je me suis trop laissé aller. Des souvenirs effacés se sont éveillés et m'ont entraîné à leur suite. J'ai écrit sans me hâter. Je suis entré dans mille détails, comme si j'avais encore des années devant moi, et voilà que le temps me manque pour continuer. La mort, la mort approche. J'entends déjà son *crescendo* menaçant... Il est temps... il est temps !...

Et pourquoi regretter ? Qu'importe ce que je conte ? Cela ne revient-il pas au même ? A la vue de la mort disparaissent les dernières vanités terrestres. Je sens que je m'apaise, que je deviens plus simple et plus naturel. C'est trop tard !... Chose étrange ! je m'apaise certainement, mais en même temps... je suis saisi de terreur..., de terreur, oui. A moitié penché sur l'abîme silencieux et béant, je frémis, je me détourne,

je regarde autour de moi avec une attention avide.
Chaque objet me devient doublement cher. Je ne puis
assez contempler ma pauvre chambre si peu gaie, je
prends congé de chaqne petite tache sur mes murs !
Rassasiez-vous, mes yeux, pour la dernière fois ! La vie
m'échappe; elle s'éloigne de moi avec une lente régu-
larité, comme le rivage qui fuit le regard du marin.
Figure vieille et jaune de ma garde-malade qu'enve-
loppe un mouchoir foncé, *samovar* qui chantez sur la
table, géraniums qui garnissez ma fenêtre ; toi, Trésor,
mon pauvre chien ; toi, plume, avec laquelle je trace
ces lignes, mains qui m'appartenez, je vous vois tous
à présent... Vous êtes là... vous voilà... Se pourrait-
il... qu'aujourd'hui peut-être..., que jamais je ne
vous revoie plus? Il est difficile à un être vivant de se
dépouiller de la vie ! Pourquoi me caresses-tu, pauvre
chien ? Pourquoi frottes-tu ta poitrine contre mon lit?
Pourquoi serres-tu convulsivement ta queue entre tes
pattes, sans pouvoir détacher de moi tes bons yeux
mélancoliques ? Me plaindrais-tu? ou bien sentirais-tu
peut-être que ton maître ne sera bientôt plus? Ah!
que ne m'est-il donné de reporter ma pensée sur tous
mes souvenirs, comme je laisse errer mes yeux sur
tous les objets de ma chambre !... Je sais que ces souvenirs sont tristes et insignifiants: mais je n'ai que
ceux-là. Un vide, un vide affreux, comme disait Lise...

Mon Dieu! mon Dieu! je vais mourir... Ce cœur
avide et capable d'amour va bientôt cesser de battre...
Est-il possible qu'il se taise à jamais sans avoir une

seule fois connu le bonheur, sans s'être dilaté une seule fois sous la douce pression de la joie! Hélas! c'est impossible, c'est impossible, je le sais... Si du moins, à cette heure, au moment de la mort, — la mort est pourtant une chose sainte, elle élève le plus petit d'entre nous, — si du moins quelque voix triste et amicale me chantait le chant d'adieu de mes propres douleurs, peut-être me réconcilierais-je avec elles... Mais mourir sourdement, sottement... Je crois que je commence à délirer.

Adieu la vie! adieu mon jardin, et vous, mes tilleuls! Quand viendra l'été, n'oubliez pas de vous couvrir de fleurs du haut en bas... Et que ceux qui vivent viennent joyeusement s'étendre sur l'herbe fraîche, à votre ombre odoriférante, au murmure de vos feuilles légèrement agitées par le vent! Adieu, adieu! adieu à tous et pour toujours!

Adieu, Lise! J'ai écrit ces deux mots, et je puis à peine m'empêcher de rire. Cette exclamation me semble tirée d'un livre. J'ai l'air de composer une nouvelle sentimentale, ou de terminer une lettre désespérée...

C'est demain le 1er avril. Se peut-il que je meure demain? Ce ne serait pas même convenable. Du reste, cela me va...

Comme le médecin m'a tracassé aujourd'hui!...

1er avril.

C'est fini..., ma vie est éteinte. Je mourrai certainement aujourd'hui. Il fait chaud dehors, il fait presque

étouffant..., ou bien sont-ce mes poumons qui ne respirent déjà plus? J'ai joué ma petite comédie jusqu'au
bout. Le rideau tombe.

Je cesse d'être de trop en rentrant dans le néant.
Ah! comme ce soleil est intense! Ces rayons puissants
respirent l'éternité...

Adieu, Térence!... Elle était assise à sa fenêtre, ce
matin, et pleurait... Peut-être était-ce à cause de moi,
peut-être était-ce parce que son tour de mourir doit
arriver bientôt. Je lui ai fait promettre de ne pas mal-
traiter Trésor. Il m'est pénible d'écrire... Je jette la
plume... Il est temps! La mort ne m'arrive déjà plus
avec ce bruit toujours croissant du tonnerre qui rappelle le roulement nocturne d'une voiture sur le pavé :
elle est ici, elle voltige autour de moi, pareille à ce
souffle léger qui soulevait les cheveux du prophète...

Je me meurs... Vivez, vous autres!...

> Et puisse la vie forte et jeune
> Se jouer à l'entrée de mon tombeau,
> Et la nature indifférente
> Briller d'une éternelle beauté[1] !

Nous avons trouvé sous ces dernières lignes l'esquisse d'une tête avec un grand toupet, des moustaches, des yeux fixes et des cils en rayons, et sous

1. Vers de Pouchkine.

cette esquisse les mots *monsieur* et *votre très-humble serviteur* répétés plusieurs fois. L'écriture de ces mots ne ressemble en rien à celle du manuscrit. Cette découverte nous donne le droit de supposer que le dessin et les mots ont été ajoutés après coup et par une main étrangère, d'autant plus que nous avons tout lieu de supposer que M. Tchoulkatourine est décédé, en effet, pendant la nuit du 1er au 2 avril, dans sa propriété héréditaire d'O...

TROIS RENCONTRES

SOUVENIRS DE CHASSE ET DE VOYAGE

Passa que 'i colli, e vieni allegramente,
Non ti curar di tanta compania;
Vieni, pensando a me segretamente
Ch' io t' accompagna per tutta la via.

I

Parmi tous les terrains de chasse voisins de ma maison de campagne, celui que je visitais le plus souvent était la plaine boisée qui environne le village de Glinnoë, au centre de la Russie. C'est près de ce village que se trouvent les endroits les plus giboyeux de notre district. Après avoir battu tous les buissons et couru tous les champs des alentours, je m'enfonçais ordinairement dans un marais du voisinage, et de là je m'en retournais chez mon hôte bienveillant, le *starosta*[1] de Glinnoë, dans la maison duquel j'avais l'habitude de m'arrêter.

1. Maire du village.

17.

Il n'y a pas plus de deux verstes du marais à Glinnoë ; le chemin traverse constamment un bas-fond, et c'est à moitié route seulement qu'on rencontre une petite colline qu'il faut franchir. Sur le haut de la colline se trouve une propriété composée d'une seule maison seigneuriale non habitée et d'un jardin. Il m'arrivait presque toujours de passer devant cette maison au moment où l'éclat du soleil couchant était le plus vif, et je me rappelle que cette habitation, avec ses volets hermétiquement fermés, me faisait chaque fois l'effet d'un vieillard aveugle venu là pour se chauffer au soleil. Le pauvre homme est assis au bord de la route : il y a longtemps déjà que la lumière du soleil s'est changée pour lui en une obscurité éternelle ; mais il en sent néanmoins la chaleur sur son visage flétri et sur ses joues ridées. On eût dit qu'il y avait nombre d'années que cette maison était inhabitée ; une seule aile, donnant sur la cour, était la demeure d'un vieillard caduc, serf affranchi dont la haute taille était courbée par l'âge et dont la figure expressive m'avait frappé. Il était ordinairement assis sur un banc devant l'unique fenêtre de sa demeure et regardait au loin, plongé dans une méditation chagrine. Lorsqu'il m'apercevait, il se soulevait faiblement et me saluait avec cette lente gravité qui distingue les vieux serviteurs appartenant à la génération non de nos pères, mais de nos aïeux. Ce vieillard s'appelait Loukianitch (fils de Lucas). Je causais quelquefois avec lui, mais il était fort avare de ses paroles.

J'appris seulement que l'habitation appartenait à la petite-fille de son ancien seigneur. Cette dame était veuve,
elle avait une sœur plus jeune ; toutes deux demeu-
raient dans une ville étrangère et ne visitaient jamais
leur propriété. Quant à lui, enfin, il souhaitait voir arriver le terme de sa carrière, « car, disait-il, mâcher, toujours mâcher son pain, cela devient triste et ennuyeux,
surtout quand on le mâche depuis longtemps. »

Je m'étais une fois attardé dans les champs par un
temps des plus favorables à la chasse. Les dernières
traces du jour avaient disparu, la lune brillait toute
grande, et la nuit s'était depuis longtemps établie,
comme on le dit, dans le ciel, lorsque je m'approchai
de l'habitation. Je devais passer le long du jardin : un
grand silence régnait tout alentour. Je traversai une
large route, me glissai prudemment au milieu des
orties poudreuses, et m'appuyai contre une palissade
peu élevée. Devant moi s'étendait le petit jardin immobile, tout éclairé et comme assoupi sous les rayons
argentés de la lune, tout parfumé, tout humide.
Dessiné dans le goût du temps passé, il ne formait
qu'un seul carré. De petits sentiers droits se rejoi-
gnaient dans le centre même, et venaient aboutir à un
parterre rond tout couvert d'asters enfouis dans une
herbe épaisse. De hauts tilleuls entouraient le jardin
d'une bordure uniforme ; cette bordure était interrompue en un seul endroit par une éclaircie de cinq à six
archines qui laissait voir la moitié d'une maison basse,
et deux fenêtres où je fus fort étonné de voir de la

lumière. De jeunes pommiers s'élevaient par intervalles sur le terrain uni ; à travers les branches me-
nues, on voyait se déverser sur l'azur endormi du ciel
la tranquille lueur de la lune. Une ombre faible et iné-
gale s'étendait sur l'herbe blanchâtre au pied de
chaque pommier. Les tilleuls verdoyaient confusément
d'un seul côté du jardin, inondés d'une lumière pâle
et immobile ; de l'autre côté, ils étaient noirs et
opaques. Un murmure étrange et contenu s'élevait
de temps à autre des feuilles touffues ; on eût dit
qu'elles voulaient appeler les passants, les attirer sous
leurs ombrages. Tout le ciel était parsemé d'étoiles,
qui semblaient regarder attentivement la terre lointaine. De petits nuages fins passaient par moments sur
la lune, et transformaient pour un instant son éclat
paisible en une vapeur translucide. Tout sommeillait.
L'air tiède et embaumé n'était agité par aucune brise,
mais frissonnait parfois comme une nappe d'eau troublée par la chute d'une branche. On y sentait quelque
chose d'altéré. Je m'étais penché sur la palissade :
devant moi, un pavot rouge élevait sa tige droite
dans l'herbe épaisse ; une grosse goutte de rosée nocturne brillait d'un sombre éclat au fond de la fleur
épanouie. Tout sommeillait, tout s'assoupissait mollement autour de moi ; toutes choses paraissaient aspirer vers le ciel, se dilater, s'immobiliser et attendre.

Qu'attendait donc cette nuit chaude et non endormie ?

Elle attendait un son, ce calme attentif attendait

une voix vivante ; mais tout se taisait. Les rossignols avaient cessé de chanter depuis longtemps. Le bourdonnement subit d'un insecte qui volait dans l'espace, le léger bruissement d'un petit poisson dans le vivier derrière les tilleuls, le sifflement engourdi d'un oiseau qui s'agitait dans le sommeil, un cri faible et confus dans les champs, si éloigné que les oreilles ne pouvaient distinguer si c'était l'appel d'une voix humaine ou la plainte d'un animal, parfois un pas précipité et saccadé qui résonnait sur le chemin, —tous ces sons grêles, tous ces murmures ne faisaient que redoubler le silence...

Mon cœur était saisi d'un sentiment indéfinissable qui ressemblait soit à l'attente, soit au souvenir du bonheur ; je n'osais remuer. Je regardais machinalement les deux fenêtres faiblement éclairées, lorsque tout à coup un accord retentit dans la maison et roula comme une vague, répété par un écho sonore. Je frissonnai involontairement.

A la suite de cet accord, une voix de femme se fit entendre... J'écoutai avidement. Quelle ne fut pas ma surprise ! J'avais entendu il y a deux ans, en Italie, à Sorrente, ce même air, cette même voix... oui... oui...

> Vieni, pensando a me segretamente...

C'était bien cela, je reconnus cette musique.

Voici comment je l'avais une première fois entendue. Je revenais chez moi après une longue promenade au bord de la mer. Je suivais rapidement la rue.

La nuit était venue, une nuit magnifique, méridionale, non pas calme et tristement pensive comme les nuits de Russie, mais tout étincelante, voluptueuse et belle comme une femme heureuse dans la fleur de ses années. La lune répandait une lumière puissante; de grandes étoiles scintillantes ruisselaient sur un ciel bleu foncé; des ombres noires tranchaient vivement sur la lumière jaunâtre qui inondait la terre. Les murs en pierre des jardins s'élevaient de chaque côté de la rue; les orangers les dépassaient de leurs branches inclinées; tantôt on distinguait à peine les globes d'or des fruits lourds que recouvraient les feuilles pressées, tantôt on les voyait s'étaler fastueusement aux rayons de la lune. Les fleurs blanchissaient mollement sur beaucoup d'arbres; l'air était tout imprégné de parfums pénétrants, un peu lourds, et pourtant d'une douceur ineffable. Je marchais, et je dois avouer que, m'étant déjà habitué à toutes ces splendeurs, je ne pensais qu'à regagner mon hôtel au plus vite, lorsque tout à coup une voix de femme retentit dans un de ces petits pavillons bâtis contre le mur d'enclos le long duquel je passais. Cette femme chantait une romance qui m'était inconnue; mais il y avait dans sa voix quelque chose de si attrayant, elle s'accordait si bien avec l'attente passionnée et joyeuse exprimée par les paroles du chant, que je m'arrêtai involontairement en revelant la tête. Le pavillon avait deux fenêtres, mais les jalousies étaient baissées, et à travers les fentes étroites s'échappait à peine une pâle

lueur. Après avoir répété deux fois : *Vieni, vieni,* la
voix s'évanouit ; j'entendis une légère vibration de
cordes, comme si une guitare était tombée sur le tapis ;
il y eut un frôlement de robe, le parquet cria faiblement. Les jalousies crièrent subitement sur leurs
gonds et s'ouvrirent ; je reculai d'un pas. Une femme
de grande taille, toute vêtue de blanc, pencha sa
charmante tête hors de la fenêtre, puis, étendant sa
main vers moi, me dit : — *Sei tu ?* — Je ne savais que
dire ; mais au même moment l'inconnue se rejeta en
arrière en poussant un faible cri, la jalousie se referma, et la lumière disparut.

Le visage de la femme qui m'était apparue d'une
manière si soudaine était d'une beauté incomparable.
Elle passa trop vite devant mes yeux pour me laisser
le temps d'examiner chaque trait en particulier ; mais
l'impression générale m'était restée forte et profonde.
Je sentis alors que je n'oublierais jamais ce visage.
La lune donnait sur le mur du pavillon et sur la fenêtre où elle s'était montrée à moi. Que ses yeux
sombres brillaient magnifiquement à cette clarté !
Qu'ils étaient épais, les flots de cheveux noirs à demi
dénoués qui tombaient sur ses épaules arrondies !...
Quelle pudique volupté il y avait dans la molle cambrure de sa taille ! Quelles caresses dans ce chuchote-
ment précipité et pourtant sonore qui me fut adressé !
Je me rejetai dans l'ombre du mur opposé, et restai
là, les yeux levés vers le pavillon, dans l'attente et la
perplexité la plus niaise...

J'écoutais avec une attention soutenue. Tantôt il me semblait entendre une légère respiration derrière la fenêtre à demi éclairée, tantôt un certain frôlement et un rire étouffé. Des pas retentirent enfin dans le lointain ; un homme à peu près de ma taille se montra au bout de la rue. Il marcha rapidement vers une petite porte située près de ce même pavillon, et que je n'avais pas remarquée, frappa deux coups sans se retourner et en chantant à demi-voix : *Ecco ridente...* La petite porte s'ouvrit, il en franchit furtivement le seuil. Je haussai les épaules, et, mon chapeau enfoncé sur les yeux, je retournai chez moi fort mécontent.

Le lendemain, je passai pendant la grande chaleur deux heures à parcourir la rue du pavillon, mais sans aucun résultat. Le même soir je quittais Sorrente sans avoir seulement visité la maison du Tasse. On peut donc se figurer quelle fut ma surprise d'entendre cette même voix, ce même chant au milieu des steppes, dans une des parties les plus incultes de la Russie. — A présent comme alors il fait nuit, à présent comme alors la voix s'élève tout à coup d'une petite chambre éclairée et inconnue ; à présent comme alors, je suis seul. Mon cœur bat vivement. N'est-ce point un songe ? pensai-je. Et voici que résonne de nouveau le dernier *Vieni...* La fenêtre va-t-elle s'ouvrir ? Une femme apparaîtra-t-elle ?... La fenêtre s'ouvre. Une femme s'y montre.

Je la reconnus à l'instant malgré la distance de

trente pas qui nous séparait, malgré le léger nuage
qui obscurcissait la lune. C'était elle, mon inconnue
de Sorrente; mais elle ne me tendit pas comme autrefois ses bras nus. Elle les tenait doucement croisés, et
s'appuyant sur le rebord de la fenêtre, silencieuse et
immobile, elle regarda dans le jardin. Une large
robe blanche la drapait comme autrefois. Elle me
parut un peu plus forte qu'à Sorrente. Tout en elle
respirait l'assurance et le calme de l'amour, le
triomphe de la beauté qui se repose dans le bonheur.
Elle demeura longtemps immobile, puis elle regarda
en arrière dans la chambre, et, se redressant subitement, cria trois fois d'une voix vibrante et sonore :
Addio! Ces sons charmants retentirent au loin, bien
loin; ils vibrèrent longtemps et allèrent en s'affaiblis-
sant mourir sous les tilleuls du jardin et dans les
champs, auprès de moi et partout. Pendant quelques
instants, tout ce qui m'entourait fut pénétré de cette
voix de femme; toutes choses frémirent en réponse
et semblèrent imprégnées de ces accents. Elle ferma
la fenêtre, et au bout d'un instant la maison redevint
obscure.

Dès que je revins à moi, ce qui, je l'avoue, demanda quelque temps, je me dirigeai promptement
le long du mur du jardin, je m'approchai de la porte
fermée, et me mis à regarder par-dessus l'enclos.
Rien d'inusité ne se faisait remarquer dans la cour;
mais une calèche était dans un coin sous un auvent.
L'avant-train était couvert d'une boue sèche qui

blanchissait comme de la craie aux rayons de la lune.
Les volets de la maison étaient clos comme d'habitude. J'ai oublié de dire qu'il y avait plus de huit
jours que je n'étais retourné à Glinnoë. Je me pro-
menai pendant plus d'une demi-heure le long de
l'enclos et finis par attirer l'attention d'un vieux chien
de garde qui, sans aboyer, se mit à fixer sur moi,
avec une ironie singulière, ses yeux à demi fermés.
Je compris son avis, et m'éloignai. A peine avais-je
fait une demi-verste que j'entendis derrière moi le
piétinement d'un cheval. Quelques instants après, un
cavalier passa au grand trot : il se tourna vers moi
d'un mouvement rapide; mais la visière de sa casquette rabattue sur ses yeux ne me permit de voir
qu'une jolie moustache et un nez aquilin. Il disparut promptement dans la forêt. — Le voilà donc !
pensai-je, et mon cœur se mit à palpiter d'une étrange
façon. Il me semblait que je l'avais reconnu. Sa figure
me rappelait réellement celle de l'homme que j'avais
vu entrer par la petite porte du jardin de Sorrente.
Une demi-heure après, de retour chez mon hôte de
Glinnoë, je le réveillai et le questionnai aussitôt sur
les nouveaux habitants de la maison voisine. Il me
répondit avec effort que les propriétaires venaient
d'arriver.

— Quels propriétaires? répliquai-je avec impatience.

— On sait bien lesquels... Les seigneurs, répondit-
il d'une voix traînante.

— Quels seigneurs?

— On sait bien quels sont les seigneurs.

— Des Russes?

— Et qui donc? Certainement, des Russes.

— Ne sont-ce pas des étrangères?

— Comment?.... Plaît-il?

— Y a-t-il longtemps qu'elles sont arrivées?

— On sait bien qu'il n'y a pas longtemps.

— Doivent-elles rester?

— On ne le sait pas.

— Sont-elles riches?

— Ah! quant à cela, nous n'en savons rien. Il est possible qu'elles soient riches.

— N'est-il pas arrivé un monsieur avec elles?

— Un monsieur?

— Oui.

Le *starosta* soupira. — Ah!... un seigneur! dit-il en bâillant... Non, non, monsieur... Il me semble que non... Pas connu, reprit-il tout à coup.

— Quels sont les voisins qui demeurent par ici?

— Des voisins de toute sorte.

— De toute sorte? Mais comment s'appellent-ils?

— Lesquels, les propriétaires ou les voisins?

— Les propriétaires.

Le *starosta* soupira de nouveau.

— Comment elles s'appellent? murmura-t-il. Dieu sait comment elles s'appellent! L'aînée s'appelle, il me semble, Anna Fédorovna; mais l'autre... Non, je n'en sais rien.

— Quel est leur nom de famille au moins?

— Par Dieu, je n'en sais rien.

— Sont-elles jeunes?

— La plus jeune peut bien avoir plus de quarante ans.

— Tu radotes !

Le *starosta* se tut.

Sachant par expérience que lorsqu'un Russe se met à répondre d'une certaine façon, il n'y a pas moyen d'en rien tirer de raisonnable, voyant de plus que mon hôte venait seulement de se mettre au lit, et qu'il s'inclinait légèrement en avant à chaque réponse, dilatant ses paupières dans un étonnement enfantin, et desserrant avec effort ses lèvres collées par le miel du premier sommeil, je fis un signe de la main, et, refusant de souper, j'allai dans la remise.

J'eus beaucoup de peine à m'endormir. — Qui est-elle? me demandais-je constamment. Est-elle Russe? Si elle est Russe, pourquoi s'exprime-t-elle en italien? Le *starosta* prétend qu'elle n'est plus jeune...; mais il radote... Et quel est cet homme?... Décidément il n'y a moyen d'y rien comprendre... Mais quelle singulière coïncidence ! Est-il possible que deux fois de suite?... Il faut positivement que je sache qui elle est, et pourquoi elle est ici.

Agité par ces pensées confuses, je m'endormis tard, et mon sommeil fut troublé par des rêves étranges. Je croyais errer dans un désert par la forte chaleur du midi; tout à coup je vois courir une grande tache

d'ombre sur le sable jaune et ardent qui s'étendait
devant moi, et, levant la tête, je l'aperçois, elle, ma
beauté, emportée dans les airs. Elle est toute vêtue
de blanc; ses longues ailes sont blanches, elle m'appelle. Je veux la suivre, mais elle flotte au loin, légère
et rapide, et moi je ne puis m'élever de terre... J'é-
tends vainement les mains. *Addio!* me dit-elle en
s'envolant. Pourquoi n'as-tu pas des ailes!... *Addio !*
— Et voilà que de tous côtés cet *addio* retentit; chaque grain de sable le répète et me crie : *Addio !* Cet *i*
vibrait en moi comme un trille aigu et insupportable. Je la cherchai des yeux; mais elle n'était déjà
plus qu'un petit nuage, et s'élevait lentement vers
le soleil, qui étendit vers elle de longs rayons dorés.
Bientôt ces rayons l'enveloppèrent, et elle s'évapora,
tandis que moi, je criais à pleine gorge, comme un
furieux : « Ce n'est pas le soleil, ce n'est pas le soleil,
c'est une araignée italienne! Qui donc lui a donné un
passe-port pour la Russie ? Je la dénoncerai. Je l'ai vue
voler des oranges dans un jardin. »

Dans un autre rêve, il me sembla que je traversais
en grande hâte un sentier étroit et escarpé. Je ne sais
quel bonheur inespéré m'attendait. Tout à coup un
énorme rocher se dresse devant moi. Je cherche un
passage, je n'en trouve ni à droite ni à gauche. Au
même instant une voix se fait entendre derrière le
rocher : *Passa que'i colli...* Cette voix m'attire, elle
recommence son appel. Je me débattais péniblement,
je cherchais au moins la plus petite issue. Hélas! par-

tout un mur de granit perpendiculaire! — *Passa que'i
colli*, répète mélancoliquement la voix. Désespéré,
je me jette la poitrine contre la pierre noire, et, dans
mon impuissance, je l'égratigne de mes ongles. Un
sombre passage s'ouvre tout à coup; j'allais m'élancer. — Drôle! me crie quelqu'un, tu ne passeras pas!
— Je regarde : Loukianitch était devant moi; il me
menaçait et agitait ses bras. Je fouille précipitamment dans mes poches... je voulais le gagner : mes
poches sont vides. — Loukianitch, lui dis-je, laisse-
moi passer, je te récompenserai plus tard. — Vous
vous trompez, *señor*, me répond Loukianitch, et son
visage prit une expression singulière; je ne suis pas
un domestique serf; reconnaissez en moi don Quichotte de la Manche, chevalier errant bien connu.
Toute ma vie j'ai cherché ma Dulcinée, mais je n'ai pu
la trouver, je ne souffrirai pas que vous trouviez la
vôtre. — *Passa que'i colli*, répète de nouveau une
voix qui sanglotait. — Faites place, *señor*, criai-je
avec fureur et tout prêt à me jeter sur lui...; mais la
longue lance du chevalier m'atteint droit au cœur...
Je tombe blessé à mort... J'étais étendu sur le dos, je
ne pouvais faire aucun mouvement, lorsqu'elle entre
une lampe à la main. Elle la lève gracieusement au-
dessus de sa tête, regarde autour d'elle dans l'obscurité, et, s'approchant avec précaution, se penche sur
moi : — C'est donc lui, cet insensé! dit-elle avec un
rire méprisant. Voilà celui qui veut savoir qui je suis!
— Et l'huile brûlante de sa lampe tombe juste sur la

plaie de mon cœur.—Psyché! m'écriai-je avec effroi...
Et je me réveillai.

Je passai toute la nuit dans ces rêves étranges. Le
lendemain, j'étais levé avant l'aube. M'étant habillé
promptement, je pris mon fusil et me dirigeai vers
l'habitation. Mon impatience était si grande que l'aube
blanchissait à peine lorsque j'y arrivai. Les alouettes
chantaient autour de moi, les corneilles criaient dans
les bouleaux; mais dans la maison tout dormait encore. Le chien lui-même ronflait derrière l'enclos.
Dans cette anxiété de l'attente qui va jusqu'à la colère, je me mis à arpenter le gazon couvert de rosée
et à regarder sans cesse la petite maison basse qui
renfermait dans ses murs cet être énigmatique. Tout
à coup la petite porte cria faiblement, elle s'ouvrit,
et Loukianitch apparut sur le seuil. Son visage allongé
me sembla encore plus maussade que de coutume.
Il parut étonné de me voir, et voulut aussitôt refer-
mer la porte.

— Cher ami, cher ami! m'écriai-je avec empresse-
ment.

— Que voulez-vous à cette heure matinale? me répondit-il d'une voix sourde.

— Dis-moi, je t'en prie, on prétend que ta maîtresse
est arrivée?

Loukianitch se tut pendant un instant : — Elle est
arrivée, dit-il.

— Seule?

— Avec sa sœur.

— N'ont-elles pas reçu de visites hier?

— Non.

Et il tira la porte sur lui.

— Attends un peu... Fais-moi le plaisir...

Loukianitch toussait et grelottait de froid. — Que me voulez-vous donc? dit-il.

— Dis-moi, je t'en prie, quel âge a ta maîtresse?

Loukianitch me regarda d'un air défiant.— Quel âge a ma maîtresse? Je n'en sais rien... Elle peut avoir quarante ans passés.

— Quarante ans passés! Et sa sœur?

— A peu près quarante ans.

— Vraiment! Est-elle jolie?

— Qui? la sœur?

— Oui, la sœur.

Loukianitch sourit. — Je ne sais ce qu'en diront les autres; à mon avis, elle est laide.

—Comment!

— Elle n'a pas une belle prestance, elle n'est pas mal maigre.

— Vraiment! Et personne autre n'est arrivé chez vous?

— Personne... Qui pourrait encore arriver ici?

— Mais cela ne peut pas être..., je...

— Hé! seigneur, il paraît qu'on n'en finira jamais avec vous, répondit le vieillard d'un air chagrin. Quel froid! Je vous salue.

— Attends, attends..., voilà pour toi. — Et je lui tendis une petite pièce de monnaie que j'avais préparée d'avance ; mais la porte se referma violemment en heurtant ma main. La pièce d'argent tomba et roula à mes pieds.

— Vieux coquin ! pensai-je ; don Quichotte de la Manche ! Il paraît qu'on t'a ordonné de te taire... ; mais tu ne me tromperas pas.

Je me promis d'éclaircir le mystère, quel qu'il fût. Pendant quelque temps, je ne sus à quoi me résoudre. Je me décidai enfin à demander dans le village à qui appartenait l'habitation, et qui y était réellement arrivé. Je voulais y retourner ensuite et n'en pas revenir que je n'eusse approfondi ce mystère. « Mon inconnue finira par sortir de sa maison, me disais-je, et je la verrai au jour, de près, comme une femme vivante, non comme une apparition. » Le village était situé à une verste de distance, et je m'y dirigeai tout de suite d'un pas rapide. Une étrange émotion bouillonnait en moi et me donnait du courage ; la fraîcheur fortifiante du matin me ravivait après les agitations de la nuit.

Dans le village, deux paysans qui revenaient des champs m'apprirent tout ce que je pouvais savoir par eux. L'habitation, de même que le village dans lequel je venais d'entrer, portait le nom de Michaïlovskoë ; ils appartenaient à la veuve d'un major, Anna-Fédorovna Chlikof ; celle-ci avait une sœur non mariée, qui s'appelait Pélagie-Fédorovna Badaef ; elles étaient toutes deux âgées et riches ; elles n'habitaient presque jamais la maison, elles étaient toujours en voyage ; elles

18

n'avaient avec elles que deux servantes et un cuisinier. Anna-Fédorovna Chlikof était revenue la veille
de Moscou avec sa sœur seulement. Cette dernière
assertion me surprit beaucoup. Je ne pouvais supposer que ces paysans eussent reçu l'ordre de se
taire sur le compte de mon inconnue. Mais il m'était
tout aussi impossible d'admettre qu'Anna-Fédorovna
Chlikof, veuve de quarante-cinq ans, et cette ra-
vissante femme qui m'était apparue hier, fussent
une seule et même personne. D'après la description
qu'on m'avait faite, Pélagie Badaef ne brillait point
non plus par la beauté, et puis, à la seule pensée que
la femme que j'avais aperçue à Sorrente pouvait s'appeler Pélagie et même Badaef, je haussai les épaules
et me mis à rire méchamment. « Et pourtant je l'ai
vue hier dans cette maison... Je l'ai vue, de mes yeux
vue, » pensai-je. Irrité, furieux, mais plus inflexible
que jamais dans ma résolution, je voulus aussitôt retourner à l'habitation.

Je regardai ma montre; il n'était pas encore six
heures. Je résolus d'attendre, certain que tout le
monde dormait encore, et que je ne ferais qu'exciter
inutilement la méfiance en errant autour de la maison
à cette heure matinale; de plus, je voyais des buissons s'étaler devant moi, et derrière ces buissons un
bois de trembles... Je dois ici me rendre justice et
déclarer que cette fébrile agitation n'avait point éteint
en moi la noble passion de la chasse. — Il se peut,
pensai-je, que je tombe sur une compagnie de coqs

de bruyère qui me fasse passer le temps. — J'entrai
dans le taillis. La vérité me force à dire encore que je
marchais avec insouciance et sans aucun respect pour
les lois de l'art de la vénerie. Je ne suivais pas constamment mon chien des yeux, je ne battais pas les
buissons épais dans l'espoir qu'un coq de bruyère à
crête rouge s'enlèverait avec fracas, je consultais sans
cesse ma montre, ce qui décidément ne valait rien du
tout. Ma montre marqua enfin neuf heures. — Il est
temps, m'écriai-je à voix haute, et je revenais déjà
sur mes pas pour aller vers l'habitation, lorsqu'un
magnifique coq de bruyère rasa l'herbe touffue en
battant des ailes tout près de moi ; je tirai l'admirable
oiseau et le blessai sous l'aile. Il ne tomba pas tout de
suite, il se redressa au contraire, se dirigea vers le
bois, et, plongeant à ras de terre, essaya de s'élever
au-dessus des premiers trembles qui formaient la bordure du bois ; mais bientôt il faiblit et roula dans le
fourré en tournoyant sur lui-même. Négliger une pareille trouvaille eût été réellement impardonnable ; je
m'élançai vivement sur les traces de l'oiseau blessé, et
j'entrai dans le massif. Au bout de quelques instants,
j'entendis un gloussement plaintif, suivi d'un bruit
d'ailes ; c'était le malheureux coq de bruyère qui se
débattait sous les pattes de mon chien. Je le ramassai
et le mis dans ma gibecière ; puis, me relevant, je regardai autour de moi... Je demeurai cloué à ma place...

Le bois où je me trouvais était très-touffu. A une
petite distance serpentait une route étroite, et sur

cette route, à cheval et côte à côte, s'avançaient mon
inconnue et l'homme qui m'avait dépassé la veille. Je
le reconnus à ses moustaches. Ils allaient au pas, en
silence, et se tenant l'un l'autre par la main. Les longs
cous des chevaux s'agitaient dans un balancement
gracieux. Remis de ma première frayeur (je ne puis
donner un autre nom au sentiment qui s'était subitement emparé de moi), je l'observai. Qu'elle était
belle! Cette apparition radieuse venait comme par
enchantement à ma rencontre au milieu d'un feuillage
d'émeraude. De molles ombres, de tendres reflets glis-
saient sur elle, sur sa longue robe grise, sur son cou
fin et légèrement incliné, sur son visage d'un pâle
rosé, sur ses cheveux noirs et luisants, qui flottaient
sous son petit chapeau de forme basse; mais comment
rendre l'expression de béatitude complète et passionnée jusqu'à l'extase que respiraient ses traits? Sa tête
semblait pencher sous un doux fardeau, des étincelles
dorées et voluptueuses scintillaient dans ses yeux
sombres, à demi recouverts par de longs cils. Ils ne
posaient nulle part, ces yeux heureux, et sur eux s'af-
faissaient ses fins sourcils. Un sourire incertain, enfantin, le sourire d'une joie profonde, errait sur ses
lèvres. On eût dit que l'excès du bonheur la fatiguait
et la rendait légèrement languissante, comme une
fleur en s'épanouissant fait quelquefois ployer sa tige.
Ses deux mains tombaient sans force, l'une dans la
main de l'homme qni l'accompagnait, l'autre sur le
cou de son cheval.

J'eus le temps de la voir, mais je le vis aussi. C'était un homme beau et bien fait, dont le visage n'avait rien de russe. Il la regardait avec hardiesse et gaieté, et ne l'admirait pas sans un certain orgueil. Il me semblait aussi fort content de lui-même, et pas assez touché, pas assez humble... En effet, quel homme méritait un pareil dévouement? quelle âme, même la plus belle, aurait eu le droit de donner tant de bonheur à une autre âme?... Il faut l'avouer, j'étais jaloux...

Tous deux cependant arrivaient en face de moi. Mon chien se jeta tout à coup sur la route et se mit à aboyer. L'inconnue tressaillit, se retourna vivement, et, m'ayant aperçu, donna fortement de sa houssine sur le cou du cheval. Le cheval hennit, se cabra, étendit à la fois ses deux pieds de devant et partit au galop. L'homme éperonna aussitôt sa monture, et, lorsque je sortis du bois quelques instants après, je les vis tous deux galoper à travers champs dans le lointain doré, en se balançant sur leurs selles... Ils galopaient dans une autre direction que celle de Michaïlovskoë. Je les suivis des yeux. Ils disparurent bientôt derrière la colline, après s'être nettement dessinés sur la ligne de l'horizon. J'attendis..., puis je m'en retournai lentement vers la forêt et m'assis sur la route, les yeux fermés, le front dans mes mains.

J'ai remarqué qu'après une rencontre avec des inconnus, il suffit de fermer ainsi les yeux pour que leurs traits se représentent aussitôt à notre pensée.

18.

Chacun peut vérifier l'exactitude de cette observation.
Plus on connaît le visage des personnes et plus il est
difficile de se le représenter, plus l'impression reste
vague : on se le rappelle, mais on ne le voit pas. On
ne peut jamais faire apparaître ainsi son propre visage.
Les plus petits détails des traits sont bien connus,
mais on ne peut s'en figurer l'ensemble. Je m'assis
donc en me couvrant les yeux; aussitôt je vis mon
inconnue et son compagnon, et leurs chevaux, et
tout... Le visage souriant du jeune homme se présentait surtout d'une façon bien précise. Je me mis
à le contempler; il s'obscurcit et finit par se perdre dans un lointain rougeâtre, et son image à elle
disparut également et ne voulut plus reparaître. Je me
levai. — Eh bien! me dis-je, il me reste à savoir leurs
noms. — Essayer de savoir leurs noms, quelle curiosité déplacée et futile! Mais je jure que ce n'était pas
la curiosité qui me consumait; il me semblait réellement impossible que je ne finisse point par découvrir
au moins qui ils étaient, après que le sort m'avait si
étrangement et si obstinément mis en rapport avec
eux. Du reste, je ne sentais plus en moi la première
impatience de l'incertitude; cette incertitude s'était
changée en un sentiment vague et triste dont je rou-
gissais un peu : j'étais décidément jaloux.

Je ne me hâtai plus de retourner à l'habitation. Je
dois avouer que j'avais honte de chercher à pénétrer
les secrets d'autrui. De plus, l'apparition du couple
amoureux au grand jour et à la lumière du soleil,

bien que d'une manière si inattendue et si étrange,
m'avait refroidi pour ainsi dire sans me calmer. Je ne
trouvais plus rien de surnaturel ni de merveilleux
dans cet événement, rien qui ressemblât à un rêve
irréalisable...

Je recommençai à chasser avec plus d'attention
qu'auparavant, mais le véritable enthousiasme n'y était
pas. Je fis lever une compagnie qui me retint une
heure et demie. Les jeunes coqs de bruyère me faisaient longtemps attendre avant de répondre à mon
sifflet. Je ne sifflais sans doute pas d'une manière
assez *objective*. Le soleil était déjà très-haut sur l'horizon (la montre marquait midi), lorsque je me dirigeai vers l'habitation. Je ne marchais pas vite. La petite maison basse m'apparut enfin au sommet de la
colline ; mon cœur recommençait à battre... Je m'approchai... Je remarquai avec un secret plaisir que
Loukianitch était, comme autrefois, immobile sur son
banc devant la petite aile de l'habitation. La porte
était fermée et les volets aussi.

— Bonjour, vieux, lui criai-je de loin. Tu es sorti
pour te chauffer au soleil ?

Loukianitch tourna vers moi son maigre visage et
souleva silencieusement sa casquette.

— Bonjour, vieux, bonjour. Comment, dis-je, surpris de voir ma pièce de monnaie neuve par terre,
n'as-tu pas ramassé cela ?

— Je l'ai bien vue, me dit-il ; mais cet argent n'est
pas à moi, voilà pourquoi je ne l'ai pas ramassé.

— Quel original tu fais ! répliquai-je, non sans un certain embarras. — Et, relevant la pièce de monnaie, je la lui tendis de nouveau. — Prends, prends, ce sera pour du thé.

— Je vous remercie, me répondit Loukianitch en souriant avec calme. Je n'en ai pas besoin ; je puis vivre sans cela.

— Prends, et je suis prêt à t'en donner davantage avec plaisir, continuai-je un peu embarrassé.

— Et pourquoi donc ? Daignez ne pas vous inquiéter. Je vous suis très-reconnaissant de votre attention ; mais, quant à moi, j'ai assez de pain, et encore en aurai-je peut-être de trop ; c'est selon les circonstances !

Et il se leva en étendant la main vers la petite porte.

— Attends, vieux ! lui dis-je presque avec désespoir. Que tu es peu causeur aujourd'hui !... Dis-moi au moins si ta maîtresse est levée ou non.

— Elle est levée.

— Et... est-elle à la maison ?

— Non.

— Est-elle allée faire des visites ?

— Non pas ; elle est allée à Moscou.

— Comment ! à Moscou ? Mais ce matin elle était ici.

— Oui.

— Et elle y a couché ?

— Oui.

— Et il n'y a pas longtemps qu'elle est partie ?

— Il n'y a pas longtemps.

— Combien de temps y a-t-il, mon ami ?

— Il y a environ une heure qu'elle a voulu retourner à Moscou.

— A Moscou !

Et je regardai Loukianitch avec stupéfaction.

J'avoue que je ne m'étais pas attendu à cela. Loukianitch me regardait aussi ; un sourire resserrait les lèvres sèches du vieillard rusé et éclairait à peine ses yeux mornes.

— Et elle est partie avec sa sœur ? demandai-je à la fin.

— Avec sa sœur.

— De sorte qu'il n'y a maintenant personne à la maison ?

— Personne.

Je pensai que Loukianitch me trompait. Ce n'était pas pour rien qu'il souriait avec tant de malice.

— Écoute, Loukianitch, lui dis-je, veux-tu me rendre un service ?

— Que me voulez-vous donc ? reprit-il lentement. Il était évident que mes questions commençaient à le fatiguer.

— Tu dis qu'il n'y a personne à la maison, peut-être pourrais-tu me la montrer. Je t'en serais fort reconnaissant.

— Vous voulez voir les chambres ?

— Oui.

Loukianitch se tut.

— Volontiers, dit-il enfin ; venez.

Il franchit le seuil de la petite porte en se courbant.

Je marchai sur ses traces. Nous traversâmes une petite
cour et nous montâmes les degrés chancelants d'un
perron en bois. Le vieillard poussa la porte : elle
n'avait pas de serrure; une corde à nœuds était passée
par un trou. Nous entrâmes dans la maison. Cinq ou
six chambres basses, rien de plus, et, autant que je
pus les distinguer à la faible lumière qui pénétrait à
travers les fentes des volets, les meubles de ces chambres étaient très-simples et très-vieux. Dans l'une de
ces pièces (justement celle qui donnait sur le jardin),
il y avait un misérable petit piano... Je soulevai le
couvercle bombé et fis résonner les touches. Un son
aigre et enroué s'en échappa et s'évanouit languissam-
ment, comme s'il se fût plaint de ma hardiesse. Rien
ne dénotait que cette maison vînt d'être habitée; elle
avait même une odeur de moisi et de renfermé. Par-
ci par-là traînait quelque papier, témoignant par sa
blancheur qu'il n'y était pas depuis longtemps. J'en
ramassai un ; c'était sans doute un fragment de lettre.
Une main de femme y avait tracé d'une écriture
ferme ces mots : « se taire! » Je déchiffrai sur un
autre fragment le mot « bonheur... » Un bouquet de
fleurs à demi fanées baignait dans un verre placé sur
un guéridon auprès de la fenêtre; un ruban vert
froissé gisait à côté. J'emportai le ruban... Loukianitch
ouvrit une porte étroite formée d'une cloison tapissée.

—Voilà, dit-il en étendant la main, voilà la chambre
à coucher, plus loin celle de la femme de chambre,
et puis c'est tout.

Nous revînmes par le corridor.

— Quelle est cette pièce? lui demandai-je en indiquant une large porte soigneusement cadenassée.

— Celle-là? me répondit le vieillard d'une voix sourde, ce n'est rien.

— Cependant?

— Eh bien! c'est le garde-meuble.

Et il entra dans l'antichambre.

— Le garde-meuble? ne peut-on le visiter?

— Quel plaisir aurez-vous donc à cela, monsieur? répondit Loukianitch d'un air mécontent. Que voulez-vous y voir? des caisses, de la vieille vaisselle!... C'est un garde-meuble, et rien de plus.

— Montre-le-moi, je t'en prie, vieux, dis-je, quoique rougissant intérieurement de mon opiniâtreté indiscrète. Vois-tu, je désirerais avoir dans mon village une maison pareille...

J'avais honte. Je ne pouvais parvenir à achever ma phrase. Loukianitch penchait sa tête grise sur sa poitrine et me regardait en dessous d'un air singulier.

— Montre-le-moi, lui répétai-je.

— Eh bien! venez, répondit-il enfin.

Il prit la clef et ouvrit la porte avec humeur. Je jetai un coup d'œil autour du garde-meuble. Il n'y avait, en effet, rien d'extraordinaire. Les murs étaient garnis de vieux portraits aux visages sombres et presque noirs, aux yeux méchants. Par terre gisaient des débris de toute espèce.

—Eh bien! est-ce vu? me demanda bientôt Loukianitch.

— Oui, merci, répondis-je précipitamment.

Il ferma la porte. Je traversai l'antichambre et passai dans la cour.

Loukianitch me dit sèchement: — Je vous salue. —
Et il me quitta.

— Mais quelle était la dame que vous aviez hier en
visite? lui criai-je en le voyant s'éloigner : je l'ai rencontrée dans le bois ce matin.

J'avais espéré l'embarrasser par cette question soudaine et en tirer une réponse irréfléchie ; mais le vieillard ne fit que ricaner et disparut.

Je rentrai à Glinnoë. J'étais mal à l'aise comme un
enfant qui vient de subir une fâcheuse réprimande.
— Non, me dis-je à la fin, je ne dois décidément pas
éclaircir ce mystère. N'en parlons plus, je ne veux
plus songer à tout cela.

Une semaine se passa. Je tâchai de repousser loin
de moi le souvenir de l'inconnue, de son compagnon
et de mes rencontres avec eux ; mais ce souvenir me
poursuivait constamment et me harcelait avec toute
l'importune persévérance d'une mouche pendant la
sieste. Loukianitch me revenait aussi continuellement
à la mémoire avec ses regards mystérieux, ses discours
pleins de réticence et son sourire tristement froid. La
maison même, quand je me la rappelais, la maison
semblait me contempler avec malice à travers ses volets à demi fermés, comme si elle se fût moquée de

moi et m'eût dit : — Après tout, tu ne sauras rien...

Bref, je perdis patience, et un jour je me rendis à Glinnoë. Je dois avouer que je ressentis une agitation assez vive en m'approchant de la mystérieuse habitation. Il n'y avait rien de changé dans l'extérieur de la maison : les mêmes fenêtres fermées, le même aspect lugubre et délaissé; seulement, au lieu de Loukianitch, c'était un jeune garçon d'environ vingt ans qui était assis sur le banc, au devant de la petite aile. Il portait un long cafetan en nankin et une chemise rouge. Il sommeillait la tête inclinée sur la paume de sa main. Par moments sa tête était prise d'un mouvement oscillatoire, puis il la relevait en sursaut.

— Bonjour, frère, lui dis-je à haute voix.

Il se leva vivement et dirigea sur moi de grands yeux étonnés.

— Bonjour, frère, répétai-je. Et où est le vieux?

— Quel vieux? demanda lentement le gamin.

— Loukianitch.

— Loukianitch ! — Il regarda de côté. — Vous avez besoin de Loukianitch?

— Oui. N'est-il pas à la maison?

— Non, dit le garçon en balbutiant; il... Comment vous le dire?

— Est-il malade?

— Non.

— Eh bien! quoi?

— Il n'y est plus.

— Comment !

19

— Il lui est arrivé un malheur.

— Est-il mort? lui demandai-je d'un air consterné.

— Il s'est pendu, dit le jeune homme à demi-voix.

— Pendu ! m'écriai-je avec terreur.

Nous nous regardâmes sans nous parler.

— Y a-t-il longtemps? demandai-je enfin.

— C'est aujourd'hui le cinquième jour. On l'a enterré hier.

— Et pourquoi s'est-il pendu ?

— Dieu le sait. C'était un homme libre qui recevait des gages ; il ne connaissait pas la misère ; les maîtres le caressaient comme un de leurs proches. Ah ! quels bons maîtres que les nôtres ! que Dieu leur donne la santé ! Il est impossible de s'imaginer ce qui l'a poussé à mourir. Il paraît que le diable l'a tenté !

— Comment s'y est-il donc pris?

— Comme cela : il a pris une corde et s'est pendu.

— Et avant cela, vous n'aviez rien remarqué d'extraordinaire en lui ?

— Comment vous le dire? Rien de très-extraordinaire. C'était toujours un homme ennuyé et soupçonneux ; il geignait sans cesse. « Je m'ennuie, » disait-il. Il est vrai aussi que ses années pouvaient lui peser. Dans les derniers temps, il était plus mélancolique encore. Il venait parfois chez nous au village, car je suis son neveu. « Eh bien! ami Vasi, disait-il, viens passer une nuit avec moi. — Pourquoi, petit oncle ? —Parce que j'ai peur, je m'ennuie tout seul. » Et j'al-

lais avec lui. Il lui arrivait de sortir dans la cour, de
regarder fixement la maison, de hocher la tête, puis
de soupirer... La veille de son malheur, il vint encore
chez nous et m'appela. J'allai avec lui. Nous arrivâmes
ensemble dans sa chambre ; il s'assit sur son petit
banc, puis se leva et sortit. J'attendis ; mais, ne le
voyant pas revenir, j'allai dans la cour et me mis à
crier : « Mon oncle, mon petit oncle ! » Il ne répondait pas. « Où donc peut-il être allé ? me demandai-je.
Peut-être dans la maison. » Et j'entrai dans la maison.
Il commençait à faire nuit. Je passai devant le garde-
meuble et j'entendis quelque chose qui grattait comme
un rasoir sur une barbe. Je pousse la porte, elle s'ouvre,
et que vois-je ? Je le vois accroupi auprès de la fenêtre.
« Que veux-tu donc faire là, mon petit oncle ? » lui demandai-je. Et lui de se retourner et de crier. Ses yeux
étaient hagards, ils étincelaient comme des yeux de
chat. « Qu'est-ce que tu veux ? Ne vois-tu donc pas que
je me rase ? » Et sa voix était comme enrouée. Mes cheveux se dressèrent sur ma tête, la peur me prit. Peut-
être les diables l'entouraient-ils déjà. « Dans cette
obscurité !... » lui répondis-je. Et mes genoux commencèrent à trembler sous moi. « Eh bien ! dit-il, va-
t'en. » Je m'en allai. Et il quitta le garde-meuble en
fermant la porte avec soin. Alors nous retournâmes
dans l'aile ; la peur à l'instant même m'abandonna.
« Que vas-tu donc faire dans le garde-meuble, mon
petit oncle ? » lui dis-je. Un frisson le saisit. « Tais-toi,
dit-il, tais-toi. » Et il se coucha sur le poêle. « Bon,

pensai-je, il vaut mieux ne pas lui parler. Peut-être
ne se porte-t-il pas tout à fait bien aujourd'hui. » Là-
dessus, je me couchai aussi sur le poêle. Une lumière
brûlait dans un coin. J'étais donc couché, et, voyez-
vous, je commençais à sommeiller... Tout à coup j'entendis la porte qui grinçait faiblement et qui s'ouvrait... comme cela, un peu. Mon oncle était couché
et tournait le dos à la porte, et vous pouvez vous rappeler qu'il avait toujours l'oreille un peu dure ; mais
alors il se releva vivement : « Qui m'appelle ? qui
vient me chercher, me chercher ? » Et il s'en alla dans
la cour la tête nue... Qu'y a-t-il donc ? me demandai-
je, et, misérable que je suis, je me rendormis. Je me
réveillai le lendemain matin... Loukianitch n'était pas
là... Je sors de la chambre, je me mets à l'appeler, il
n'était nulle part. « N'avez-vous pas vu sortir mon
petit oncle ? dis-je au garde. — Non, me répondit-il,
je ne l'ai pas vu. » Une terreur nous prit aussitôt. —
« Allons, Fedorovitch, dis-je, allons voir s'il n'est pas
dans la maison. — Allons, Vassili Timofeïtch, » répliqua-t-il. Et il était tout blanc comme de la terre glaise.
Nous entrons dans la maison ; je passe devant le
garde-meuble : un cadenas ouvert pendait du piton ;
je pousse la porte, mais elle était fermée en dedans...
Fédorovitch court aussitôt pour faire le tour et regarder par la fenêtre. « Vassili Timofeïtch ! me crie-t-il,
les pieds pendent, les pieds... » Je vais à la fenêtre.
Ces pieds étaient ceux de Loukianitch. Il s'était ainsi
pendu au milieu de la chambre. On envoya chercher

la justice... On le détacha de la corde : elle avait douze nœuds.

— Et qu'a fait la justice ?

— Oui, qu'a-t-elle fait ? Rien. On réfléchissait pour trouver quel motif il pouvait avoir : de motif, il n'en avait pas. On décida alors qu'il n'avait pas dû avoir toute sa raison. Dans les derniers temps, il souffrait souvent de la tête.

Je passai encore environ une demi-heure à causer avec le jeune garçon et m'en allai enfin, complétement troublé. J'avoue que je ne pouvais plus regarder cette maison délabrée sans une terreur superstitieuse... Je quittai la campagne un mois après, et j'oubliai peu à peu et ces rencontres et ces terreurs.

II

Trois années s'étaient écoulées. J'avais passé une grande partie de ce temps soit à Pétersbourg, soit en France, et, si j'étais allé chez moi à la campagne, je n'avais pas été une seule fois ni à Glinnoë ni à Michaïlovskoë. Je n'avais vu nulle part ni mon inconnue ni son cavalier. Il m'arriva, à la fin de la troisième année, de rencontrer dans une soirée, à Moscou, Mme Chlikof et sa sœur, Pélagie Badaef, cette même Pélagie que, dans mon absurdité, je m'étais toujours figuré n'être qu'une personne imaginaire. Ces deux dames n'étaient plus de la première jeunesse; elles possédaient néanmoins ce qu'on nomme un extérieur agréable; leur conversation était spirituelle et gaie; elles avaient beaucoup voyagé, et voyagé avec fruit; mais il n'y avait décidément rien de commun entre elles et mon inconnue. Je leur fus présenté. Je me mis à causer avec Mme Chlikof, tandis que la sœur enga- geait une discussion avec un géologue étranger. Je lui appris que j'avais le plaisir d'être un de ses voisins, du district de X...

— Ah! j'y ai un petit bien, répondit-elle, près de Glinnoë.

— Certainement, répliquai-je, je connais votre Mi- chaïlovskoë. Y allez-vous quelquefois?

— Rarement.

— N'y étiez-vous pas il y a trois ans?

— Attendez! Il me semble que j'y étais. Oui, cer- tainement, j'y étais.

— Avec votre sœur, ou seule?

Elle me regarda.

— Avec ma sœur. Nous y avons passé une semaine. Nous y étions pour affaires. Du reste, nous n'y avons vu personne.

— Il me semble qu'il y a peu de voisins.

— Fort peu.

— Dites-moi, c'est bien chez vous qu'il y a eu un malheur dans le temps?... Loukianitch?

Les yeux de Mme Chlikof se remplirent de larmes.

— Vous l'avez connu? demanda-t-elle avec vivacité.
Quel malheur! C'était un si brave, un si bon vieillard...
Et sans aucune raison...

— Oui, oui, répétai-je, quel malheur!

La sœur de Mme Chlikof s'approcha de nous. Il paraît
que les savantes remarques du géologue sur la formation des rives du Volga étaient pour quelque chose
dans ce mouvement de retraite.

— Pélagie, monsieur a connu Loukianitch.

— Vraiment? le pauvre vieillard!

— Dans ce temps-là, je chassais souvent autour de
Michaïlovskoë. Il y a trois ans, lorsque vous y étiez...

— Moi? dit Pélagie avec quelque surprise.

— Mais oui, certainement! répliqua vivement sa
sœur. Ne te rappelles-tu pas?

Et elle lui jeta un coup d'œil rapide.

— Eh! oui, oui..., certainement! répondit tout à
coup Pélagie.

Eh! eh! pensai-je, il paraît que tu n'étais point à
Michaïlovskoë, petite colombe.

— Ne voulez-vous pas nous chanter quelque chose,
Pélagie Fédorovna? dit soudain un grand jeune homme
avec un toupet blond et des yeux ternes.

— Je ne sais vraiment rien, répondit Mlle Badaef.

— Vous chantez? m'écriai-je avidement en quittant ma place d'un air empressé. Au nom de Dieu!
ah! au nom de Dieu! chantez-nous quelque chose.

— Et que vous chanterai-je?

— Ne connaissez-vous pas, dis-je, en essayant de

toutes manières de prendre une contenance dégagée et indifférente, une romance italienne?... Elle commence ainsi : *Passa que 'i colli.*

— Je la connais, répondit tout simplement Mlle Pélagie. Vous voulez que je vous la chante? Volontiers.

Elle s'assit au piano. Je fixai, comme Hamlet sur son beau-père, mes regards sur Mme Chlikof. Je crus m'apercevoir qu'elle avait tressailli légèrement dès le premier son ; elle resta pourtant tranquillement assise jusqu'à la fin. Mlle Badaef ne chantait pas mal. La romance achevée, on lui demanda de chanter autre chose ; mais les deux sœurs se firent un signe d'intelligence et se retirèrent peu d'instants après. Lorsqu'elles sortirent de la chambre, j'entendis murmurer autour de moi le mot : importun !

— Je l'ai mérité ! pensai-je.

Je ne les revis plus.

Une autre année se passa. Je m'étais établi à Pétersbourg. L'hiver arriva ; les bals masqués commencèrent. Un soir, je sortais vers onze heures de la maison d'un de mes amis ; je me trouvais dans une si ténébreuse disposition d'esprit, que je résolus d'aller au bal masqué de l'assemblée de la noblesse. J'errai longtemps devant les colonnes et les glaces avec une expression modestement fataliste, — expression que, selon moi, on remarque en de pareilles occasions sur le visage des plus honnêtes gens : Dieu seul sait pourquoi. — J'errai longtemps ainsi, tâchant de me débarrasser par des plaisanteries des dominos glapissants à dentelles suspectes et à gants fanés. J'abandonnai longtemps mes oreilles aux mugissements des trompettes et aux grincements des violons. M'étant enfin suffisamment ennuyé, et ayant gagné un grand mal de tête, j'étais sur le point de me retirer; mais je restai... Je venais de voir une femme en domino noir appuyée contre une colonne... Je la vis, je m'arrêtai, puis m'approchai... C'était elle! Comment l'avais-je reconnue? Au regard distrait qu'elle me jeta à travers les ouvertures allongées du masque, à la forme merveilleuse de ses épaules et de ses mains, à la majesté féminine de tout son être; ou bien était-ce encore une voix mystérieuse qui se fit subitement entendre en moi? Je ne puis le dire, mais enfin je la reconnus. Je passai et repassai plusieurs fois devant elle, le cœur tout frémissant. Elle restait immobile; il y avait dans sa pose une tristesse si ineffable, qu'en la regardant je me rappelai involontairement ces deux vers d'une romance espagnole :

> Je suis un tableau de sujet triste
> Appuyé contre le mur [1].

Je m'approchai de la colonne contre laquelle elle s'appuyait, et je murmurai tout bas à son oreille : — *Passa que 'i colli...*—Elle frissonna de la tête aux pieds et se retourna rapidement vers moi. Mes regards ren-

---

1.   Soy un cuadro de tristeza
        Arrimado á la pared!

contrèrent de si près ses yeux, que je pus observer
que la frayeur en dilatait les pupilles. Elle me regarda
avec hésitation et me tendit faiblement la main.

— Le 6 mai 184., à Sorrente, dix heures du soir,
dans la rue della Croce, lui dis-je à voix lente sans
la quitter des yeux; puis en Russie dans le gouvernement de ***, village de Michaïlovskoë, le 22 juil-
let 184..

J'avais dit tout cela en français. Elle recula de quelques pas, me toisa de la tête aux pieds et murmura :

— Venez !

Elle sortit aussitôt de la salle. Je la suivis.

Nous avancions en silence. Je n'ai pas la force d'exprimer ce que je ressentis en marchant à ses côtés.
Magnifique vision qui était devenue tout à coup une
réalité ! Statue de Galatée transformée en femme
vivante et descendant de son piédestal aux yeux de
Pygmalion stupéfait !.... Je pouvais à peine respirer.

Elle s'arrêta enfin dans un salon écarté, et s'assit
sur un petit divan auprès de la fenêtre. Je me plaçai
à côté d'elle. Elle tourna lentement la tête et me regarda d'un air soupçonneux.

— Venez-vous de sa part? demanda-t-elle.

Sa voix était faible et incertaine. Sa question me
troubla quelque peu.

— Non..., pas de sa part, répondis-je avec hésitation.

— Vous le connaissez?

— Je le connais, repris-je.

Elle me regarda avec incrédulité, voulut dire quelque chose et baissa les yeux.

— Vous l'attendiez à Sorrente, continuai-je, vous l'avez vu à Michaïlovskoë, vous vous êtes promenée à cheval avec lui... Vous voyez que je sais..., que je sais tout...

— Il me semble que je connais votre figure, dit-elle.

— Non, vous ne m'avez jamais vu.

— Alors que me voulez-vous ?

— Vous voyez que je sais..., répétai-je. Je comprenais bien qu'il fallait profiter de cet excellent début, et, bien que ma phrase : « Je sais tout, vous voyez que je sais... » devînt ridicule, mon agitation était si grande, cette rencontre inattendue me troublait à tel point, j'étais si éperdu, que décidément je ne trouvais rien à dire de mieux, d'autant plus que je n'en savais pas davantage. Je sentais que je devenais stupide, et que si j'avais dû lui paraître d'abord une créature mystérieuse et instruite de tout, je me transformais rapidement en une espèce de fat imbécile... Mais qu'y faire ?

— Oui, je sais tout, répétai-je encore une fois.

Elle me regarda, se leva subitement, et voulut s'éloigner ; mais c'eût été par trop cruel. Je lui saisis la main.

— Pour l'amour de Dieu, lui dis-je, asseyez-vous, écoutez-moi.

Elle réfléchit et s'assit.

— Je vous disais tout à l'heure, continuai-je avec chaleur, que je savais tout : cela n'est pas vrai. Je ne sais rien, absolument rien ; je ne sais ni qui vous êtes, ni qui il est, et si j'ai pu vous surprendre par ce que je vous ai dit, il y a un instant, auprès de la colonne, ne l'attribuez qu'au seul hasard, à un hasard étrange, inexplicable, qui, pareil à une manie, me poussa deux fois, et presque de la même façon, vers vous, me fit le spectateur involontaire de ce que vous auriez voulu peut-être garder secret.

Alors je lui racontai tout, sans détours et sans lui cacher la moindre chose : mes rencontres avec elle à Sorrente, puis en Russie, mes questions inutiles à Michaïlovskoë , et même ma conversation à Moscou avec Mme Chlikof et sa sœur.

— Maintenant vous savez tout, ajoutai-je en terminant mon récit. Je ne veux pas vous dire quelle profonde , quelle puissante impression vous avez produite sur moi. Vous voir et ne pas être ensorcelé par vous est impossible. D'un autre côté, je n'ai pas besoin de vous décrire quelle était cette impression. Rappelez-vous dans quelle situation je vous ai vue deux fois... Croyez-le, je ne suis pas homme à m'abandonner à de vaines espérances ; mais songez à l'agitation inexprimable qui s'est emparée de moi aujourd'hui, et pardonnez-moi, pardonnez la ruse maladroite à laquelle j'ai eu recours pour attirer votre attention, ne fût-ce que pour un moment.

Elle écouta cette explication confuse, sans lever la tête.

— Que voulez-vous donc de moi ? dit-elle enfin.

— Moi ?... je ne veux rien. Je suis assez heureux déjà... Je respecte trop les secrets d'autrui...

— Pourtant, il semblerait... Du reste, continua-t-elle, je ne veux pas vous faire de reproches. Tout autre à votre place aurait agi de même. Et d'ailleurs le hasard nous a réellement rapprochés avec tant de persévérance, que cela vous donne quelques droits à ma franchise. Écoutez : je ne suis pas du nombre de ces femmes incomprises et malheureuses qui vont au bal masqué pour faire part de leurs souffrances au premier venu, et qui sont à la recherche d'un cœur sympathique. Je n'ai pas besoin de sympathie ; mon propre cœur est mort, et je ne suis venue ici que pour l'enterrer définitivement.

Elle porta son mouchoir à ses lèvres.

— J'espère, ajouta-t-elle avec quelque effort, que vous ne prendrez pas mes paroles pour quelque vulgaire épanchement de bal masqué. Vous devez comprendre que je n'ai pas la tête à cela.

Il y avait en effet quelque chose de terrible dans sa voix malgré la douceur insinuante du timbre.

— Je suis Russe, dit-elle dans sa langue (elle s'était jusque-là exprimée en français), quoique j'aie peu vécu en Russie... Il est inutile que vous sachiez mon nom. Anna-Fédorovna est une de mes anciennes amies ; je suis réellement allée à Michaïlovskoë sous le nom de sa sœur... Alors je ne pouvais le voir ouvertement... Des bruits commençaient à se répandre... Il existait encore des obstacles, il n'était pas libre. Ces obstacles ont disparu ; mais celui dont le nom devait être le mien, celui avec lequel vous m'avez vue m'a repoussée.

Elle fit un mouvement de la main et se tut.

— Réellement, ne le connaissez-vous pas ? reprit-elle ; ne l'avez-vous jamais rencontré ?

— Jamais.

— Il a passé presque tout ce temps-ci à l'étranger. Du reste, il est maintenant ici... Voilà toute mon histoire, continua-t-elle ; vous voyez qu'il n'y a rien de mystérieux, rien de surprenant.

— Mais... Sorrente ? lui demandai-je timidement.

— C'est à Sorrente que je l'ai connu, répondit-elle lentement ; et elle retomba dans le silence et la rêverie.

Nous nous regardions tous deux. Une étrange agitation s'emparait de tout mon être. J'étais assis à côté d'elle, à côté de cette femme dont le souvenir s'était si souvent présenté à mon imagination et m'avait si douloureusement bouleversé et irrité. J'étais assis à côté d'elle, et je me sentais le cœur oppressé et glacé. Je savais que rien ne résulterait de cette rencontre, qu'il y avait un abîme entre elle et moi, qu'une fois séparés nous ne nous retrouverions plus jamais. La tête levée, les deux mains posées sur ses genoux, elle était assise calme et indifférente. Je connais cette indiffé-

rence d'une incurable douleur, je connais ce calme
d'un malheur irréparable. Les masques passaient
devant nous, la musique confuse d'une valse résonnait tantôt dans l'éloignement et tantôt plus près
avec des explosions soudaines. Cette joyeuse musique
me remplissait de tristesse. — Est-il vraiment possible,
pensai-je, que cette femme soit la même que celle
qui m'est autrefois apparue à la fenêtre de cette lointaine petite maison de campagne dans tout l'éclat de
sa triomphante beauté ?... Et cependant le temps ne
semblait pas l'avoir effleurée de son aile. Le bas de
sa figure, que la dentelle du masque ne cachait point,
était d'une fraîcheur presque enfantine ; mais il éma-
nait de toute sa personne comme le froid d'une
statue... Galatée était-elle remontée sur son piédestal
pour n'en plus jamais descendre ?

Tout à coup elle se redressa, regarda dans l'autre
salle, et se leva.

— Donnez-moi la main, me dit-elle. Venez vite, vite !

Nous retournâmes dans la salle. Elle s'arrêta près
d'une colonne. — Attendons ici, murmura-t-elle.

— Vous cherchez quelqu'un ? allais-je lui dire...

Mais elle ne faisait plus attention à moi. Son regard
fixe semblait percer la foule. Ses grands yeux noirs
lançaient sous son masque de velours de sombres
regards de haine et de menace. Je compris tout en me
retournant. Dans une galerie formée par une rangée de
colonnes devant le mur, marchait l'homme que j'avais
rencontré avec elle dans le bois. Je le reconnus tout

de suite, il n'avait presque pas changé. Sa moustache
blonde était frisée avec la même grâce ; la même joie
tranquille et présomptueuse éclairait ses yeux perçants.
Il s'avançait sans se hâter, et, inclinant légèrement sa
taille svelte, s'entretenait avec une femme en domino
qu'il avait à son bras. Parvenu sur la même ligne que
nous, il leva subitement la tête, me regarda d'abord,
puis jeta un coup d'œil sur ma compagne. Il la reconnut probablement à ses yeux, car il fronça faiblement le sourcil. Un sourire presque imperceptible,
mais d'une ironie cruelle, courut autour de ses lèvres.
Il se baissa vers la femme qui l'accompagnait, et lui
glissa deux mots à l'oreille. La femme nous embrassa
tous les deux dans un regard rapide ; puis, souriant
légèrement, elle le menaça de son petit doigt. Il
haussa légèrement les épaules ; elle se serra coquette-
ment contre lui...

Je me tournai vers mon inconnue. Elle suivait des
yeux le couple qui s'éloignait, et, s'arrachant subitement de mon bras, elle courut vers la porte.
J'allais m'élancer sur ses pas, mais elle se retourna
et me regarda de telle façon que je ne pus que
la saluer profondément et rester à ma place. Je
comprenais que la suivre eût été à la fois grossier et
stupide.

— Dis-moi, je t'en prie, demandai-je un quart
d'heure après à l'un de mes amis qui connaît tout
Pétersbourg, dis-moi qui est ce grand bel homme à
moustaches ?

— Lui ?... C'est un certain étranger, être assez énigmatique, qui apparaît rarement sur notre horizon. Et pourquoi cette question ?

— Je ne sais.

Je revins chez moi. Depuis lors je n'ai plus rencontré mon inconnue. Comme une vision elle m'était apparue, comme une vision elle passa devant moi pour disparaître à jamais.

FIN

TABLE

PARIS. — IMPRIMERIE DE J. CLAYE, RUE SAINT BENOIT, 7.

COLLECTION HETZEL

BIBLIOTHÈQUE

ILLUSTRÉE

DES FAMILLES

Reliure à des prix modérés.

1ʳᵉ Série

HETZEL ET DIDOT FRÈRES ET FILS

LES CONTES DE PERRAULT illustrés par GUSTAVE
  DORÉ. In-folio. Riche reliure anglaise . . . . . . 70 fr.
LES ENFANTS (*le Livre des Mères*), par VICTOR HUGO,
  illustrés par FROMENT . . . . 15 fr.
LA COMÉDIE ENFANTINE, par LOUIS RATISBONNE,
  riche édition illustrée par GOBERT et FROMENT. —
  Ouvrage couronné par l'Académie. — 2ᵉ édition.
  In-8°. Broché . . . . 10 fr.
PICCIOLA, par XAVIER SAINTINE, illustrée par FLAMENG. 10 fr.
RÉCITS ENFANTINS, par EUG. MULLER, illustrés par
  FLAMENG . . . . 10 fr.
LES BÉBÉS, par le comte DE GRAMONT, illustrés par
  OSCAR PLETSCH . . . . 10 fr.

2ᵉ Série

HETZEL ET HACHETTE

LE NOUVEAU MAGASIN DES ENFANTS. Texte par
CH. NODIER, GEORGE SAND, BALZAC, LÉON GOZLAN,
ALPH. KARR, P.-J. STAHL, OCTAVE FEUILLET, ÉMILE
DE LABÉDOLLIÈRE, ALFRED et PAUL DE MUSSET, JULES
JANIN, ALEX. DUMAS. Vignettes par TONY JOHANNOT,
BERTALL, LORENTZ, LAVILLE, MEISSONIER. 4 séries
ornées de 100 vignettes chacune. La série. . . .   10 fr.

LE VICAIRE DE WAKEFIELD, traduit par CHARLES
NODIER, illustré de 10 belles gravures sur acier par
TONY JOHANNOT. Grand in-8°. Broché. . . . . . .   10 fr.

LE RENARD, DE GŒTHE, trad. par E. GRENIER, illust.
de 60 belles gravures par KAULBACH. Grand in-8°.   10 fr.

LES ROMANS CHAMPÊTRES, par GEORGE SAND. 2 v.
in-8° illustrés. Chaque volume. . . . .   10 fr.

EN PRÉPARATION POUR 1863 ET 1864

3ᵉ Série

J. HETZEL — LIBRAIRIE J. CLAYE

RUE JACOB 18

CONTES CHOISIS. — LES MILLE ET UNE NUITS,
illustrées par G. DORÉ, format du *Perrault*. 1 vol.   » fr.

LES FABLES DE FLORIAN, illustrées par G. DORÉ,
format du *Perrault*. . . . .   » fr.

LES CONTES DU PETIT CHATEAU, par JEAN MACÉ.
In-8º. . . : . . . . 10 fr.

LE THÉATRE DU PETIT CHATEAU, par JEAN MACÉ.
In-8º. . . . . 10 fr.

LES AVENTURES D'UN PETIT PARISIEN, par
A. DE BRÉHAT. In-8º . . . . 10 fr.

LA VIE DES FLEURS ET DES FRUITS, par EUGÈNE
NOEL. In-8º. . . . . 10 fr.

HISTOIRE D'UN GALOPIN, par A. DE BRÉHAT. . . » fr.

LA BELLE PETITE PRINCESSE ILSÉE. Traduit et
imité de l'allemand, par J. STAHL, vignettes par
FROMENT . . . . 10 fr.

ROBINSON SUISSE, traduit et revu par EUGÈNE
MULLER. 10 fr.

LE LA FONTAINE DES ENFANTS. 100 fables choisies dans les œuvres des fabulistes de tous les
temps et dè tous les pays, à l'usage de l'enfance.
40 vignettes. . . . . » fr.

LA VIE DES COLLÉGIENS, par BERTALL. . . . . . 10 fr.

LA VIE DES ENFANTS. 40 vignettes par FROMENT. . 10 fr.

LE BEAU PÉCOPIN, par V. HUGO. Édition illustrée. » fr.

RICHES ÉDITIONS ILLUSTRÉES NOUVELLES

ET RÉIMPRESSIONS DE GRANDS OUVRAGES ÉPUISÉS

LES NOUVEAUX PARISIENS. Publié sous la direction de P.-J. STAHL; 200 vignettes inédites de
GAVARNI. » fr.

GAVARNI. OEuvres choisies; 4 séries, 40 fr. Chacune 10 fr.

HISTOIRE DE PARIS ILLUSTRÉE, avec tous les changements nécessités par les transformations du Paris actuel, par THÉOPHILE LAVALLÉE . . . . 10 fr.

LES ANIMAUX PEINTS PAR EUX-MÊMES, le chef-d'œuvre de GRANDVILLE. Études de mœurs contemporaines, publiées sous la direct. de P.-J. STAHL. — 2 séries formant chacune 1 volume. — Chaque volume renfermant 100 grands sujets et un grand nombre de vignettes. — 2 vol. . . . . 30 fr.

WERTHER, traduit par P. LEROUX, avec une préface de GEORGE SAND, et précédé d'une histoire de Gœthe. 10 gravures à l'eau-forte (chef-d'œuvre de TONY JOHANNOT sur acier) . . . . 10 fr.

VOYAGE OU IL VOUS PLAIRA, par ALFRED DE MUSSET et P.-J. STAHL. 100 superbes gravures sur bois, le chef-d'œuvre de TONY JOHANNOT. . . . . 10 fr.

> Ces ouvrages, chefs-d'œuvre de GRANDVILLE et de TONY JOHANNOT, depuis longtemps épuisés, vont reparaitre complets en éditions de très-grand luxe. Les éditions à 20 centimes la livraison n'ont jamais donné que la moitié des vignettes des grandes éditions primitives.

ANTONIELLA, roman inédit de LAMARTINE. . . . . . 10 fr.

MYTHOLOGIE DE LA JEUNESSE, par L. BAUDE. In-18. Prix . . . . 3 fr.

PARIS MARIÉ. Philosophie de la vie conjugale, par H. DE BALZAC, commentée par GAVARNI. 1 vol. . . 3 fr.

PARIS DANS L'EAU, par EUGÈNE BRIFFAULT. 120 vignettes par BERTALL. 1 vol. . . . . 3 fr.

PARIS A TABLE, par EUGÈNE BRIFFAULT, illustré par BERTALL. 1 vol. . . . . 3 fr.

HETZEL ET HACHETTE (IN-18)
à 3 fr. 50 c.

LA MORALE UNIVERSELLE, choix de Maximes tirées des moralistes de tous les pays et constituant, pour chaque nation, l'esprit de ses meilleurs écrivains.

L'Esprit des Anglais.	1 vol.
L'Esprit des Italiens	1 vol.
L'Esprit des Espagnols	1 vol.
L'Esprit des Orientaux	1 vol.
L'Esprit des Latins.	1 vol.
L'Esprit des Grecs	1 vol.
L'Esprit des Allemands	1 vol.
L'Esprit des Français modernes (*sous presse*). .	1 vol.

LA VIE DES ANIMAUX, Histoire naturelle anecdotique et biographique des animaux, par le docteur JONATHAN FRANKLIN. Ouvrage entièrement inédit, recueilli, mis en ordre, revu et traduit par M. ALPH. ESQUIROS.

Mammifères.	2 vol.
Oiseaux.	1 vol.
Reptiles	1 vol.
Le Monde des eaux	1 vol.
Le Monde des métamorphoses.	1 vol.
Le Monde microscopique (*sous presse*).	1 vol.
La Vie des Plantes (*sous presse*).	1 vol.
La Terre avant l'Homme (*sous presse*).	1 vol.

ÉMILE BOSQUET. — Louise Meunier	1 vol.
ALFRED DE BRÉHAT. — Histoires d'amour (Scènes mexicaines)	1 vol.
COLOMBEY. — Les Causes gaies.	1 vol.
—— L'Esprit au Théâtre	1 vol.

***

HETZEL ET LÉVY (IN-18)

à 3 francs.

BELLOY (Marquis de). — Les Toqués . . . . 1 vol.

CHAMFORT (édition Stahl). — Deuxième édition, précédée de l'Histoire de Chamfort, par Stahl, contenant les Pensées, Maximes, Anecdotes et Dialogues, augmentée de Pensées et Fragments complétement inédits, suivie des Lettres de Mirabeau à Chamfort, la seule qui soit accompagnée d'un Index alphabétique pour chaque Pensée, Anecdote ou Fragment.

COLOMBEY. — Histoire anecdotique du Duel dans tous les temps et dans tous les pays (2ᵉ édit.). 1 vol.

PAUL DELTUF. — Mademoiselle Fruchet. . . . . . 1 vol.

—— Adrienne . . . . 1 vol.

ERCKMANN-CHATRIAN. — Contes de la Montagne. 1 vol.

—— Maitre Daniel Rock . . . . 1 vol.

E. FORGUES. — Une Parque (traduit de l'anglais). . 1 vol.

ARNOULD FREMY. — Journal d'une Jeune Fille pauvre. 1 vol.

BENJAMIN GASTINEAU. — Les Amours de Mirabeau et de la marquise de Monnier , suivies de Lettres choisies de Mirabeau et de la marquise . . . . . : . . . . 1 vol.

—— Les Femmes, les Romans et les Mœurs en Algérie. 1 vol.

ÉDOUARD GRENIER. — Poëmes dramatiques. . . . 1 vol.

F. HUET. — Histoire de Bordas-Demoulin . . . . . 1 vol.

DE JANCIGNY. — Histoire de l'Inde ancienne et moderne. 1 vol.

JULIETTE LAMBER. — Un Mandarin a Paris. . . . 1 vol.

HETZEL ET LÉVY (IN-32 DIAMANT)

à 1 franc.

HETZEL ET DENTU (IN-18)

à 3 francs.

ANDERSEN. — CONTES NOUVEAUX. . . . . 1 vol.

ASSOLLANT. — AVENTURES DE KARL BRUNNER. . . . 1 vol.

A. DE BERNARD. — LES FRAIS DE LA GUERRE. . . . 1 vol.

—— PAUVRE MATTHIEU. . . . . 1 vol.

—— LES STATIONS D'UN TOURISTE. . . . . 1 vol.

VICTOR BORIE. — L'ANNÉE RUSTIQUE. . . . . 1 vol.

ALFRED DE BRÉHAT.— LES PETITS ROMANS (2e édit.). 1 vol.

—— LES JEUNES AMOURS (2e édition). . . . . 1 vol.

—— UN DRAME A CALCUTTA . . . . 1 vol.

CARLETON ET DE WAILLY. — ROMANS CHAMPÊTRES

    IRLANDAIS. . . . . 1 vol.

WILKIE COLLINS & FORGUES.—LA FEMME EN BLANC. 2 vol.

COLOMBEY. — LES ORIGINAUX DE LA DERNIÈRE HEURE. 1 vol.

DELMAS. — VOYAGES DU *Fire-fly*. . . . . 1 vol.

DELTUF. — JACQUELINE VOISIN. . . . . 1 vol.

DEQUET. — CLARISSE. . . . . 1 vol.

—— (ABEILLE. in-32. 1 volume. Prix : 1 fr.) . . . . 1 vol.

ERCKMANN-CHATRIAN. — LE FOU YÉGOF. . . . . . 1 vol.

ESQUIROS.—L'ANGLETERRE ET LA VIE ANGLAISE (2e sér.). 1 vol.

ARNOULD FREMY. — LES AMANTS D'AUJOURD'HUI . . 1 vol.

—— LES FEMMES MARIÉES. . . . . 1 vol.

—— JOSÉPHIN LE BOSSU. . . . . 1 vol.

GLEEVES. — COMÉDIES PARISIENNES. . . . . 1 vol.

LÉON GOZLAN. — LA FOLLE DU NUMÉRO 16. . . . . 1 vol.

—— LE VAMPIRE DU VAL DE GRACE . . . . 1 vol.

J. JANIN. — LA FIN D'UN MONDE . . . . 1 vol.

CH. JOBEY. — L'AMOUR D'UNE BLANCHE. . . . . . . 1 vol.

LARDIN ET MIE D'AGHONNE. — LE PREMIER AMOUR
    D'UNE JEUNE FILLE. . . . . 1 vol.
JEAN MACÉ. — HISTOIRE D'UNE BOUCHÉE DE PAIN
    (3ᵉ édition) . . . . 1 vol.
MULLER. — MADAME CLAUDE (2ᵉ édition) . . . . . . 1 vol.
JUSTE OLIVIER. — LE BATELIER DE CLARENS. . . . 2 vol.
ADRIEN PAUL. — BLANCHE MORTIMER. . . . . 1 vol.
—— UNE DETTE DE JEU . . . . 1 vol.
PAUL PERRET. — LÉGENDES AMOUREUSES DE L'ITALIE.
    In-32. Prix : 1 fr. . . . . 1 vol.
LAURENT PICHAT. — LE SECRET DE POLICHINELLE. . 1 vol.
P.-J.-PROUDHON. — LA PAIX ET LA GUERRE (3ᵉ éd.). 2 vol.
—— THÉORIE DE L'IMPÔT. . . . . 1 vol.
TOURGUENEF. — UNE NICHÉE DE GENTILSHOMMES. . 1 vol.
ULBACH. — HISTOIRE D'UNE MÈRE. . . . . 1 vol.
—— LE MARI D'ANTOINETTE. . . . . 1 vol.
DE VALOIS. — LE MEXIQUE, LA HAVANE. . . . . . . 1 vol.
P. VIALON. — L'HOMME AU CHIEN MUET. . . . . . . 1 vol.
CLAUDE VIGNON. — RÉCITS DE LA VIE RÉELLE . . . 1 vol.

EN PRÉPARATION (*même Collection*) :

ACCOYER SPOLL. — L'ESPRIT DE Mᵐᵉ DE GIRARDIN. 1 vol.
BERTRAND. — LES MÉMOIRES D'UN MORMON. . . . . 1 vol.
DE BRÉHAT. — LES CHEMINS DE LA FORTUNE . . . . 1 vol.
BULWER-DEROSNE. — LE JOUR ET LA NUIT . . . . 1 vol.
DE CHERVILLE. — HISTOIRE D'UN CHIEN DE CHASSE. . 1 vol.
COLOMBEY. — L'ESPRIT DES VOLEURS. . . . . 1 vol.
PAUL PERRET. — DAME FORTUNE . . . . 1 vol.
GEORGE SAND. — VARIÉTÉS LITTÉRAIRES . . . . . . 2 vol.
CLAUDE VIGNON. — VICTOIRE NORMAND . . . . . . 1 vol.
GRISIER. — LE DUEL (in-8°). . . . . 1 vol.

www.ingramcontent.com/pod-product-compliance
Lightning Source LLC
Chambersburg PA
CBHW070258030726
47505CB00004B/850